Gallmeister

BENJAMIN WHITMER est né en 1972 et a grandi dans l'Ohio et l'État de New York. Il a publié plusieurs articles et récits, puis son premier roman, *Pike*, en 2010, qui sera suivi de *Cry Father*, du très remarqué *Évasion* et de *Les Dynamiteurs*. Il vit aujourd'hui avec ses deux enfants dans le Colorado, où il passe la plus grande partie de son temps libre en quête d'histoires locales, à hanter les librairies, les bureaux de tabac et les stands de tir des mauvais quartiers de Denver.

LES DYNAMITEURS

L'un des romanciers américains les plus doués de la jeune génération.

François Busnel

La quintessence du noir.

Pierre Lemaitre

Whitmer est un styliste d'exception et un génie du roman noir. *Les Dynamiteurs* va encore plus loin : c'est son chef-d'œuvre.

Le Figaro Magazine

La puissance évocatrice de certaines scènes les rend inoubliables.

France Inter

C'est une plume comme on en a peu, comme on en lit peu souvent.

France Culture

Les Dynamiteurs est un grand roman noir tentaculaire.

L'Express

DU MÊME AUTEUR

Évasion, 2018, totem n°151
Cry Father, 2015, totem n°115
Pike, 2012, totem n°72

Benjamin Whitmer

LES DYNAMITEURS

Roman

*Traduit de l'américain
par Jacques Mailhos*

Gallmeister

TOTEM N°194

Titre original : THE DYNAMITERS

© Éditions Gallmeister, 2020, pour la traduction française
© Éditions Gallmeister, 2021, pour la présente édition

ISBN 978-2-35178-827-1
ISSN 2105-4681

Illustration de couverture © Sam Ward
Conception graphique de la couverture : Valérie Renaud

À mon fils, Jack

Toute l'Histoire est l'histoire d'une envie.

JACKSON LEARS

PROLOGUE

C'est dans les nuits sans sommeil que je pense à Denver. Celles que vous passez quand vous grimpez dans un train de marchandises vide qui quitte l'Oklahoma, avec la poussière rouge qui danse sur le plancher, virevolte et défile en cyclones, et que votre présence insomniaque crée un silence tourmenté, terrorisé, qui se propage comme un cancer aux autres vagabonds. Ou quand vous vous trouvez dans la mangeoire d'un wagon à bestiaux qui traverse le Texas et que vous êtes sur le point de tourner maboule à cause du beuglement des longhorns, alors vous sautez à terre et vous restez éveillé jusqu'à l'aube, à l'abri de la pluie dans la cabane de chiotte au toit qui fuit de je ne sais quelle maison ravagée par les flammes.

Ce genre de nuits.

Je ne pense pas à Denver comme il est aujourd'hui. Denver est mort. Mon Denver regorgeait de bars, de putes et d'arènes de combat de coqs. Les trapézistes du Bowling de Blake Street, les phénomènes du Musée des Monstres, à Eureka Hall, les avaleurs de sabre du Diana. Un Denver de cow-boys et de catins et de gangsters du demi-monde. Une ville qui suait et palpitait du haut de

Capitol Hill jusqu'à The Line, en bas. The Line, c'était là que ça se passait. Les arnaques et les paris. Sur The Line, il y avait toujours un joueur de bonneteau occupé à soutirer le dernier dollar d'un Polack quelconque avant qu'il s'en aille mourir d'infection dans la cuve à sang d'un abattoir. Toujours un mec qui venait de descendre du train en provenance du Kansas et qui allait se faire traîner par le col jusque dans cette ruelle.

Et Market Street. On ne peut pas parler de mon Denver sans parler de Market Street. C'était là que The Line se déversait dans ce que la ville avait de pire à offrir. À son extrémité la plus rude, la terre battue de la chaussée était molle, imbibée de sang et de bière, et les putes tapinaient sur le seuil de leurs cabanons en bois crasseux, vêtues seulement jusqu'à la taille. Les filles des cabanons. Toutes vérolées ou enceintes, aucune en dessous de trente ans. C'était un dollar la passe pour les blanches, vingt-cinq cents pour les négresses. Les cow-boys et les mineurs qu'elles prenaient étaient toujours ivres et souvent violents, mais ils étaient rapides. Une bonne fille de cabanon pouvait faire vingt clients par nuit et avoir encore du temps pour un petit somme sous laudanum. Elles étendaient une toile cirée au pied de leur lit pour que les cow-boys aient même pas besoin d'enlever leurs bottes.

Plus bas dans Market Street, les choses s'amélioraient, mais seulement un petit peu. Les cabanons à putes cédaient la place aux bordels, le genre où on payait en coupons de dix dollars qui disaient *Bon Pour Une Passe*. Des catins respectables posaient dans les vitrines, silhouettes distordues par le verre et la lumière rouge des lanternes tamisées derrière elles. Sur le devant, les trottoirs de bois étaient bordés de camelots vendant tout et n'importe quoi, de l'extrait de tortue mâle aux sous-vêtements électriques. Tout pour faire sensation.

De l'autre côté de Market, il y avait Blake, que l'on rejoignait par Hop Alley – l'allée de l'opium. Denver avait essayé de se débarrasser de cette infestation asiatique à coups de législation, d'innovation en matière de police, et même d'une émeute raciale, mais rien n'avait encore marché. Hop Alley prospérait, fourmillant de restaurants asiatiques, de laveries asiatiques, de bordels à esclaves asiatiques, et de fumeries d'opium. Le tout enrichi d'un réseau de souterrains et de ruelles aveugles menant aux salons blancs de Market.

C'était un Denver palpitant de corruption. David Hanson Waite, le gouverneur du Colorado, avait gagné son siège en promettant de nettoyer la ville de tout vice. Il n'en avait pas seulement après le jeu, ni même après l'alcool. Il aurait emmené les filles de joie au trou lui-même sur son grand cheval noir s'il avait pu. Mais extirper le vice de Denver, c'était comme essayer de déloger la lune du ciel. Les flics de Denver pouvaient assurer le spectacle en faisant des descentes sur les tables de faro, mais aucun d'entre eux n'avait envie d'une ville sans vice. Le vice faisait autant partie de leur vie que de celle de n'importe lequel des grands seigneurs du crime. Alors Waite contournait la flicaille et gérait sa propre police via la Pinkerton Detective Agency, qui infiltrait les gangs.

Parce que c'était un Denver où il y avait toujours une mère veuve assise sur une chaise de cuisine branlante dans sa maison de Globeville, les yeux humides à force de penser à ses trois enfants morts qu'elle a éteints l'un après l'autre comme des bougies. Un Denver dans lequel tout était géré depuis les grandes maisons de Capitol Hill, où tout le monde avait les mains graisseuses plongées dans une partie de ce qui se passait. Denver, vaste abattoir industriel, de ses parcs à bestiaux jusqu'à ses fonderies.

Et les Bottoms. Les Tréfonds. Les campements de vagabonds. Après la crise de l'argent de 1893, les mines cessèrent de payer, les hommes dévalèrent en masse des montagnes et envahirent Denver, à la chasse au travail. Mais ils ne purent rien faire d'autre que constater que la plupart des fonderies avaient fermé et que du travail, y en avait pas. Alors ils se sont installés, ils ont mendié, ils se sont nourris d'ordures. Les autorités de la ville ont fait tout ce qu'elles ont pu pour se débarrasser d'eux. Elles ont convaincu les compagnies de chemin de fer de baisser leurs tarifs, mais peu importe les réductions qu'elles proposaient, personne n'avait assez d'argent pour s'offrir les billets. Alors la chambre de commerce a acheté un stock de troncs d'arbre pour que les clochards fassent des radeaux et s'en aillent au fil de la Platte. Mais les clochards s'en sont servi pour se construire des bidonvilles.

Les Bottoms, c'est là qu'on vivait. Les orphelins. On squattait une usine métallurgique désaffectée de l'autre côté de la Platte, en face de Denver, sur les rives inondables. Là-bas, tout était à l'abandon à part les villes de toile. La dernière crue avait tout emporté, et après la crise de l'argent, personne ne s'était donné la peine de reconstruire. Presque tout le monde s'était fait balayer.

Mais pas nous. On a tenu bon. De peu, mais on a tenu bon.

C'est à ce Denver-là que je pense.

Avec Cora qui recouvre tout ça.

Son visage, et toutes les autres choses qu'étaient pas son visage. L'angle de sa main quand elle fumait, les longues courbes de ses mollets. J'ai englouti des tonneaux de whiskey pour essayer d'arrêter de la voir, mais ça n'a jamais fonctionné. Ça peut me la rendre trouble, comme quand on passe la main sur un portrait fait à la craie, mais il m'est impossible de ne plus voir Cora.

Surtout les nuits où je ne trouve pas le sommeil. Toutes les nuits se confondent en une seule lorsque je ne dors pas. Tout bouge devant moi, comme si tout cherchait à se séparer de nouveau en des formes distinctes. Voilà à quoi ressemble le monde quand le monde est sans elle. Quand il est grand comme ça, et vide comme ça.

Votre cœur se brise face à tout ça, mais rien n'a aucune forme. Vous ne pouvez pas séparer le cœur qui se brise du cœur brisé.

C'est juste votre cœur qui se brise pour lui-même, partout.

I

SAM ET LES ORPHELINS
COURENT SE CACHER DANS UN TROU

Il y a des débuts et il y a des fins. Mais si vous vivez assez longtemps, vous savez qu'il n'y a pas du tout de vrai début, que tout est seulement le début d'une fin. J'imagine que c'est pour ça que quand je pense à Cora, je commence toujours par le soir où John Henry Goodnight est apparu.

C'était au printemps de 95, et j'avais quatorze ans. On avait bien mangé ce soir-là, je m'en souviens. On avait cette gamine noire du nom de Lottie qui avait un joli petit visage, et un don qui lui permettait d'agrandir ses yeux à volonté. Elle s'en était servi pour mendier un os à moelle de veau aux parcs à bestiaux, et on s'était fait un putain de pot-au-feu. Pour l'accompagner, Offie, notre petite voleuse aux dents de cheval, avait chapardé quatre bouteilles de vin dans une charrette de livraison garée devant le Broadway. Elle a dit que c'était pour un discours de William J. Bryan, partisan de la libre frappe de la monnaie, en campagne pour l'élection présidentielle. "Vous ne crucifierez pas l'humanité sur une croix en or." Qu'il aille donc se faire foutre.

Après avoir nourri et couché tous les petits sur leurs paillasses, Cora et moi avons veillé ensemble. Il faisait froid. Le printemps était déjà très avancé, mais pas suffisamment pour que les nuits se réchauffent, et c'était comme si l'obscurité trouble de l'Usine s'acharnait à retenir toute la froidure qui régnait au-dehors. La seule lumière provenait des braises du feu qu'on avait fait pour le dîner, mais dès qu'il y avait la moindre lueur, Cora trouvait à s'employer. En l'occurrence, elle cousait des pièces de vieux vêtements foutus sur les trous de vêtements qui ne l'étaient pas encore tout à fait. Elle travaillait à repriser l'entrejambe d'un pantalon avec une bouteille de vin à ses pieds.

Cora avait un an de plus que moi. C'était la plus vieille de nous tous. Elle avait de longs cheveux noirs noués sur la nuque, et des yeux si sombres qu'ils auraient pu être noirs, eux aussi. Vous auriez pu dire qu'elle avait une bouche trop petite, si vous étiez sans cœur. Je vous aurais tranché la gorge pour ça, mais vous auriez pu le dire. Elle pouvait la pincer très fermement quand elle travaillait ou qu'elle était mécontente, c'est sûr. Et puis, après, d'un mouvement de lèvres d'à peine un millième de centimètre, son sourire lançait une ligne qui hameçonnait vos tripes et les tirait d'un coup pour prendre votre cœur comme dans un sac.

— Est-ce qu'Offie t'a dit ce qu'elle a vu ? dit-elle.

J'étais assis, pelotonné tout près des braises.

— Elle me parle pas, dis-je.

Cora tira sur son aiguille, tendit le fil.

— Y avait un petit garçon enchaîné au côté de la charrette d'où elle a volé le vin. Sa chaîne était juste assez longue pour qu'il puisse sauter à bord et passer le vin au cocher. On aurait dit un singe apprivoisé, c'est ce qu'Offie m'a dit.

Ça faisait un moment que j'espérais qu'elle fasse une pause. Qu'elle se roule une cigarette, qu'elle décide de se saouler pour de bon. N'importe quoi, mais qu'elle arrête de travailler.

— Tu sais que je déteste ces Crânes de Nœud, dis-je. T'as pas besoin de me raconter.

On ne voyait que ses yeux à la lueur des braises. Ça lui donnait presque un air tendre quand elle se penchait sur son ouvrage.

— Voilà comme ils nous traitent, dit-elle.

— Je les tabasserais à coups de tuyau, jusqu'au dernier, dis-je. En plein dans leur putain de tête. (Je fis le geste avec mon poing.) Comme des chiens de prairie.

Cora ne fut pas impressionnée. Elle finit de rafistoler le pantalon sur lequel elle travaillait et le jeta sur la pile de vêtements déjà reprisés. L'espace d'une seconde, je crus qu'on avait terminé. Mais elle tira une chemise en satin de la pile beaucoup plus grosse des vêtements à repriser.

— Offie l'a libéré, dit-elle. Elle a dit à un monsieur que le garçon était son frère et qu'il s'était fait kidnapper. Le monsieur est parti en courant pour appeler la police.

Un mélange de pot-au-feu et de vin s'est mis à bouillonner dans ma gorge. J'ai roté avant de pouvoir m'en empêcher.

Elle a agité une main devant son visage.

— Merde, Sam, dit-elle.

— Désolé, dis-je.

Elle avait les mains sur la chemise en satin, mais elle n'avait pas encore commencé à coudre. Ses yeux étaient sur moi.

— Je déteste quand tu t'excuses, dit-elle.

Je rotai de nouveau. Et je ne m'excusai pas.

Elle n'avait toujours pas commencé à coudre. Elle regarda la chemise qu'elle tenait, et la jeta sur la pile des vêtements à repriser. Elle plongea une main dans la poche de son tablier, trouva sa blague à tabac, en sortit une cigarette déjà roulée et, tenant d'une main ses cheveux en arrière, elle se pencha sur les braises pour l'allumer. Elle s'écarta du feu en soufflant de la fumée.

— Viens par ici, dit-elle.

Je pris la bouteille et bus une gorgée de vin.

— Demande-le-moi plus gentiment, dis-je.

— Tout de suite, dit-elle.

C'était pour ça que je l'avais suivie sur le vin, que j'avais bu chaque fois qu'elle buvait. Pour ça que j'étais resté debout. Mon cœur se cala du mauvais côté de ma poitrine. Je pris une respiration pour le déloger de là et le rapprocher du sien.

On avait fait notre feu à peu près aux trois quarts vers le fond de l'Usine. Elle était grande, suffisamment grande pour qu'on puisse mettre beaucoup d'espace entre nous et ce qui pouvait entrer. Mais même de là où nous étions, quand les Crânes de Nœud firent irruption, on aurait dit que la porte d'entrée venait de se faire dynamiter.

J'avais le visage enfoui dans le cou de Cora. Elle me repoussa.

— File, dit-elle.

Elle attrapa un manteau et le roula en boule sur ce qu'il restait du feu, l'étouffant instantanément.

Je filai. Vers la porte. Des torches s'agitaient dans l'obscurité, il y en avait peut-être une douzaine. La tranchée n'était qu'une vague ligne dans le sol de terre battue à environ vingt mètres en direction de la porte d'entrée. Dérapant, roulant, je m'y glissai et atterris sur un bout de tuyau en acier.

— Jimmy, hurla Cora. Debout, tout le monde.

Mais Jimmy était déjà debout. Je l'entendis riper dans la tranchée à côté de moi.

Je jetai un coup d'œil discret par-dessus le rebord. Les clochards se mouvaient lentement, torches chancelantes. Leur odeur me frappa. Ils puaient la boue et la fumée de brasero.

Est-ce que ce sera celle-là ? C'est ce que je me demandais chaque fois que les Crânes de Nœud nous assaillaient. Est-ce que ce sera celle-là, l'attaque qu'on pourra pas repousser ?

J'entendais Cora qui s'occupait des petits. Les emmenait loin de l'action. Les clochards ne parlaient pas. On n'entendait que le feulement lent des torches qu'ils agitaient. Ils écoutaient.

— Je vais en attraper un et je vais lui exploser la tête, dit Jimmy.

— Ferme ta putain de gueule, dis-je.

Jimmy fit claquer son tuyau dans la paume de sa main. Il avait hâte.

Il faisait tout noir, là-bas. Il n'y avait aucune lumière en dehors de celle des torches.

Puis le silence se brisa.

— Attrapez ces voyous, dit une voix.

Et une des torches s'avança en vacillant vers Jimmy et moi.

Puis la torche fit une grande embardée sur le côté et vers le haut, et tomba, et le clochard cria. Un cri aigu, un cri de fille. Et tous les autres clochards cessèrent de bouger.

Jimmy ricana.

C'était les hameçons. On les avait pendus à la hauteur des yeux des Crânes de Nœud sur toute la largeur de l'Usine depuis la porte d'entrée jusqu'à la tranchée. C'est Jefferson qui avait eu l'idée. C'était un petit Noir avec un calot de cheveux de moine sur la tête qui était capable de trouver un usage pour à peu près n'importe quoi – usage mortel, le plus souvent.

Le clochard criait toujours. J'espérais que l'hameçon lui avait arraché l'œil comme une prune. Si c'était là l'attaque qu'on pourrait pas repousser, je voulais que deux ou trois de ces enfoirés passent le reste de leur vie borgnes.

— Baissez-vous, dit un autre Crâne de Nœud. Continuez à avancer, mais baissez-vous.

Ils avançaient lentement. Ils étaient presque sur nous.

Puis un autre encore se rua en avant. Droit sur Jimmy et moi.

Nous nous raidîmes. Tuyaux en main, prêts à frapper.

Nous avions calé une rangée de planches juste devant la tranchée. Et lorsque le clochard heurta l'une d'elles, son pied se coinça et son corps poursuivit son mouvement. Il tomba la tête la première dans la tranchée entre Jimmy et moi. Je lui assénai un coup de tuyau sur la colonne vertébrale, Jimmy sur la tête. Nous le frappâmes jusqu'à ce que nos bras nous brûlent. Le bruit des coups était mat et absurde. Nous le frappâmes jusqu'à ce qu'il n'y ait plus que ce bruit. Jusqu'à ce que ce bruit soit le bruit qu'on fait quand on cogne sur une courge. Jusqu'à ce que le clochard cesse complètement de bouger.

Mais après ça il y eut un autre clochard debout au-dessus de la tranchée. Une torche dans une main, un couteau Bowie dans l'autre.

Je clignai des yeux pour m'assurer qu'il était vraiment là.

Il l'était. Jimmy ne ricanait plus. Moi non plus.

C'était le clochard qui ricanait, maintenant.

— Viens te battre, espèce d'enflure, dis-je.

Mais on entendit ensuite comme un grognement d'ours, et il n'était plus là. Même la torche avait disparu. Il ne restait plus rien sinon le point de l'espace où sa torche se trouvait, gravé au feu sur mes rétines.

Avait-il fait un bond au-dessus de nous ?

Allait-il réussir à atteindre les petits ?

Je rampai vers l'autre bout de la tranchée, jetai un coup d'œil en direction de l'endroit où Cora les avait emmenés. Rien. Je me retournai. Je ne voyais que leurs torches. Ils se mouvaient toujours lentement, mais certains d'entre eux poussaient maintenant des cris.

Une des torches s'éteignit. Elle était là, et puis elle ne l'était plus.

Puis il y eut un bruit d'écrasement, un gargouillis. Et une autre torche s'éteignit.

— Hein ? hurla un clochard, mais sa voix fut coupée.

La torche qu'il tenait s'élança dans les airs. Sa silhouette floue décolla et alla se fracasser contre un volant d'inertie hors d'usage.

Les bruits que les clochards faisaient. Ils hurlaient, ils sanglotaient, leurs os se brisaient. Je pressai mes doigts dans mes oreilles pour ne pas les entendre.

Un kaléidoscope d'étincelles. Du feu qui se déchire dans l'air lourd. Des ombres d'hommes soudain disloquées en mille morceaux.

Je me rendis compte que je riais très fort.

Puis tout cessa de bouger.

J'ôtai mes doigts de mes oreilles. Il n'y avait plus de bruit sinon le souffle pondéreux de la chose inconnue qui leur avait fait ça. La respiration rauque et grinçante, maladive, d'un animal touché d'une balle dans le poumon. La chose se mit à bouger d'un pas lourd et sonore. Un geignement s'éleva quelque part et un craquement y mit fin. Et la chose continua à bouger. Elle trouva l'escalier métallique qui montait vers le toit. Le fer claqua et crissa comme s'il se faisait piétiner par une horde de bisons.

Cora était à côté de moi. Elle s'agrippait à mon bras.

— Dans le trou, dit-elle. Tout de suite.

2

SAM TROUVE UN MONSTRE SUR LE TOIT

Le trou était un tunnel qu'on avait creusé dans le sol de terre battue tout près du mur du fond. On l'avait construit exprès pour ça, pour quand les clochards essaieraient de nous voler l'Usine. Il passait sous le mur, de sorte qu'on pouvait le prendre pour déguerpir en cas de besoin. On n'avait pas l'intention d'abandonner l'Usine sans se battre, mais on n'était pas non plus prêts à mourir pour elle. Y a pas dans ce monde un seul endroit assez sûr pour qu'on puisse s'abstenir de prévoir un plan de fuite.

Tout au fond du trou, Cora se tenait pelotonnée avec le groupe des petits, son vieux pistolet à un coup à la main.

— Là, là, leur disait-elle. (Ils se pressaient contre elle en un amas de haillons frissonnant.) Ça va. Il nous trouvera jamais ici.

J'étais accroupi à un côté de l'entrée avec mon bout de tuyau. Jimmy se tenait de l'autre. Nos yeux s'étaient accoutumés à l'obscurité, et les trous du toit laissaient passer juste assez de clair de lune pour nous permettre d'y voir. On était responsables de l'entrée, Jimmy et moi.

C'était Cora qui désignait nos partenaires, et j'étais content qu'elle m'ait choisi Jimmy. Il était plus jeune que moi d'un an, il n'en avait que treize, mais il était déjà plus grand, et il avait les traits du visage aplatis comme ceux du boxeur que son père avait été. Comme si le nez cassé et les cicatrices étaient héréditaires.

Je comptai mentalement jusqu'à soixante. Pour la quatrième fois.

Rien.

Je comptai une fois de plus.

Toujours rien.

Je relâchai ma prise sur le tuyau et pivotai sur mes genoux dans la boue à moitié gelée pour me caler contre le mur. Je détestais la puanteur qui se dégageait de tout ça, de nous piégés ici comme des lapins. Mais je savais que Cora ne nous laisserait pas sortir du trou avant le matin.

Puis il y eut un grand bruit sur le toit de l'Usine.

Je pris une profonde respiration, trop sonore.

— Ferme ta putain de gueule, Sam, dit Cora.

— Là, là, murmura Hope aux petits. (C'était une grande fille carrée, la Starbuck de Cora.) C'est juste le tonnerre.

Je comptai de nouveau jusqu'à soixante.

Rien.

Je continuai à compter et recompter jusqu'à soixante, jusqu'à ce que je ne sache plus combien de fois je l'avais fait.

Au bout d'un moment, la respiration des petits s'alourdit, les rythmes s'emmêlèrent. Puis Jimmy lâcha un ronflement de l'autre côté de l'entrée. Il dormait la bouche ouverte, la tête par terre, de biais.

Mais pas Cora. Et pas moi.

Ses yeux noirs devenaient de plus en plus profonds au fil des heures, tandis que la lune suivait sa course dans le ciel. Puis ils disparurent dans l'obscurité, et je crois que je cessai complètement de respirer. Tous mes repères s'étaient fait avaler par la nuit. Il n'y avait plus de dedans, plus de dehors, tout était tellement noir que c'en était sans fin. Comme si tout notre espace était un trou percé depuis un autre monde. Je dus me couvrir la bouche avec la main pour m'empêcher de crier.

Puis, dans la lumière qui croissait lentement, les yeux de Cora émergèrent de nouveau, comme s'ils remontaient flotter à la surface d'un puits. Et l'aube vint. Et Cora était là, tout entière. Elle avait armé le chien de son pistolet, ses yeux noirs étaient ourlés d'une haine rouge pour tout ce qui concernait les Crânes de Nœud.

J'ouvris la bouche pour dire quelque chose, mais ma voix grinça et défaillit. Je toussai contre ma main qui tenait le tuyau.

— C'était pas le tonnerre, dis-je.

— Sans blague, dit Cora.

— C'était les flics. C'est sûr.

— Qu'est-ce que les flics pourraient bien nous vouloir ? Réfléchis, Sam.

— Bon. Qui d'autre ?

— J'en sais rien. Merde. Comment veux-tu que je sache ?

Je tentai de me lever, mais mes jambes se dérobèrent. Je basculai sur le côté, posai une main sur la terre froide pour me rétablir.

— Je t'interdis de monter là-haut, dit-elle.

Un des petits, un rouquin du nom de Watson, avait grimpé se blottir sur son giron à un moment de la nuit. Même dans son sommeil, il continuait à sucer son os de poulet. Pas moyen de le lui sortir de la bouche. Elle bougea ses jambes sous lui, grimaçant.

— Si c'est les flics, ils sont en train de monter une embuscade.

— Tu viens de dire que c'était pas les flics.

— Je rigole pas, Sam. Je t'interdis de monter là-haut.

Je fis un mouvement de flexion pour assouplir ma main qui tenait le tuyau.

— C'est sans doute juste un chien.

— Un chien, dit-elle. Laisse-moi me dépêtrer de Watson, et je monte voir moi-même.

— Hors de question.

Elle me tendit son pistolet.

— Prends ça.

Je ne le pris pas.

— Si moi j'en ai besoin, c'est que t'en auras plus besoin que moi.

Je sortis du trou.

Je passai devant notre feu et nos couchages, sautai au-dessus de la tranchée, me faufilai dans le cimetière de matériel abandonné après l'inondation. Une scierie mobile qui rouille et se fond dans la terre. Des métiers à ratière penchés selon des angles brisés, gris dans la lumière de l'aube. Deux des meules de deux mètres effondrées comme des dominos, l'une d'elles fendue de part en part. Et des flaques et des taches de sang de la veille.

Ça se produisait tous les quelques mois. De nouveaux clochards arrivaient en ville, et essayaient de nous prendre l'Usine. Mais, chaque fois, ils découvraient qu'elle n'en valait pas le prix. Quelques-uns d'entre eux devaient d'abord perdre un œil ou deux, ou extraire de leurs pieds des épieux maculés de merde, mais ils le découvraient toujours.

L'escalier qui menait au toit se trouvait juste à l'extérieur de la grande porte d'entrée. Je le gravis marche par marche. En me faisant léger pour éviter que le métal ne grince. Sans y parvenir. J'atteignis le toit, grimaçant à chaque pas.

Je n'avais pas la moindre idée de ce que j'avais devant moi.

L'été, quand l'atmosphère était si chaude et si marécageuse en bas, on vivait sur le toit. Il y avait un cabanon que nous avions construit avec du bois de récupération, du papier goudronné, et des vieux bouts de tuyau de poêle que nous avions coupés en deux et aplatis à coups de semelle. À l'intérieur, on faisait notre feu sur une plaque de fer qu'on avait trouvée en bas, de sorte que nous pouvions cuisiner même quand il pleuvait ou qu'il y avait du vent.

Là, il y avait quelque chose dans notre cabanon. La chose avait envoyé valser nos casseroles et était entrée se protéger de la neige de printemps, dont une fine couche était tombée pendant la nuit.

Je quittai l'escalier et m'approchai, tournant autour du cabanon de cuisine.

Puis je reculai.

Ça ne pouvait pas être un homme. Pas de cette taille. Il ressemblait plus à un mur de terre qui se serait effondré dans la nuit. Il était tellement grand qu'il n'entrait pas tout entier dans le cabanon, ses coudes et ses mains dépassaient, saupoudrés de neige. Il avait les bras croisés sur les genoux, le menton baissé, calé contre son torse, de sorte qu'on ne voyait pas son visage, et son costume noir boutonné jusqu'en haut le comprimait comme s'il était bouffi par les efforts de la nuit.

Je m'accroupis et tentai de comprendre ce qu'il pouvait être. Il sentait fort le feu de camp, la pluie et la fumée de locomotive.

Et j'essayai de ne pas penser à la taille qu'il faisait.

La taille qu'il faisait.

Il était trop grand pour qu'on puisse le voir en entier d'un seul coup. Et à regarder n'importe quel morceau de lui, vous risquiez de perdre complètement pied en pensant à la quantité de lui qu'il y avait autour.

Et je savais ce qu'il avait fait à tous ces hommes, en bas.

Le soleil se levait, trop brillant, et la neige commençait à fondre sur le toit. J'étais encore en train de regarder le monstre, les yeux plissés, lorsque j'entendis l'escalier tinter. Cora se hissa au-dessus du rebord, son pantalon de garçon en velours côtelé battait lourdement dans le vent du matin.

— Il est blessé, dis-je. Je sais pas exactement où. Mais putain il est blessé, c'est sûr.

Elle se rapprocha de moi. Elle siffla.

— Merde, dit-elle.

— Ouais, t'as raison, dis-je. Merde.

— T'es resté assis là comme ça depuis que t'es parti ?

Je fis oui de la tête.

— Tout le temps?

— Tout le temps.

— Tu t'es pas dit qu'on pouvait avoir besoin de toi en bas?

— J'ai pensé que vous aviez besoin de moi exactement là où j'étais.

— À le regarder, c'est tout?

— C'est un sacré morceau à observer, dis-je. T'as vu ce qu'il a fait à ces hommes.

— Je lui donnerais une médaille si je pouvais. (Elle fit le tour du cabanon de cuisine. La neige fumait sous le soleil de printemps, des volutes de vapeur montaient de ses empreintes de pieds. Puis elle se figea.) Ah, merde, dit-elle.

Je la rejoignis. C'était l'autre côté de l'homme, et le soleil tombait sur son visage. Sauf que ce n'était pas du tout un visage. Ce n'était qu'une masse de tissu cicatriciel, de surplis de peau tortueux stratifiés les uns sur les autres en des nuances mouchetées de rouge et de jaune.

Cora se pencha, son gilet de costume gonflant à la taille.

— Je crois que c'est pas une bonne idée de l'embêter, dis-je.

Mais elle tendait déjà la main pour toucher les cicatrices.

La main de l'homme jaillit et lui saisit le poignet. Lorsqu'il s'avança pour se lever et sortir du cabanon, ce fut comme une montagne s'élevant de la terre. Les traits aplatis du bon côté de son visage émergeaient de la ruine d'apparence minérale de son mauvais côté, comme façonnés à partir de la matière première des tissus cicatriciels. Ses yeux étaient sombres et plats, noyés de souffrance.

Derrière nous, l'escalier métallique claqua alors que les petits détalaient de l'endroit où ils s'étaient entassés pour voir ce qui se passait.

De sa main libre, Cora sortit le pistolet de quelque part sous ses vêtements et le braqua sur le monstre.

Les muscles de sa mâchoire côté meurtri se tordirent et coulèrent autour de l'os comme de la lave, mais aucun son ne sortit. Puis son visage s'affaissa et il tomba à genoux. Il essaya péniblement de se relever, sans y parvenir. Il lâcha le poignet de Cora.

La main de Cora qui tenait le pistolet retomba. Elle pencha la tête, le regarda.

Il porta ses mains à son crâne et il serra.

— Votre tête ? dit Cora.

Sa bouche s'ouvrit et sa peau devint grise comme du granit.

— Tu crois qu'il a été blessé cette nuit ? dis-je.

Cora n'avait pas cessé de le fixer.

— Je sais pas, dit-elle. J'ai l'impression qu'il lui en faudrait plus que ces sales Crânes de Nœud de clodos.

— J'ai l'impression qu'il lui faudrait une canonnade, dis-je.

Il lâcha un long grognement, ou plutôt un genre de gémissement.

— Bon, mais putain, qu'est-ce qu'on va en faire ? dis-je.

Elle remit le pistolet dans ses vêtements et se tint là devant lui, perplexe.

— Il va falloir que quelqu'un le soigne, finit-elle par me dire. Sans ça, on n'en tirera jamais rien.

Je ne comprenais rien à ce raisonnement, mais ce n'était pas la première fois.

Elle remarqua l'expression de mon visage.

— T'as pas envie de savoir comment il est arrivé ici ? Tu te dis pas qu'il doit chercher quelque chose ?

Je ruminai ça quelques instants.

— J'imagine que si.

Elle tendit le bras et posa le revers de sa main sur la masse difforme qu'était la tête de l'homme.

— Il est brûlant. Va me chercher de l'eau chaude.

Ce que je fis.

Je faisais toujours ce qu'elle disait.

Sautant de la dernière marche de l'escalier sur le sol de l'Usine, je faillis atterrir sur Ulysses, qui transportait une grosse marmite à lessive remplie d'eau de la rivière. Il la tenait à deux mains contre sa taille, calée sur sa joue mate. Ulysses venait du Pensionnat Indien. Ils lui avaient coupé les cheveux et percé la langue avec une aiguille chaque fois qu'il parlait dans sa langue maternelle, mais ils avaient fait de lui un excellent cuistot.

— On a besoin d'eau, dis-je. D'eau chaude.

Ulysses ne laissa en rien paraître qu'il m'avait entendu, mais il porta la marmite vers le feu. Fawn bondit pour prendre les devants et installer la grille. C'était une fille aux cheveux blancs et à la peau maculée de suie qui ressemblait à une petite souris et suivait Ulysses partout où il allait. Ulysses lui dit quelque chose en cheyenne ; elle trouva le soufflet et se mit à pomper.

Je m'approchai pour aider à caler la marmite, mais Ulysses me fit signe de reculer.

— C'est nous les cuistots, ici, dit-il dans notre langue.

Lorsque j'apportai l'eau sur le toit, l'homme était étendu face contre terre comme un cadavre ; Cora se tenait accroupie à côté de lui et lui tâtait la tête.

— Il lui est arrivé quelque chose à la tête, dit Cora. Il a un truc cassé quelque part là-dedans.

Je posai la marmite, crachai, m'accroupis à côté d'eux. Je regardai les mains de Cora se mouvoir sur sa tête. Je n'en avais pas envie, mais je le faisais quand même.

— On dirait que quelqu'un lui a lâché un poêle brûlant dessus, dis-je. C'est peut-être ça.

— C'est quelque chose de plus gros.

— De plus gros que quoi ?

— De plus gros qu'un poêle.

En cette seconde précise, je vis exactement à quoi elle pensait, et j'aurais pu me donner des claques pour ne pas l'avoir vu plus tôt. S'il y avait une chose que Cora faisait, c'était accueillir les égarés. C'est comme ça qu'on avait tous fini à ses côtés.

— Tu vois pas que c'est un Crâne de Nœud ? dis-je.

— Tu trouves qu'il ressemble aux Crânes de Nœud habituels ? dit-elle.

— C'est sûr que c'est un Crâne de Nœud d'allure exceptionnelle. Mais c'est quand même un Crâne de Nœud.

— Il nous a protégés des clochards.

— C'est vrai, dis-je. Et il pourrait se réveiller et nous tuer jusqu'au dernier.

— Il nous faudrait du laudanum.

— Où est-ce que tu veux qu'on trouve du laudanum, putain ? dis-je.

Ses doigts se mouvaient sur la tête de l'homme comme des mites sur une corniche brisée.

— Tu sais bien où, dit-elle.

3

SAM SE DÉBROUILLE
POUR TROUVER DES MÉDICAMENTS

J'ÉTAIS PAS VRAIMENT sûr qu'aller chercher de l'aide pour ce grand fils de pute sur le toit était une bonne idée. Si vous attrapez un homme fort dans un moment de faiblesse, vous lui tranchez sa putain de gorge. Chaque fois. Vous ne le soignez pas pour qu'il se retape. Vous pouvez être sûr que c'est en mangeant quelqu'un exactement comme vous qu'il a acquis sa force. Mais on discutait pas avec Cora. En plus, essayer de la persuader de ne pas s'occuper des cabossés et des brisés était comme essayer de persuader le soleil de ne pas briller.

J'étais petit pour mon âge, alors je m'enveloppai dans un manteau maculé de boue et mis une casquette grise dans l'espoir de paraître plus vieux. Même comme ça, je retins ma respiration pour traverser le bidonville des Bottoms. Des cabanons délabrés de tôle et de bois pourri, avec des toits en papier goudronné maintenus par des briques et des roues de chariots cassées. Les clochards qui vivaient là étaient les mêmes que ceux qui avaient tenté de prendre l'Usine, mais il était suffisamment tôt pour que personne ne bouge. Personne ne m'embêta.

J'émergeai des Bottoms par le pont de la 14e rue, qui enjambait la rivière juste après le coin de berge où les vendeurs du marché aux légumes balançaient tous leurs détritus. Il y avait une famille de Ritals, dans le magma jusqu'aux coudes, qui enfournaient et avalaient directement le moindre rebut solide qu'ils arrivaient à en extraire. De l'autre côté de la rue, c'étaient les soupes populaires, où pour cinq cents vous pouviez acheter un bol des mêmes ordures, bouillies. Des hommes faisaient déjà la queue, alors qu'elles n'ouvriraient que dans plusieurs heures.

Les Bottoms étaient sur la rive ouest de la Platte. Pour aller en ville, vous traversiez par le pont de la 14e rue, et là, Denver tout entier s'ouvrait à vous. Vous pouviez tourner vers le nord par Waze Street et arriver à Union Station, avec ses rails et ses entrepôts, puis, plus loin, c'était le quartier de Deep South, où les Noirs de Denver vivaient; ou bien vous pouviez continuer un peu sur la 14e rue, puis prendre à gauche par Market ou Larimer Street, et en un rien de temps vous étiez dans The Line, au cœur des tripots de jeu, des bordels et des saloons. Ou alors vous pouviez faire ce que je fis, continuer à marcher vers Lawrence Street et le centre-ville.

Le centre-ville. Putain de Denver. Dans le centre-ville, des hommes en cravate se pressaient les uns contre les autres pour monter dans les trams en disant des trucs débiles comme "Je vous prie de m'excuser" ou "Comment allez-vous?". Dans le centre-ville, des femmes à taille de guêpe marchaient à petits pas sur les trottoirs, coiffées de chapeaux à plumes. J'aurais donné n'importe quoi pour voir tous ces gens-là se nourrir comme nous de poules sauvages et de cactus. Il n'y en avait pas un seul capable de tenir dix minutes sans vivre sur le dos de quelqu'un d'autre.

Si jamais j'en avais trouvé un dans un moment de faiblesse, je lui aurais tranché la gorge sur-le-champ.

L'église du pasteur Tom se dressait à l'angle de la 20ᵉ et de Lawrence. Le Tabernacle du Peuple. C'était un vaste bâtiment de briques aux fenêtres roses et aux portes cintrées ; c'était la plus grande maison de Dieu de toute la ville, et il le fallait bien. Le pasteur Tom nourrissait plus de gens affamés que tous les autres habitants de Denver réunis, et il tenait même un dispensaire, des bains-douches, et une cuisine complète.

Des clochards traînaient sur les trottoirs en bois, à fumer des cigarettes et boire des gorgées aux cruchons que le pasteur Tom leur interdisait d'emporter à l'intérieur. C'était l'heure du petit déjeuner dans la grande salle. Des centaines de cuillères et fourchettes en fer-blanc cliquetant sur des assiettes en fer-blanc. La moitié de la police de Denver était là elle aussi, assise avec les clochards pour bouffer gratuitement. J'abaissai ma casquette encore plus sur mon front. Les fils de putes.

Dans son genre, le pasteur Tom Uzzel était quelqu'un de bien. Je serais le premier à l'admettre. C'était un satané menteur, mais c'était quelqu'un de bien. Il était maladif parce qu'il mangeait ce qu'il servait aux clochards, et son pantalon et sa veste de costume gris étaient élimés et aux coudes et aux genoux parce qu'il n'aurait jamais dépensé en vêtements de l'argent pouvant servir à nourrir quelqu'un d'autre. Mais il n'était pas non plus du genre bonne âme futile comme il y en avait tant. Le pasteur Tom n'était pas un pacifiste. Il portait un Colt partout où il allait, et il ne répugnait pas à distribuer quelques coups de crosse aux macs qu'il surprenait à prospecter dans son église.

Je trouvai sa table et ôtai ma casquette. Je suais sous mon manteau, mijotant dans la puanteur de la grande salle. Une odeur de saucisse, de café, et d'hommes qui ne se donnaient pas la peine de se laver, ni même de se torcher le cul. Et je parle pas seulement des flics.

Ses yeux dansèrent brièvement sur moi.

— Comment vas-tu, mon fils ? dit-il.

— Il faut que je vous parle, dis-je.

— Prends une assiette et assieds-toi.

— J'ai trop mangé hier soir.

Il eut un petit rictus du nez, comme s'il avait senti l'odeur du vin sur moi.

— Comment va notre fille ?

Quand il parlait de Cora, j'en avais des sueurs.

— Bien, dis-je. Très bien.

Je suais vraiment beaucoup.

— Elle est prête à me les amener ?

— Elle va pas bien à ce point.

— Je n'exige pas de conversion, mon fils. Je veux seulement que vous veniez à l'école.

— Je leur fais la lecture tous les soirs. Shakespeare, et toutes sortes d'autres trucs.

— Et ils sont combien à savoir lire, maintenant, mon fils ? Depuis que tu es leur professeur ?

Je ne répondis pas.

Il pointa sa fourchette vers moi.

— Tu sais ce qui arrive aux filles qui grandissent dans la rue.

— Ouais.

— On devient tous ce qu'on déteste, même si ce n'est qu'être adulte. (Il planta sa fourchette dans un bout de jambon.) Alors, de quoi as-tu besoin ?

— De laudanum.

— De laudanum ? Pourquoi as-tu besoin de laudanum ?

— On a un blessé.

Il porta sa fourchette à sa bouche, puis la reposa.

— Tu me donnes quoi en échange ?

— Trois jours de boulot. Vous pouvez prendre deux d'entre nous. On vous aidera à soigner les poitrinaires.

— Je peux la choisir elle ?

— Non, pas elle, dis-je. Uniquement deux garçons, dont moi.

Il savait pourquoi j'avais dit ça. Il aimait faire comme s'il ne le savait pas, mais il le savait.

— Ça n'aurait pas quelque chose à voir avec l'espèce de gros colosse que vous avez sur votre toit, si ? dit-il. On m'a emmené six hommes à l'infirmerie, cette nuit.

— Ces fumiers devraient être à la morgue, dis-je. Tous autant qu'ils sont.

— Surveille ton langage, dit-il. Qui suis-je pour jeter la première pierre ? Qui es-tu, toi ?

— Je la jetterai, dis-je. Je pourrais tous leur exploser la tête.

Il rit.

— Alors c'est le colosse ?

— Il a tellement mal à la tête qu'il ne peut même pas bouger.

— Certains des hommes qui sont à l'infirmerie ne bougeront peut-être plus jamais.

— Ils auraient pu nous tuer. Ou pire.

— Ou pire.

Le pasteur Tom posa ses yeux sur moi et les y laissa. Sa fourchette avec son bout de jambon me pointait comme un doigt.

Le bruit des hommes qui mangeaient, le vacarme des assiettes, la cohue. Tout ça se confondait. J'étais déjà en train d'élaborer un plan de secours. Ce n'était pas comme si je ne pouvais pas trouver une pute à qui soutirer un peu de laudanum. Ça n'aurait pas plu à Cora, mais au moins elle ne serait pas déçue.

C'est la seule chose que je ne supportais pas, que Cora soit déçue.

Le pasteur Tom finit par mettre son bout de jambon dans sa bouche ; il le mâcha un petit moment.

— C'est bon, Sam. (Il laissa sa fourchette tomber bruyamment sur son assiette et se leva.) Mais je viens avec toi.

L'homme était exactement là où je l'avais laissé, étendu sur le toit, Cora assise en tailleur à côté de lui.

— Il respire encore ? dis-je.

— Je crois bien que oui, dit-elle.

— Juste Ciel, dit le pasteur Tom en constatant la taille de l'homme.

Je m'accroupis près de Cora et posai ma main sur le dos de l'homme. J'eus l'impression de sentir du mouvement.

— Tu crois que t'arriverais à faire bouger ce fils de pute hideux ?

Cora tapota le bras du monstre. Sa respiration se fit plus profonde, s'accéléra sous l'effet de la douleur. Ses yeux s'ouvrirent, sauvages et durs. Il posa sa main sur le toit, tira ses genoux sous lui, et puis il fut assis, et il nous regardait tous les trois.

— Juste Ciel, répéta le pasteur Tom, cette fois dans un registre plus aigu, en voyant son visage.

— Vous avez le laudanum ? dit Cora.

Je sortis une des petites fioles de la poche de mon manteau.

La main du monstre jaillit et il y eut un cri.

C'était moi.

C'était comme si je m'étais coincé le bras dans la fissure d'un roc. Une fissure qui se serait refermée.

Il tendit son autre main et prit la fiole de laudanum.

Lorsque je repris connaissance, le pasteur Tom et Cora se tenaient debout au-dessus de moi. Le monstre était étendu sur le dos, la tête et le torse dans le cabanon de cuisine, les pieds dehors.

— Vous l'avez abattu ? dis-je.

— Abattu ? dit Cora.

— Il a failli me casser le bras.

— Merde, Sam, dit Cora. T'es même pas resté évanoui assez longtemps pour que je me roule une cigarette.

Je remontai ma manche. Mon avant-bras virait déjà au violet autour des marques de doigts rouges.

— Il est vraiment blessé, dit Cora en tirant sur les doigts d'une de ses mains, puis de l'autre.

— Je vois ça, dit le pasteur Tom.

Il avait apporté sa mallette de secours en cuir, et il la laissa tomber sur le toit.

— Vous pouvez l'aider ? dit Cora.

Elle ne parlait pas de moi.

— Je peux espérer avoir quelque chose en retour ? dit le pasteur Tom. Que les petits viennent à l'école, par exemple ?

— Aidez-le, c'est tout. (Cora continuait à tirer sur ses doigts.) S'il vous plaît.

— Il faut d'abord qu'on le fasse sortir de ce cabanon, dit-il.

— Allez, tout le monde, dit Cora. (Les orphelins quittèrent leurs postes d'observation en haut de l'escalier et vinrent se placer autour de l'homme.) Prenez-le tous par un bout, dit-elle.

Jimmy et Hope prirent chacun un bras ; Rena et moi, une jambe. Rena était un magnifique brin de fille, blonde comme un soleil voilé, mais elle était presque aussi forte que Jimmy. Puis les petits s'amassèrent autour de lui comme un essaim de guêpes. Trois demi-douzaines de petites mains s'activèrent pour le tirer et le guider hors du cabanon puis l'allonger sur le toit.

Puis ils reculèrent tous un peu. Le petit Commodore muet dans son sac de farine tapait dans ses mains comme s'il venait d'abattre un arbre et qu'il voulait se débarrasser de la sciure ; Watson le rouquin trouva ça tellement bien qu'il se mit lui aussi à taper dans ses mains, l'os de poulet pendu au coin de sa bouche.

Le pasteur Tom s'agenouilla et ausculta le cou du monstre avec ses mains. Serrant par-ci, palpant par-là. Puis il déboutonna sa chemise.

— Il a vu de l'action, dit-il.

Je regardai. Le torse du monstre était un champ labouré, parcouru de cicatrices, couvert de replis de peau. Je crachai et détournai le regard.

Cora ne détourna pas le regard.

Le pasteur Tom ouvrit la mallette de secours et farfouilla dans son contenu pour en sortir un stéthoscope. Il le pressa contre le torse scarifié de l'homme et écouta. Lorsqu'il eut entendu ce qu'il voulait entendre, il se redressa.

— Alors? dit Cora.

— Il a plusieurs côtes cassées.

— Qu'est-ce qu'on peut faire?

— Y a pas grand-chose à faire. Il a besoin de repos. De beaucoup de repos.

— C'est tout? dit Cora.

— Non. (Le pasteur Tom se releva.) Je crois qu'il a les poumons enflammés.

Cora tira sur ses doigts.

— Je repasserai demain, dit le pasteur Tom. J'apporterai un scalpel et un bol à saignée.

— Et votre infirmerie? dit Cora. On pourrait pas l'y emmener?

Le pasteur Tom rangea le stéthoscope dans sa mallette.

— Les flics y viennent.

Le monstre se réveilla en toussant, manquant de s'étouffer. Il fit un grand geste du bras, et faillit frapper le pasteur Tom. Les orphelins reculèrent comme une vague. Tous, sauf Hiram. Après la crise de l'argent, le père d'Hiram avait tué sa mère puis s'était suicidé avec un fusil de calibre 45-70. Hiram éprouvait le genre de mépris du danger qu'on a quand on a vu ce qu'un fusil conçu pour la chasse au bison peut faire sur du plus petit gibier. Il se tenait là, impérieux, les yeux rivés sur le monstre.

— Un visage comme celui-là, ça a de quoi faire cailler le lait, dit-il.

Hiram avait dix ans, et il avait toujours eu un don pour la parole. Je pense qu'il devait l'avoir de naissance.

— Éloigne-toi avant que je le laisse t'attraper, Hiram, dis-je.

— Tout doux, disait le pasteur Tom au monstre, tout doux.

Il lui parlait comme s'il parlait à un cheval effarouché.

Lentement, le monstre se redressa en position assise. Il agita sa main en direction du cabanon, puis son menton s'affaissa de nouveau contre sa poitrine comme s'il avait brûlé toute l'énergie qu'il possédait.

Cora jeta un coup d'œil dans le cabanon. Puis elle en sortit la veste du monstre.

— C'est ça?

Le monstre la prit, et tira d'une des poches un petit carnet en cuir et un moignon de crayon. Il cala le carnet sur sa cuisse, y écrivit quelque chose, puis le tendit à Cora.

— Je saurai pas lire ça, dit Cora.

— Moi je saurai, dit le pasteur Tom en s'avançant pour prendre le carnet.

Le monstre tourna vivement la tête vers lui, et un grognement sourd monta du plus profond de sa gorge.

Le pasteur Tom fit un pas en arrière.

— Sam? dit Cora. (Elle me montra du doigt.) Sam peut le lire?

Le menton du monstre se leva puis retomba.

Cora me passa le carnet.

Pas de détectives, disait le mot.

Je refermai le carnet et le rendis au monstre.

— Il peut aller nulle part où des gars de Pinkerton risqueraient de le trouver.

— C'est pour ça que j'ai dit ça, dit le pasteur Tom.

Quand le pasteur Tom revint, le monstre tremblait comme un moteur en feu. Toute la nuit, il avait sué et grogné dans ses rêves. Le pasteur Tom se servit d'un scalpel et d'un bol pour le saigner, puis il montra à Cora comment faire et par la suite elle le saigna quotidiennement. Pendant toute une semaine. Et quand elle vit que les saignées ne lui faisaient aucun bien, elle lui administra le mercure. Elle le veilla nuit et jour, ne dormant que lorsque le laudanum, en quantités toujours plus grandes, lui permettait à lui aussi de dormir.

Avec ce monstre sur le toit, les clochards ne s'approchaient plus du tout de nous, et comme pour prendre acte de ce fait, nous montâmes tous sur le toit, installant nos couchages autour du cabanon de cuisine, où l'homme était étendu, la tête et le tronc à l'intérieur, comme un ours à moitié enfoui dans son terrier. J'envoyais les autres mendier et voler pendant la journée, mais je n'y allais pas moi-même. L'avoir sur le toit nous valait protection, mais vu les bleus que j'avais au bras, il était absolument hors de question que je laisse Cora seule avec lui.

Des taches blanches se formèrent sur ses gencives à cause du mercure. Je commençais à me dire qu'on allait l'enterrer avant qu'il se passe encore une autre semaine.

C'était pas vraiment pour lui que je me faisais du souci, mais plutôt pour Cora. Lorsque Cora entreprenait de sauver une personne, elle s'attendait à ce qu'elle reste sauvée. Avec tout ce qu'elle avait perdu, tout ce qui avait fait d'elle une orpheline, elle n'avait plus beaucoup de place pour d'autres pertes.

Et puis une nuit la pluie me réveilla, une pluie de printemps fine et froide, et je me levai pour aider Cora à faire descendre les petits du toit.

Mais Cora était dans le cabanon, coincée contre la tête du monstre, une main posée sur son front pour prendre sa température. Et lorsqu'elle se faufila hors du cabanon, elle avait le visage fatigué et pâle, mais brillant comme une pierre mouillée au clair de lune.

— Sa fièvre est retombée, dit-elle.

Mes entrailles se vidèrent comme si on les avait raclées à coups de rabot. Il fallait que je m'assoie. Et je m'assis, là, sous la pluie. Épuisé par la pensée que ce soir au moins elle n'aurait pas à affronter d'autres pertes.

4

SAM ET LES ORPHELINS
ACCUEILLENT UN VISITEUR

Le lendemain matin, lorsque Jimmy et moi partîmes pour tenir la promesse que nous avions faite au pasteur Tom, le monstre était assis dans son cabanon, un œil luisant fixé sur nous depuis la pénombre. Vous ne pouviez pas vraiment voir ses deux côtés en même temps, le côté scarifié et le côté non scarifié. Enfin, vous pouviez bien sûr voir ses deux moitiés dans la mesure où elles faisaient partie du même ensemble, et quand il se tenait assis au fond de son cabanon vous pouviez le voir en entier. Mais votre regard glissait naturellement d'un côté ou de l'autre comme une grenouille qui dérape d'un rocher. C'était plus fort que vous. C'était comme ça.

Il n'était pourtant pas la seule personne défigurée à Denver. Les gens se faisaient bouffer par la maladie, leur nez pourrissait puis tombait, leur colonne vertébrale s'entortillait comme du fil de fer. Tout le monde avait le visage marqué par un accident quelconque, dans les abattoirs ou dans les raffineries. On amputait des bras, des jambes, pour ne laisser que des moignons. D'autres se faisaient arracher un œil ou une oreille dans les bagarres de saloons. Il y avait même en ville un mendiant qui s'était fait scalper par les Sioux et avait survécu. Il enlevait son chapeau de cavalerie pour vous montrer la grosse plaque chauve mouchetée qu'il avait sur le sommet du crâne. Et la Guerre n'était pas encore assez loin pour qu'on ne voie plus d'hommes défigurés et estropiés par les boulets de canon. Il était rare de croiser quelqu'un de plus de vingt ans qui n'ait pas perdu quelque chose. Le monde tordait les corps aussi salement qu'il tordait les esprits.

Mais j'avais jamais vu personne de semblable à ce monstre. Personne d'aussi nettement coupé en deux. Et c'était pas seulement la faute du feu. J'avais déjà vu des brûlés, et c'était pas ça. Il y avait des creux et des bosses sur son corps comme si on lui avait fait entrer des trucs sous la peau à coups de fusil, et qu'ils s'y étaient nichés. Quand j'avais vu son torse, ses côtes étaient comme des branches toutes tordues sous les tissus cicatriciels de toutes ses fractures. La mâchoire, de son mauvais côté, était enfoncée. J'y voyais pas très bien, mais il me semblait qu'il n'avait là presque plus aucune dent. Et il avait deux doigts en moins, et les muscles de son bras scarifié ressemblaient à des câbles d'acier qu'on aurait débobinés puis rembobinés n'importe comment.

Mais c'était pas ça le plus marquant chez ce monstre. Le plus marquant, c'était la façon qu'il avait de porter son côté scarifié. La plupart des gens aussi amochés que ça s'efforcent de le masquer. Lui, il marchait sur le toit en traînant les pieds comme le fantôme d'un singe, en vous offrant toujours le côté scarifié d'abord. Quand il vous regardait, il tournait toujours la tête de façon à vous le présenter, et il le faisait sciemment. Au début, je pensais qu'il voulait juste faire peur. Puis je me suis dit que c'était parce qu'il portait ses blessures comme une espèce de médaille honorifique.

Mais au bout d'un certain temps, je compris que c'était pas ça du tout. C'était parce qu'il avait honte de son côté non scarifié.

C'était ce côté-là qu'il vous cachait.

Et puis Jimmy et moi en eûmes fini de nos trois jours passés à soigner les poitrinaires du pasteur Tom. Il y avait eu une autre pluie de printemps, mais elle venait de cesser, et je me trouvais assis sur le parapet, près de l'escalier, occupé à tailler un bâton en pointe. À observer Cora en m'efforçant de n'en rien laisser paraître.

Elle et Ulysses rassemblaient les petits et leur faisaient se laver les dents avec des bouts de chiffon et du dentifrice. Watson avait de la bonne mousse plein la bouche, et il se tourna d'un coup vers Fawn et aboya comme un chien. Fawn poussa un petit cri et Watson tomba à quatre pattes et se mit à la poursuivre partout sur le toit. Les omoplates de Cora se raidirent, mais elle ne dit rien. Ulysses se tenait debout les bras croisés, à les regarder faire ces bêtises. Étant cheyenne, le dentifrice était une chose avec laquelle il ne voulait rien avoir à faire. Je le rejoignais sur ce point-là. Le pasteur Tom nous bassinait avec son dentifrice, mais c'était une des mille choses qui ne m'intéressaient pas du tout. L'histoire de ma vie entière.

Il y eut du bruit dans l'escalier. Un homme montait. Un homme dont on voyait clairement qu'il se foutait bien de savoir qui pouvait se trouver en haut.

Je lâchai mon bâton.

— Pistolet, dis-je à Cora.

Cora regardait la ribambelle d'enfants, qui étaient maintenant tous en train de cracher dans le vide depuis le parapet. Elle était perdue quelque part.

Je me levai et m'éloignai à reculons de l'escalier, ne m'arrêtant qu'en me cognant à Jefferson.

— Pistolet, dis-je.

Elle sursauta, comme si elle se réveillait.

— Sors ton putain de pistolet.

Cette fois, elle entendit. Tout le monde entendit. Les sourcils de Jefferson se rejoignirent, ses mains se serrèrent et se desserrèrent contre ses flancs. Sa bouche s'ouvrit et se ferma plusieurs fois. Il avait toujours été trop sensible pour cette terre.

Cora sortit son pistolet. Les orphelins s'égaillèrent aux quatre coins du toit. Cora braqua l'arme sur le haut de l'escalier.

Un homme apparut. Il était baraqué, avec des cheveux blonds clairsemés lissés en arrière sur son crâne et un début de nez d'ivrogne. Il portait un costume anthracite, le genre que portaient les hommes du centre-ville, un chapeau melon assorti, et sa cravate Windsor volait dans le vent sur le côté.

Il nous ignora, marchant sur le toit d'un pas très décidé. Sa bouche se fendit d'un grand sourire sous ses petits yeux noirs.

— Bon Dieu de bordel de merde, dit-il. Je savais que c'était toi. Dès les premières rumeurs, j'ai su que c'était toi. Espèce de fils de pute.

Le monstre leva la tête. Reconnut l'homme. Puis la douleur fit retomber son menton contre son torse, le pétrifiant sur place.

L'homme ouvrit la bouche pour dire autre chose, mais il s'était suffisamment approché pour voir le visage du monstre. Il se massa le menton et fit porter son regard au loin, sur les toits de Denver.

— Merde, dit-il. (Il sortit une flasque de sa poche intérieure, dévissa le bouchon, but une gorgée.) Merde, répéta-t-il.

Il but une autre gorgée.

Je perçus du mouvement sur le côté. C'était Lottie les-grands-yeux et Offie dents-de-cheval, qui s'avançaient vers l'homme sur la pointe des pieds. Je leur fis un signe de tête pour qu'elles retournent d'où elles venaient. Lottie entama un demi-tour, mais Offie murmura quelque chose à son oreille et elles continuèrent à se diriger vers l'homme.

— Même pas "Salut, Cole"? dit l'homme sans regarder le monstre. Même pas "Comment ça va, Cole"?

— Il peut pas parler, dis-je. Je crois qu'on lui a brûlé la langue.

Cole fixait toujours la ligne brisée de l'horizon de la ville.

Lottie et Offie l'atteignirent. Lottie sortit un couteau de cuisine de quelque part dans sa robe. Elle recula un peu et laissa Offie s'avancer. Offie croisa les bras.

— C'est quoi votre problème, monsieur?

— Lottie, Offie, dit Cora. Ramenez vos culs à côté de Hope.

Les yeux d'Offie restèrent fixés sur Cole. Ils étaient plissés l'un contre l'autre, ne formant qu'une bande de bleu au milieu de ses taches de rousseur.

— Je veux savoir qui c'est ce bonhomme qui croit qu'il peut monter comme ça jusqu'à notre toit, dit-elle. Je vous ai posé une question. C'est quoi, votre problème ?

— J'ai pas de putain de problème, dit Cole. Ça pue comme en enfer un jour de grand ménage. Vous êtes peut-être habitués, mais moi pas.

— Notre souillon a pris son jour de congé. (Lottie agita son couteau devant lui.) Je serais heureuse de vous fourrer ça dans le nez. Ça vous soulagerait.

Cora avait toujours son pistolet braqué sur Cole.

— Vous deux, je vais compter jusqu'à trois, et si vous avez pas ramené vos culs près de Hope, vous aurez pas d'histoire ce soir, dit-elle.

Offie fixa Cole une seconde de plus avec ses yeux plissés, les bras toujours croisés. Puis elle cracha à ses pieds et fit un petit geste de la tête à l'attention de Lottie.

— On se tire, dit-elle.

Les deux fillettes rejoignirent Hope en plastronnant.

— Bon, qu'est-ce que vous faites ici, putain ? dit Cora.

— Je suis venu le chercher, dit Cole.

Le monstre tenta de se lever, n'y parvint pas. S'assit.

— Tu vas pas rester là, Goodnight, dit Cole.

— Vous l'emmènerez nulle part, dit Cora.

Cole regarda son pistolet comme si c'était un bouton qu'elle avait sur la main.

— Vous devriez ranger ce truc, jeune demoiselle.

— C'est comme ça qu'il s'appelle ? dis-je. Goodnight ?

— Qu'est-ce que ça peut vous faire ? dit Cole.

— Ça fait des semaines qu'on s'occupe de cet enfoiré de laideron, dis-je.

— C'est son nom, dit Cole. John Henry Goodnight. Un nom comme ça, ça ne s'oublie pas. Vous en entendrez jamais d'autre pareil.

Je crachai.

— Qu'est-ce qu'il fabrique ici ?

— T'es pas le premier petit bâtard à venir des Bottoms, dit Cole. Il a grandi ici. Avec moi.

— Il peut presque pas marcher à cause de la douleur, dit Cora. Il s'est fait labourer le torse. L'a pas besoin d'aller nulle part.

Cole but une autre gorgée à sa flasque.

— Bien tombé que je sois venu en chariot.

— Je sais pas ce que vous voulez, monsieur, dit Cora. Mais si vous croyez que je plaisante quand je dis que je peux vous abattre, vous risquez de déchanter.

— Quand tu auras tiré avec ce pistolet et qu'il t'aura cassé le bras en deux, dit Cole, je le prendrai pour te frapper à mort.

Goodnight tenta à nouveau de se hisser sur ses pieds. Cette fois, il y parvint.

— Et voilà, dit Cole. On va te tirer d'ici avant qu'un de ces petits voyous t'infecte avec je ne sais quoi.

Cora agita le pistolet, ne trouva aucune cible, se remit à le braquer sur Cole.

— Qu'est-ce que vous vouliez dire, quand vous avez dit que vous avez grandi ici avec lui ? dit-elle.

Il était sur le point de boire à sa flasque.

— Juste ça. Je le connais depuis qu'il a votre âge.

— Vous êtes son ami ?

— Le seul ami qu'il ait.

— Qu'est-ce qui me dit que c'est vrai ?

Cole posa un regard circulaire sur le toit, puis le fixa sur Goodnight, puis de nouveau sur Cora.

— Pour quelle autre putain de raison je pourrais me trouver ici, si j'étais pas son ami ?

Cora frissonna comme si quelque chose de gros venait de passer en lui frôlant la tête, mais sans tomber.

— Vous me pardonnerez de pas vous croire sur parole, dit Cora.

Goodnight était en train d'écrire dans son carnet. Il le tendit.

— Je sais pas lire ces conneries, dit Cole.

Goodnight me fit un signe de tête.

Je lus.

— Il dit qu'il vous connaît, dis-je.

— Putain, mais qu'est-ce que je vous disais ? dit Cole.

Cora rangea son pistolet dans ses vêtements.

— Bon, allez-y, dit-elle. Emmenez-le.

5

SAM TROUVE UN BOULOT À L'ABATTOIR

JE NE DIRAIS PAS que Cora eut le cœur brisé de voir
Goodnight partir. Je ne dirais pas que je l'eus non plus.
Mais je dirais que nous savions tous les deux que nous
perdions quelque chose. Avec Goodnight sur le toit,
même quasiment impotent, on n'avait pas à se soucier de
nouvelles attaques de la part des clochards. Il y avait plein
d'autres causes de soucis, mais plus celle-là. Pendant ce
bref laps de temps au moins, on savait que personne n'allait fracasser à coups de pied la porte d'entrée de l'Usine
pour venir nous la prendre.

Et donc, le lendemain, alors que Goodnight était parti,
que les pluies de printemps étaient toujours à venir et que
le froid de la nuit s'attardait, nous rassemblâmes tous nos
couchages et les descendîmes du toit pour les réinstaller à
l'intérieur de l'Usine, près du trou où nous pouvions nous
cacher. Et Cora et moi reprîmes notre travail, qui consistait à faire en sorte que tout le monde ait à manger. C'était
la danse que nous dansions chaque jour. Il nous fallait
sortir dans le Monde des Crânes de Nœud pour mendier

et voler, pour faire n'importe quoi qui permette de manger. Mais nous ne voulions pas rester dans le Monde des Crânes de Nœud suffisamment longtemps pour en ramener une seule once avec nous.

C'était deux ou trois soirs plus tard. On n'avait pas eu beaucoup de chance, alors on n'avait pas pris la peine de faire un feu ce soir-là. Et je n'avais pas non plus fait la lecture aux petits. Cora et moi avions réussi à les nourrir je ne sais comment avec deux boîtes de viande et une boîte de pêches qu'Offie et Jefferson avaient chapardées, et puis nous les avions couchés. Quand ils avaient commencé à ronfler, nous étions sortis en rampant par le trou et nous nous étions assis le dos contre le mur de l'Usine.

Les Rocheuses se dressaient là-bas, rageusement cousues, dans un tissu plus noir encore, sur la toile noire du ciel nocturne. La zébrure d'un éclair claqua sur les plaines vers le nord devant Long's Peak. La ligne de partage des eaux. Il existe à propos des Rocheuses une vérité d'une telle simplicité qu'elle en échappe presque à tout le monde. C'est que vous ne pouvez les voir vraiment que de très loin. Si nous nous étions trouvés de l'autre côté de l'Usine, à regarder vers Denver, la même vérité se serait appliquée.

Nous étions assis. Nous fumions. Nous ne parlions pas. Cora était perdue dans ses pensées. Elle se demandait sans doute comment diable nous avions pu nourrir tout le monde avec deux boîtes de viande et une boîte de pêches. Ça n'aurait pas dû suffire pour nourrir ne serait-ce qu'un quart d'entre nous. Moi, j'avais le genre de pensées que j'ai toujours. Je pensais à Cora.

Je vivais pour ce genre de moments, là, assis à côté d'elle. J'en avais besoin. Quand je m'en allais, quand je sortais dans le Monde des Crânes de Nœud, je n'arrivais à penser à rien d'autre qu'à retourner près d'elle. C'était toujours cette même sensation qui remontait dans ma poitrine, l'envie de rentrer, l'envie d'être avec elle. Il ne se passait pas une minute sans que je brûle de la toucher, de la serrer contre moi, de la sentir, d'enfouir mon visage dans le creux de son cou et de humer son odeur, comme une odeur de feu de forêt éteint depuis longtemps, plaquée par la pluie de la nuit précédente.

C'était le genre de pensées qui m'occupaient l'esprit quand j'entendis des bruits de mouvement dans l'Usine. Et voilà que ces bruits passaient le coin, qu'ils s'avançaient le long du mur qui menait jusqu'à nous, et qu'ils s'agglo-méraient en une silhouette ronde qui émergeait de l'obs-curité, puis l'homme se trouva là debout au-dessus de nous.

Cole.

Il ne portait pas le même costume que la dernière fois. Celui-ci était bleu et ressemblait au type d'accoutrement que l'on s'attendrait à voir chez un banquier. C'était un fils de pute qu'il était difficile de ne pas haïr.

— Ces feuilles puantes que vous brûlez, on les sent depuis l'entrée, dit-il en faisant un signe de tête en direc-tion de la cigarette de Cora.

— Et ?

Cole se détourna de nous, regarda les Rocheuses.

— Depuis The Line, c'est à peine si on arrive à les voir, dit-il.

— C'est à cause de toute la fumée que vous avez là-bas, dit Cora. On n'y voit rien.

Cole baissa les yeux vers elle.

— Tu as toujours un truc à dire, pas vrai ?

Cora ne prit pas la peine de répondre.

— Je croyais qu'il était mort, dit Cole. Je le croyais vraiment. Lui et moi, on était comme des frères. Et puis je l'ai cru mort.

— Il pouvait pas vraiment s'approcher plus de la mort sans mettre un pied dedans, dit Cora.

— Et ça m'a fait quelque chose de le voir réapparaître ici, poursuivit-il comme si Cora n'avait rien dit du tout. Et de ne pas être capable de comprendre un seul mot de ce qu'il dit.

D'une pichenette, Cora jeta sa cigarette, lançant des petites étincelles dans la nuit, puis elle lâcha un éclat de rire.

— Vous ne connaissez vraiment personne qui sache lire ?

— Je me demande comment tu fais pour passer une journée entière sans que quelqu'un te fiche une raclée, dit Cole.

— Continuez à vous demander, dit Cora. Qu'est-ce que vous voulez ?

Il fit un signe de tête vers moi.

— J'ai un boulot pour lui.

— Pouvez toujours courir, putain, dit Cora.

— Il faudrait que je fasse quoi ? dis-je.

— Que tu lises pour lui, dit Cole. C'est tout.

— Ça paie combien ? dis-je.

— Sam, dit Cora.

— Cinq dollars la semaine, dit Cole.

La chose retint mon attention.

— Je préférerais dix, dis-je.

Cole soupira.

— Dix par semaine. Mais dans ce cas, tu vas pas juste traîner près de lui à lire ses notes. Tu vas bosser, aussi.

— Quel genre de boulot ? dis-je.

— Sam, dit Cora une fois de plus.

— J'ai besoin d'un nouveau gars à l'Abattoir, dit Cole. Tu crois que tu pourras ?

— J'apprends vite, dis-je.

— Sam.

Cette fois, sa voix était tranchante.

— Je vais y réfléchir, dis-je.

— Réfléchis-y, me dit Cole. (Puis il se tourna vers Cora.) Bon sang, qu'est-ce que je donnerais pas pour te foutre une raclée juste là, tout de suite.

Cora avait la main sous ses vêtements et j'entendis le clic du chien de son pistolet.

— Qu'est-ce que je donnerais pas pour vous voir essayer.

Cole soupira de nouveau. Il me regarda.

— Si tu veux ce boulot, retrouve-moi demain au Murphy's Exchange.

— L'Abattoir ? dit Cora.

— Dis que tu cherches Cole Stikeleather, dit-il. Si tu te pointes pas, je trouverai un autre petit traîne-misère. Dans cette putain de ville, doit bien y en avoir au moins un qui soit capable de déchiffrer ses mots.

— Je vais y réfléchir, dis-je.

— Bon Dieu, dit Cole.

Il se détourna de nous et repartit en longeant le mur pour se fondre dans la nuit.

Cora attendit qu'il soit loin.

— L'Abattoir, dit-elle.

— Si t'as d'autres idées, je t'écoute, dis-je. Mais ça paie dix dollars la semaine.

— Sam.

— Dix dollars chaque semaine.

— Ça veut dire que tu seras là-bas avec eux toutes les semaines. Et je m'inquiète pas juste pour toi, Sam.

— Quoi d'autre, alors ?

— Chaque fois qu'on sort, on peut se faire suivre sur le chemin du retour, dit-elle. Chaque personne que tu touches peut nous toucher. Combien de ces Crânes de Nœud aimerais-tu voir toucher Fawn ?

— C'est dix dollars la semaine. Et je ferai attention.

Elle faisait non de la tête. Pas très vigoureusement, comme une girouette prise dans des vents capricieux.

— C'est le Monde des Crânes de Nœud. Une fois que tu les laisses entrer, y a plus moyen de les faire sortir.

— On envoie bien Rena là-bas. Elle laisse entrer les Crânes de Nœud dans chacune des ruelles de The Line.

— Rena, c'est pas toi, Sam, dit-elle.

Ça me figea le cœur comme s'il venait de se faire frigorifier d'un coup dans ma poitrine. Mais j'insistai.

— Le pasteur Tom a dit un truc. Il a dit qu'on devient tous ce qu'on hait, et que ça vaut même pour les Crânes de Nœud.

— Il a dit Crânes de Nœud ?

— Il a dit adultes.

— Bon. Tu crois qu'il a raison ?

— Je vois pas en quoi il pourrait se tromper. J'ai pas l'intention de me jeter du toit juste pour empêcher ça.

— Non, dit-elle. Moi non plus.

— Alors faut croire que ça se produira, qu'on le veuille ou non.

— Faut croire que oui, dit-elle. Mais ça me plaît quand même pas.

— Une semaine, dis-je. On essaie une semaine.

— Une semaine, dit-elle. Et tu reviens tous les soirs.

— Tous les soirs, dis-je. Je te le promets.

Le Murphy's Exchange n'avait pas d'enseigne à son nom. De l'extérieur, ce n'était rien d'autre qu'une devanture verte sur un bâtiment en pierres brutes, avec le mot *Liquors* écrit en lettres dorées au-dessus de la porte. Mais même s'il avait eu une enseigne, personne ne l'aurait appelé le Murphy's Exchange de toute façon. Presque tout le monde à Denver l'appelait l'Abattoir, vu que c'était le saloon le plus violent de The Line. Baissant la tête, je contournai deux moustachus à chapeau melon qui se tenaient sous une lampe à arc devant l'entrée, occupés à parler d'une chose dont je pris grand soin de leur montrer qu'elle ne m'intéressait pas du tout.

À l'intérieur, il y avait une grande salle avec un plancher qui ployait sous vos pas, cloisonnée çà et là par des poutres de soutènement et des parois de fortune. Il y avait de lourdes tables et chaises en bois un peu partout, et sur les murs des têtes de bisons et des têtes d'antilopes, et des chandeliers en fer, et trop de tables de faro pour que je puisse toutes les compter. Ovales, avec une large encoche concave à la place du banquier. Et dans le coin, il y avait une cage pour l'orchestre, avec une plaque de fer en bas, derrière laquelle les musiciens pouvaient plonger pour s'abriter des balles. Les hommes qui ont tout perdu deviennent parfois irascibles quand la musique est un peu trop enjouée.

Il était suffisamment tôt pour que le tripot soit à peu près désert. Le barman lisait un livre, un coude appuyé sur son côté du bar. Bakounine. Dans les tripots de jeu, la plupart des barmans portaient des chemises blanches amidonnées et des cravates très chic. Celui-ci était complètement chauve et portait un gilet de laine sur une chemise en mousseline blanche qui était assez grande pour que je m'en fasse une tente, mais qui était tout de même deux tailles trop petite pour lui. La seule concession qu'il faisait au métier qu'il avait choisi était son tablier.

Je m'assis au bar et il me regarda par-dessus son livre. Puis il se remit à lire comme si je n'existais pas. J'attendis patiemment quelques minutes. Puis ma patience s'épuisa. Je toussai pour attirer son attention.

Il ne leva même pas les yeux.

— Je cherche Cole Stikeleather, dis-je.

Sans détourner les yeux de son livre, il dit :

— Je peux prendre un message.

— Il est pas là ?

— Même s'il était là, je prendrais un message.

— Je suis venu pour un boulot, dis-je.

— Content pour toi, mon petit chéri.

J'étais sur le point de dire un truc que j'aurais sûrement regretté, mais la porte s'ouvrit dans mon dos et le barman attrapa sous le bar un exemplaire du *Rocky Mountain News*, une bouteille de whiskey, et un verre. Puis je sentis une main sur mon épaule.

— Je me disais bien que tu laisserais pas passer un boulot aussi juteux, petit, dit Cole.

— Je le prends à l'essai, dis-je. Je promets rien.

Cole prit un tabouret à côté du mien, et Goodnight s'assit de l'autre côté de lui.

— Quand on commence, autant aller au bout, dit Cole. (Il se servit un whiskey.) Y en a qui sont déjà arrivés ? dit-il au barman.

— Yank est aux chiottes, dit le barman.

— Je te présente Amos, me dit Cole. C'est le seul fils de pute que je connaisse qui soit presque aussi terrifiant que Goodnight.

Amos leva les yeux de son livre pour me regarder, et je fus à peu près d'accord avec Cole. Il faisait la taille d'un petit bison.

Puis un homme élégant portant un frac en brocart et une lavallière de soie bleue vint s'asseoir près de Cole.

— On est dans le journal, dit-il. T'as manqué ça. On a envoyé un gamin courir dans Union Station en criant "pickpocket", et tous les hommes présents ont tout de suite porté la main à la poche dans laquelle ils avaient mis leur portefeuille. Ensuite, sachant où ils gardaient leur argent, nos vrais pickpockets les ont tous détroussés. Je t'ai apporté ta part.

— Tu connais pas encore Goodnight, Yank, si ? dit Cole. Yank V. Fortinbras, John Henry Goodnight.

Yank jeta un coup d'œil à Cole.

— Tu vas le mettre à l'accueil ?

— Se moquer de lui est une très bonne façon de commencer. (Cole but son whiskey et en servit un autre.) Je serai curieux de voir ce qu'il en sortira.

— Je te charrie, fils, dit Yank à Goodnight. Le prends pas mal.

Goodnight ne prenait rien mal. Goodnight ne l'écoutait pas du tout. Il surveillait l'entrée dans le miroir.

Je suivis son regard. C'étaient des flics. Une troupe entière de flics, qui entraient par la porte. Il y en avait deux au premier rang que je connaissais de nom. À Denver, tout le monde les connaissait de nom. Third Degree Delaney, ainsi appelé pour son amour de la matraque*, et Sledgehammer Jack, qui faisait la taille d'un petit chariot, et qui portait sur son épaule la masse de huit kilos qui lui valait son nom.

Cole pivota sur son tabouret.

— Et vous, nom d'un Christ en pleurs, qu'est-ce que vous nous voulez ? dit-il.

Third Degree Delaney tenait un cornet en papier rempli de popcorn, acheté à un vendeur de rue. Il enfourna un popcorn dans l'espace qui se trouvait juste en dessous de sa moustache brune.

— Vos tables de faro.

— Mon cul, oui.

— Ordre direct du chef Armstrong.

— Pour que votre demeuré de fils de pute en fasse du petit bois à coups de masse, c'est ça ? dit Cole en faisant un geste de la tête en direction de Sledgehammer Jack. Pas tant que je suis là, non.

La masse de Jack vibrait entre ses mains. Il n'y avait pas beaucoup de mystère quant aux sentiments qu'il éprouvait pour Cole.

---

* En référence au "*third-degree assault*", agression de troisième catégorie, en droit pénal du Colorado. (Toutes les notes sont du traducteur.)

Delaney mâchait son popcorn.

— Je ne suis pas venu vous faire la guerre, mais je la ferai.

— Le brave chef Armstrong est au courant qu'on peut jouer au faro avec seulement un paquet de cartes et un penny ? dit Cole. Les tables ne sont qu'un ornement.

— Ah, là vous nous écoutez, dit Delaney. Là vous comprenez.

— Allez au diable, dit Cole.

Sa prise se resserra sur son whiskey, et l'air dans la salle sembla entrer en expansion, comme si tout s'étirait. Mais ensuite il posa sa main sur l'épaule de Goodnight.

— Viens avec moi, lui dit-il. Et toi aussi, me dit-il.

Il nous emmena tout au fond du saloon, et ouvrit une porte avec une clé en cuivre. À l'intérieur de la pièce, il y avait un poêle à bois, une table en bois de chêne débité sur quartier entourée de chaises, une cave à cigares portative, et une armoire à fusils vernie qui contenait assez de fusils et de revolvers pour armer une brigade.

Cole tira une chaise de la table, s'y assit et fit signe à Goodnight de l'imiter. Il ne me fit signe de rien, alors je restai debout.

— Comme tu peux le voir toi-même, dit Cole, je suis assiégé.

Goodnight sortit son carnet et attendit.

— Notre nouveau gouverneur voudrait faire un feu de joie avec nos tables de faro et nos tonneaux de whiskey, dit Cole. D'ici quelques années, ils braqueront des flingues sur tous ceux qui consomment du tabac à l'intérieur des limites de la ville.

— Bon débarras, dis-je.

— Toi, on ne t'a rien demandé alors tu fermes ta putain de gueule, dit Cole. C'est une discussion d'hommes.

Goodnight écrivit dans son carnet et me le tendit.

— Qu'attendez-vous de lui ?

— Qu'il soit un frère, dit Cole.

Goodnight me montra de nouveau son carnet.

— Qu'attendez-vous de lui ?

— Je viens de le dire, espèce de petite peste. J'ai besoin d'un homme de confiance.

— Je ne fais que lire les réponses.

— J'ai besoin de quelqu'un qui surveille mes arrières, dit Cole.

— Un genre de garde du corps ?

— C'est ça. (Cole fit lentement oui de la tête.) Un genre de garde du corps.

Goodnight écrivit autre chose.

— Pour vous protéger de quoi ?

— Des foutus Pinkerton, dit Cole. Des foutus Pinkerton, de quoi d'autre ?

6

SAM RENTRE À LA MAISON
ET INFORME CORA

À l'heure où je rentrai à l'Usine ce soir-là, tout le monde dormait déjà sur le toit. Mais moi, je ne trouvais pas le sommeil. Assis contre le parapet, je regardais Denver scintiller et cracher ses fumées, qui balayaient le toit. J'étais tellement fatigué que je sentais mon cerveau se liquéfier dans ma tête. On y avait passé toute la journée. Cole bassinait Goodnight, et moi je lui lisais les questions de Goodnight. Avec les agents de Pinkerton mandatés par le gouverneur Waite pour infiltrer les gangs, Cole voulait avoir Goodnight à ses côtés. Le seul homme dont il savait que ce n'était pas un rat.

Cole avait rencardé Goodnight sur toutes les arnaques qu'il gérait. Ma préférée était celle qu'il appelait La Corbeille. C'était une fausse bourse de commerce qu'ils avaient ouverte dans une boutique en plein centre-ville. Cole avait fait construire un box protégé pour le caissier, l'avait même équipé d'un téléscripteur télégraphique, et il avait engagé toute une équipe de courtiers à visières vertes qui couraient d'un tableau noir à l'autre, effaçant les vieux cours, écrivant les nouveaux. Pour les pigeons, le téléscripteur semblait cracher des dépêches boursières parfaitement authentiques, mais les meilleurs matheux de Cole traficotaient les pourcentages dans une pièce adjacente. Plus les pigeons misaient longtemps sur le marché, plus ils perdaient. "Le plus beau dans tout ça, avait dit Cole, c'est qu'on trafique les pourcentages de façon à les flouer de dix pour cent, en leur laissant toujours assez de gains pour qu'ils y reviennent. De sorte que ces pauvres enfoirés avaient de meilleures chances de gagner chez nous que sur les vrais marchés. Je suis un petit escroc, je vais te laisser de quoi vivre. Mais quand tu joues contre un gros escroc, comme Morgan, lui, il te flanque toute ta famille à la rue et il encule ton chien."

Ça m'avait fait rire, mais Goodnight n'avait même pas souri.

Tout d'un coup, les lumières de Denver me parurent être à des millions de kilomètres de distance. Comme si je regardais par le trou de la serrure d'un univers dans un autre univers, et que Goodnight aurait été le portier. C'est l'impression que ça me fit. Une porte donnant sur le vide sidéral. J'étais assis, poings serrés sur mes cuisses, et je regardais les éclatantes lumières de Denver qui brillaient là-bas comme des lanternes dans le vide sidéral.

Puis l'air se réchauffa sur ma droite et Cora était assise près de moi. Elle portait un uniforme d'écolier qui tombait en loques.

— Tu dormais, dis-je.

— C'est vrai, dit-elle. Il nous reste du charbon, et un peu de café que je peux te réchauffer, si tu veux. Du café tellement fort qu'une enclume y flotterait.

— Non, ça va.

— Tu viens de rentrer ?

— Il y a quelques minutes. J'arrive pas à dormir.

— T'es le seul. (Elle bâilla.) Rena a rapporté de l'argent. Ils ont bien mangé, ce soir.

— J'en suis content.

— Tu sais ce que Fawn a dit ? Elle a dit qu'elle pourrait s'habituer à ne pas avoir faim.

— Bon. C'est pas une mauvaise chose.

Elle grimaça.

— Ça l'est quand tu sais que ça va pas durer.

— Tu fais tout ce que tu peux, dis-je. C'est pas ta faute.

— C'est la faute de personne. Mais ils ont quand même faim. (Elle me tendit sa blague à tabac.) Tu m'en roules une ?

Je pris le petit sachet. On le remplissait avec des cigarettes qu'on trouvait dans la rue. Pour le papier, il y avait toujours des groupes de dames patronnesses qui distribuaient des bibles sur le trottoir. Elles ne se disaient jamais qu'on pouvait avoir besoin de nourriture, mais il y avait toujours des bibles. Alors je roulai une cigarette dans une page de l'Exode, je l'allumai, la donnai à Cora, puis en roulai une autre pour moi.

Mais en craquant l'allumette, je manquai d'avaler ma cigarette.

C'était Hope. Elle s'était détachée du noir de la nuit et se tenait debout devant nous. Les deux poings serrés sur sa poitrine, si fort qu'ils en tremblaient. Elle avait le visage tout crispé, rouge et dur.

— Où est-ce qu'il est ? dit-elle.

— Bon sang, dis-je. J'en sais rien.

Sa tête s'avança brusquement.

— OÙ EST-CE QU'IL EST ? hurla-t-elle.

Cora se leva et la prit par le bras.

— Allez, viens, dit-elle. Tu dors. (Elle raccompagna Hope à son couchage, et à son retour, elle riait.) Merde, Sam, tu la connais, pourtant.

— Je l'avais jamais vue crier comme ça.

— C'est son nouveau truc. Elle cherche quelque chose. Un médicament, qu'elle dit. Elle marche comme ça et puis elle crie sur tous les gens qu'elle croise. La nuit dernière, elle a tellement marché qu'elle est sortie des Bottoms. Avec Jimmy, on a dû la pister presque jusqu'au centre-ville.

— On devrait peut-être lui mettre une clochette, dis-je.

— Ouais, peut-être. (Elle s'assit.) Tu vas me forcer à te poser la question ?

Je craquai une nouvelle allumette et la portai au bout de ma cigarette.

— C'est juste un putain de boulot, dis-je.

Elle ne dit rien à cela. L'espace d'une minute, nous ne fîmes que fumer en silence. Puis son corps tout entier fut parcouru de frissons.

— Merde.

— Il fait froid, dehors, dis-je. Le temps devrait pas tarder à se réchauffer.

— Je suis juste fatiguée, dit-elle.

— Je sais.

— Ils méritent mieux, dit-elle.

— Bah. Ils ont que nous.

Ses épaules s'affaissèrent sous le poids de cette donnée. Il ne restait plus rien de sa cigarette qu'un petit bout de papier entre ses doigts. Elle le lâcha, il tomba en voletant, elle l'écrasa du bout du pied.

— Ils ont que nous, répéta-t-elle.

— C'est ça.

— Chierie, dit-elle.

Je pliai les genoux contre mon torse et restai là une minute ou deux assis comme ça.

— C'est dix dollars la semaine, dis-je. Ça les aidera à ne pas avoir faim.

Elle me regarda un long moment.

— Qu'est-ce qu'il te demande de faire ?

— Rien de dangereux.

Mais j'essayai de le dire de façon à laisser entendre que c'était peut-être dangereux. Juste assez dangereux pour qu'elle s'inquiète pour moi.

— L'Abattoir est pas dangereux ? Sam.

— C'est le repaire de Cole. C'est lui le patron, là-bas, pour ainsi dire. Si t'es de son côté, c'est pas dangereux du tout.

Elle me fixait. Je lui renvoyai un regard aussi solide que je pus. Au bout d'un moment, elle répéta :

— Qu'est-ce qu'il te demande de faire ?

— Lire ce que Goodnight écrit, pour l'essentiel.

— Il est là-bas ? Tout le temps ?

— Tout le temps. Juste à côté de Cole. Et c'est Cole le patron.

Elle frissonna de nouveau. Un frisson qui n'était dû ni au froid ni à la fatigue.

— J'aime quand même pas du tout ça.

— C'est de l'argent toutes les semaines.

Elle porta son regard au loin, sur Denver, comme si l'horizon brisé de ses toits recélait des réponses. Puis ses yeux se tournèrent vers moi, tendus.

— Tu reviendras ici tous les soirs ?

— Tous les soirs.

Ses lèvres se détendirent, elle prit une petite respiration. Elle la retint pendant quelque chose comme une minute entière. Puis elle expira, et la tension autour de ses yeux se vida complètement. Elle mit un bras sur mon épaule.

— Est-ce qu'il existe une chose que tu ferais pas pour moi ?

— Je suppose qu'on finira par le savoir, un jour ou l'autre.

— J'en suis pas si sûre, dit-elle.

Sa voix était lourde.

Nous restâmes assis côte à côte à regarder les lumières de Denver s'éteindre une par une, jusqu'à ce qu'il ne reste que quelques lueurs solitaires dans la nuit noire, vacillant dans la fumée des usines d'équarrissage.

Elle avait raison. Il n'y avait rien que je ne ferais pas pour elle.

Rien au monde.

7

SAM ASSISTE À LA RENAISSANCE
D'UN CONSEILLER

CORA AVAIT TOUJOURS eu cette règle particulière qui était plus forte que toutes les autres règles mises bout à bout. C'était qu'on ne laisse pas entrer les Crânes de Nœud. Ils étaient toujours là, dehors, à rôder, à traîner devant l'Usine, mais on ne les laissait jamais entrer.

La seule d'entre nous que Cora autorisait à avoir des contacts avec eux était Rena. Et cela n'avait commencé que parce qu'il était impossible d'en empêcher Rena. Rena était irrépressiblement attirée par le Monde des Crânes de Nœud. Cora n'aimait pas ça, mais elle avait aussi besoin de l'argent que Rena rapportait. Sans lui, on serait morts de faim. C'était une chose qui fendait le cœur de Cora chaque fois que Rena sortait, mais on ne pouvait rien y faire.

Pour le reste d'entre nous, en revanche, les Crânes de Nœud étaient zone interdite. C'étaient des Crânes de Nœud précisément parce qu'ils avaient le crâne plein de nœuds. Ce n'était pas compliqué. Ils s'étaient fait complè-

tement embrouiller par tout ce qui les entourait. Par
Denver, par leur propre vie. Ils avaient pourri de l'intérieur. Cora comprenait ça, et elle savait pourquoi, elle
savait que ce n'était pas leur faute, que ça s'était produit
lorsqu'ils avaient grandi et atteint l'âge d'entrer dans le
Monde des Crânes de Nœud. Parce que le monde fait de
nous tous des Crânes de Nœud.

Ce n'était pas une chose contre laquelle ils pouvaient
lutter. Et ce n'était pas une chose contre laquelle on pouvait se prémunir. Le moindre contact avec eux vous dis-
tordait. La pourriture qu'ils avaient en eux vous atteignait
et vous faisait pourrir vous aussi, comme quand on pose
une pomme blette à côté d'une pomme fraîche. Vous pouviez essayer de vous protéger, mais il n'y avait pas d'autre
protection que de maintenir un mur entre vous et eux.

C'est ce que Cora savait. Et c'est pour ça qu'elle empêchait le Monde des Crânes de Nœud de pénétrer dans
l'Usine.

Jusqu'à John Henry Goodnight.

Jusqu'à moi.

C'était deux semaines plus tard à l'Abattoir. Goodnight
était en train de nettoyer son Colt Thunderer avec un chiffon, les balles posées sur le bar à côté de sa fiole de laudanum. J'étais assis sur un tabouret à côté de lui et je lisais le
Rocky Mountain News.

Le jour où on avait vraiment commencé à travailler,
Cole était arrivé avec le Thunderer et une matraque en
cuir lestée de plomb qu'il avait posés sur le bar devant
Goodnight. Goodnight les avait regardés avec le regard

que vous avez quand vous n'avez pas mangé depuis trois jours et qu'on vous offre un bol de pâtée pour chien.

Goodnight était presque complètement remis de sa blessure à la poitrine. Ce qui voulait dire qu'on voyait maintenant qu'il n'y avait pas que sa poitrine qui le faisait souffrir. Il avait toujours mal, partout. Ses muscles le tiraillaient, frottaient les uns contre les autres, pinçaient ses nerfs comme des cordes en boyau mal accordées. Parfois, ses yeux s'embuaient et il frissonnait, et on voyait que toute cette douleur venait d'entrer comme une balle dans son cerveau. Elle se réverbérait, elle vibrait, elle se vrillait à l'intérieur de lui du matin jusqu'au soir.

On n'avait pas fait grand-chose depuis que Cole nous avait engagés. À ce qu'il me semblait, notre seul boulot consistait à nous tenir debout calés contre un pilier pour regarder Cole jouer au faro. Et parfois, plus tard dans la nuit, à rappeler à toutes les personnes assises à la table qu'elles jouaient avec le putain de Cole Stikeleather, et qu'elles feraient bien de ne pas l'oublier.

— Tu bois quelque chose ? me demanda Amos.

— Une bière, dis-je. (Goodnight leva son chiffon.) Et un verre d'eau pour lui.

Amos apporta nos verres. Goodnight commença à insérer des balles dans le barillet du revolver.

Puis Cole fut là à côté de nous.

— Regardez-moi ce fils de pute, dit-il.

Goodnight prit une gorgée à sa fiole puis but un peu d'eau. Il ne regarda personne.

— Juste là, avec l'autre poufiasse aux jambes tordues. Il s'appelle Fricke. Le conseiller Fricke.

C'était un homme à la chevelure blonde clairsemée qui lui tombait en boucles sur les épaules comme celle du général Custer. Son visage était cireux et froid, bouffi d'alcool.

— Qui c'est?

— C'est pas non plus n'importe quel conseiller, dit Cole. Deuxième district, d'Aurora. Tu sais ce que ça veut dire?

— Aucune idée, dis-je.

— Ça veut dire que c'est un de ces merdeux qui font tout ce qu'ils peuvent pour faire fermer ce dont il jouit en ce moment même.

Comme s'il avait entendu notre conversation, Fricke se leva et se dirigea vers le bar, les jambes arquées et le pas tranquille. Amos y posa une bouteille et un verre.

Fricke versa du whiskey dans son verre, puis se tourna et planta son regard sur le mauvais côté de Goodnight.

— Nom de Dieu, dit-il. T'es drôlement moche, mon salaud.

Goodnight fixait le visage de Fricke dans le miroir.

— Je ne plaisante pas, dit Fricke. C'est comme de voir un tuberculeux chez un marchand de cigares. Tu veux bien me faire plaisir et t'en aller d'ici? À te voir, je risque de perdre toute envie de baiser.

Goodnight referma le barillet de son revolver.

— Il va me falloir un autre verre, dit Fricke. Sans doute plus qu'un.

Il attrapa la bouteille et retourna nonchalamment vers la pute.

Cole soupira les dents serrées.

— Il fait fermer nos affaires d'une main pendant qu'il a l'autre plongée jusqu'au poignet dans la chatte de nos femmes.

Comme presque tous les saloons de The Line, l'Abattoir disposait de chambres à l'étage. Certaines accueillaient des parties de cartes, mais la plupart étaient utilisées par les putes. Amos leur servait des boissons coupées, et quand l'une d'elles avait ferré un homme riche, il ne répugnait pas à verser une dose de cantharide aphrodisiaque dans le verre du monsieur. En échange, il percevait une part des gains de ces dames. Cole en percevait une lui aussi contre le droit de travailler dans le saloon et de faire usage de la chambre.

Les bruits commencèrent environ dix minutes après que Fricke fut monté avec la fille aux jambes tordues. D'abord des tapotements, comme si un enfant donnait des tout petits coups contre le mur de sa chambre, puis un coup très violent, puis une série de coups sourds, comme si quelqu'un tabassait quelqu'un d'autre étendu sur le plancher.

Puis la fille se mit à hurler.

Tout le monde fit silence dans le saloon. Les pires bouchers et criminels de Denver. Goodnight aussi.

Je m'accrochai au bar pour ne pas glisser de mon tabouret. J'eus envie de ravaler mon cœur.

Ça empira.

— Je ne te retiens pas, dit Cole.

Goodnight monta l'escalier deux à deux. Je me baissai pour contourner le bras de Cole et le suivis. Nous arrivâmes dans un couloir étroit, passâmes devant trois putes qui écoutaient la scène, blotties contre le mur. Goodnight ouvrit la porte avec fracas.

Fricke se tenait assis sur une chaise près du lit, nu, seulement chaussé de ses bottes. Il s'allumait un cigare avec une allumette, un verre de whiskey posé sur la table de chevet. La pute avait cessé de crier. Elle était recroquevillée sur le plancher, les genoux pliés sous elle, ses longs cheveux blonds maculés de sang. Fricke éteignit l'allumette d'une petite secousse puis plongea une main entre ses jambes. Il en ressortit une touffe de cheveux qu'il tenait par les pointes, laissant pendouiller, en bas, un bout de son cuir chevelu lisse et caoutchouteux.

— Bon sang, qu'est-ce que t'es moche, dit Fricke à Goodnight.

La chambre s'étira comme un élastique puis se remit en place d'un coup.

John Henry Goodnight dégaina le Thunderer et le tint pendu au bout de son bras.

Fricke lâcha la touffe de cheveux sur le lit.

— C'est un malentendu, dit-il.

John Henry Goodnight arma le chien du revolver.

— Je crois qu'il veut que vous vous leviez, dis-je. Je suis pas télépathe, mais c'est ce que je crois. Espèce de sale enfoiré.

Fricke se leva et tendit le bras pour prendre son pantalon.

Goodnight braqua l'arme sur lui.

— Je laisserais les vêtements, dis-je.

Fricke blêmit, puis rougit.

— Putain, si vous croyez me faire sortir d'ici à poil, vous êtes vraiment tarés.

Goodnight ajusta sa mire pour la planter sur l'œil gauche de Fricke.

— J'arrêterais de le contredire, dis-je.

— Vous allez le regretter, dit-il.

Mais il se leva, sortit de la chambre et se dirigea vers l'escalier d'un pas tranquille, la bite encore humide. Il faisait le coq, il paradait comme s'il était le patron des lieux. Puis, en haut de l'escalier, il fit brusquement volte-face. Je ne sais pas d'où il l'avait sorti, mais il avait un derringer dans la main. Il le braqua droit sur Goodnight et fit feu.

Goodnight ne fit pas feu sur lui. Goodnight s'avança et lui asséna un coup de poing à la poitrine suffisamment violent pour que j'entende un craquement d'os. Fricke essaya de caler un de ses pieds sur la première marche, mais rien n'y fit. Il glissa et tomba en arrière, dégringola tout l'escalier pour atterrir comme une boulette de papier froissé, tenant toujours le derringer au bout de son bras tendu.

La première pute qui fut sur lui était une jeune rouquine de guère plus de seize ans. Elle avait une coupe de champagne à la main. Elle la fracassa sur le visage de Fricke et en enfonça le pied de trois centimètres dans son flanc. Il hurla, tenta d'attraper le verre. Puis les autres putes furent sur lui. Elles le griffaient, elles le piquaient, elles le tailladaient. Leurs robes battaient, ondulaient contre son corps. Puis des gens éloignèrent les filles de force et Fricke jaillit de la mêlée, nu, sanguinolent, hurlant. Il traversa le saloon en courant et fila.

Moi, je me tenais en haut de l'escalier, avec un grand sourire. Un grand sourire plus fort que moi.

Goodnight descendit l'escalier et alla au bar. Il montra sa poitrine du doigt; Amos sortit une bouteille de je ne sais quoi et la posa devant lui.

Et je cessai de sourire. Je venais de comprendre que la balle avait touché Goodnight.

Il y avait trop d'air dans la pièce. Trop d'air à respirer. Ma bouche se noyait, mon visage se vidait. Tout devenait gris, avec des contours flous.

Goodnight enleva son frac et souleva sa chemise. La balle avait touché le côté scarifié de son torse. Le petit projectile de calibre .41 court était juste là, fiché dans ses tissus cicatriciels, ourlé de sang. Il l'extirpa comme on tirerait une tique, et l'envoya cliqueter sur le bar.

Cole fut bizarre tout le reste de l'après-midi. Il était assis au bar, à regarder Goodnight. On voyait que le monde entier était en train de se réordonner derrière ses yeux. Qu'il construisait un nouveau monde avec les fragments de l'ancien. Je n'aimais pas ça du tout. L'excitation autour du conseiller m'avait laissé tout abattu sur mon tabouret. Que Cole puisse y trouver matière à réflexion était la chose la plus terrifiante que je pouvais imaginer. J'avais la sensation que je m'apprêtais à plonger la main dans un trou grouillant de serpents à sonnette tout juste sortis de leurs œufs.

Et puis ça empira. Third Degree Delaney et Sledgehammer Jack entrèrent. Delaney s'assit au bar à côté de Cole et Jack se posta environ deux pas en retrait, masse à la main. Celui-là, on ne lui laissait jamais beaucoup de mou.

— Content que vous soyez là, dit Cole. La pauvre fille est dans une chambre, en haut. Les autres donzelles s'occupent d'elle. Elle attendait votre venue. Elle veut qu'on colle ce fils de pute en taule.

Delaney sortit un pop-corn du cornet en papier beurré et le fourra dans sa bouche.

— C'est une putain de honte, c'est sûr, dit Cole. S'ils croient qu'ils peuvent se pointer ici et scalper nos femmes comme ça.

Delaney mâchait.

— Vous avez déjà vu un homme adulte pleurer ?

— Pas depuis le jour où j'ai planté une fourchette dans le cou de mon père, dit Cole.

Delaney était en train de porter un nouveau grain de pop-corn à sa bouche. Il s'arrêta et le tint dans les airs, immobile. Puis il secoua la tête.

— Fricke refuse de sortir de chez lui. Il refuse même de sortir de sa chambre. Il pleure, c'est tout ce qu'il fait. C'est le genre de chose qui vous remue jusqu'aux tréfonds de votre âme.

— C'est dur de voir son petit monde se faire mettre cul par-dessus tête comme ça, dit Cole. Ça vous ébranle, c'est sûr.

— Ça pourrait aussi être dû aux fragments de verre qu'ils ont enlevé de son corps, dit Delaney. Ça pourrait être ça.

— Ça pourrait être ça, dit Cole en hochant la tête. Ça faisait une sacrée grosse quantité de verre.

— Mais bon, on ne le saura sans doute jamais de façon certaine. Il refuse totalement de dire ce qui lui est arrivé.

— Ce qui nous amène à la question de savoir ce que vous venez foutre ici, dit Cole. Je veux dire, si vous êtes pas venus parler avec la fille qu'il a scalpée et que lui non plus ne parle pas.

— Je vois en quoi ça peut être déroutant, dit Delaney. Son épouse est en colère. Vous savez comment ça se passe, souvent, avec les épouses.

— Non, dit Cole. La mienne n'est que constance et équanimité.

— Le problème, c'est qu'on l'a retrouvé juste là, devant l'Abattoir. Nu et couvert de sang.

— Je comprends.

— Alors pourquoi vous nous dites pas ce qui s'est passé ?

Cole but son whiskey d'un trait.

— Y a pas grand-chose à dire, dit-il. On a entendu la pauvre donzelle crier et se battre pour sa vie, alors mon bras droit est monté voir ce qui se passait. Lorsque le conseiller l'a vu, il a été si terrifié qu'il s'est carapaté. Il est tombé dans l'escalier et il a atterri sur un groupe de nos filles. Elles tenaient des verres de champagne et plusieurs d'entre eux se sont brisés et ont tailladé ce pauvre bougre. Une tragédie, pour sûr.

— Votre bras droit ? dit Delaney.

Cole fit un petit geste du menton en direction de Goodnight.

Delaney fourra un autre grain de pop-corn dans sa bouche.

— Pas étonnant qu'il ait été terrifié.

— Un chaton lui aurait fait le même effet, dit Cole. Le conseiller n'est pas l'homme le plus robuste que je connaisse.

— La précipitation n'atteint pas le but plus tôt que la lenteur, dit Delaney. Vous savez ce que ça veut dire ?

— Oui, dis-je. C'est de Shakespeare.

— Et qu'est-ce que ça veut dire ? dit Delaney.

— Que c'est aussi mauvais d'aller trop vite que d'aller trop lentement.

— T'es un petit futé, dit Delaney. (Puis il se tourna vers Cole.) L'excès, Cole. S'il y a un défaut que vous ne pouvez pas vous permettre d'avoir en ce moment, c'est celui-là.

— Faut que vous sortiez ce pop-corn de votre bouche, dit Cole. Je comprends pas un foutu mot de ce que vous dites.

Delaney mâchait son pop-corn très lentement.

— Seules quelques rares personnes survivront à ce grand nettoyage. Ces rares personnes-là se compteront parmi celles qui ont fait profil bas.

— C'est votre conseil ? dit Cole. Que je les laisse venir chez nous scalper nos femmes comme ça ?

Delaney se leva.

— Je conseille la retenue.

Il posa une main sur l'épaule de Cole et la serra comme s'ils étaient frères, puis lui et Jack traversèrent le saloon et s'en allèrent.

— La retenue, dit Cole à l'adresse de personne. (Puis il se tourna vers moi.) C'est quoi, ce truc de Shakespeare qu'il a sorti ?

— Une citation de Roméo et Juliette, dis-je. C'est un vieux moine qui conseille à Roméo de faire preuve de retenue à l'égard de Juliette. Les joies violentes ont des fins violentes. Ce genre de conneries.

— Bon Dieu, je déteste quand il s'exprime par citations, dit Cole. Je peux pas faire confiance à un homme qui parle avec les mots d'un autre.

— Je crois qu'il voulait juste vous dire de ne pas prendre l'habitude de bourrer les riches de tessons de verre, dis-je. Je crois pas que c'était plus compliqué que ça.

— C'est la chose la plus stupide que j'aie jamais entendue, dit Cole. Quel genre d'idiot fait preuve de retenue quand il est amoureux ?

Goodnight jouait avec la balle de .41 qu'il avait extirpée de sa poitrine. Il la faisait rouler sur le bar entre ses doigts.

— Restez ici, les gars, nous dit Cole. C'est votre boulot pour aujourd'hui. Tenir ce bar. Je serai dans mon bureau. J'ai besoin de réfléchir.

Ça non plus, ça ne m'a pas plu.

Encore moins que tout le reste, en fait.

8

SAM VA À UN BAL FRANÇAIS

Il faisait presque nuit quand Cole sortit de son bureau. J'étais assis au bar avec un exemplaire du *Nick Carter Weekly*. J'étais encore assez jeune pour aimer les détectives. Mais je ne le lisais pas vraiment. Mes yeux n'arrêtaient pas de se tourner vers Goodnight, parti s'asseoir à une table avec un numéro du *Rocky Mountain News* qu'il fixait à s'en rendre stupide.

Cole s'approcha de moi.

— T'as pas la moindre idée de ce que t'es en train de regarder là, petit, dit-il.

— Où ça ? dis-je.

— Là. Lui.

— J'y pensais même pas.

— Bon, t'en as pas la moindre idée. Il est pas comme les autres.

— Ça se voit à son visage.

Il me donna une tape sur la nuque.

— Ne refaites jamais ça, dis-je en me massant la tête.

— Tu l'as bien mérité. Observe ses mains à l'occasion.

— Ses mains ?

— Tu verras jamais d'homme qui ait la main plus sûre que lui. C'est à force de travailler avec la nitroglycérine. C'est un putain de sorcier, petit.

— À le voir, je dirais pas que c'était un si bon sorcier que ça.

Cole leva la main comme pour me donner une nouvelle tape. Mais il se ravisa.

— C'est le meilleur dynamiteur qu'ait jamais existé, dit-il. Un peu de respect.

— C'est ça, ce qui lui est arrivé ? Il a foiré avec la dynamite ?

La main de Cole retomba. Le regard qu'il m'adressa n'était même pas colérique.

— Bon sang, c'est pas possible de discuter avec toi, dit-il.

Goodnight froissa le journal en boule et le laissa sur la table, puis il se leva et se dirigea vers le bar en faisant signe à Amos de lui servir un verre d'eau.

— Tu es ce dont j'avais besoin depuis toujours, lui dit Cole. Je m'en rends compte maintenant. T'es ma putain de muse, Goodnight.

Le visage de Goodnight n'exprima rien. Être une muse ne semblait pas du tout l'intéresser.

— On en est arrivé au point où l'honnête travailleur peut même plus se trouver une petite partie de faro, dit Cole. T'y comprends quelque chose ?

— Il joue pas, dis-je.

— Non, il joue pas, dit Cole d'un ton choisi pour se moquer de moi. Mais ils ne s'arrêteront pas là. Ils finiront peut-être même par s'en prendre à son laudanum. Et vous savez quoi ?

Ni moi ni Goodnight ne répondîmes.

— Ils garderont leurs jeux à eux, voilà ce qu'ils feront. Leurs fumeries d'opium et leurs bordels. Tout ce qui nous avilit, ces merdeux se vautrent dedans.

— Bon, et vous voulez qu'on y fasse quoi ? dis-je.

— Ça leur ferait peut-être du bien de subir le même sort, dit Cole. Faire fermer nos affaires ne les ferait peut-être pas autant bander si quelqu'un faisait fermer les leurs.

Je commençais à voir où il voulait en venir. Je fermai les yeux, en espérant me tromper.

— Ça leur plairait peut-être pas du tout, dit Cole. Ça les pousserait peut-être à nous lâcher la bride, s'ils subissaient le même sort.

Il parlait très exactement de ce que je redoutais. Je gardai les yeux fermés. Je n'avais aucune intention de le regarder.

— On va au club de Jack Maynard, dit-il. Je suis de mauvais poil.

Et quand j'entendis ça, ce fut comme si quelqu'un avait placé mon menton sur un piquet de clôture et m'avait donné un coup de masse sur la tête.

Les nuits s'étaient un peu réchauffées. Ça commençait à sentir l'été. The Line se vautrait dans l'opium, et nous marchions à cinq de front. Moi, Goodnight, Cole et deux autres gars parmi les plus rudes que Cole avait. Eat 'Em Up Jake, ancien boxeur professionnel dont les traits se mouvaient avec la viscosité sirupeuse d'un homme qui se serait récemment pris un coup de sabot de mule en pleine tête, et Magpie Ned, qui avait un visage comme une vieille lame usée et une tache permanente sur la joue, noire comme un cancer. L'un comme l'autre tuait des hommes comme les petits garçons tuent des fourmis. Tout le monde s'écartait de notre passage. Un chariot de prêcheurs s'était garé dans la rue pour répandre la bonne parole dans The Line ; lorsqu'ils nous virent, leur chant s'étouffa en plein milieu d'une note.

Le club de Jake Maynard n'avait pas vraiment de nom. Le seul indice laissant deviner la nature de l'endroit était la présence de deux garçons en costume de scène postés devant la façade. Ils étaient vêtus de turbans et de gilets brodés comme Raja et Rani, et ils jouaient médiocrement une scène d'*Un Avant-goût de l'Inde* en marmonnant sous l'effet de l'opium. Paupières mi-closes, ils disaient leurs répliques en grommelant, improvisant çà et là un pincement à la fesse ou un petit mouvement de main saccadé.

C'était Maynard qui faisait sa publicité. Autour de la pièce qui faisait un tabac au Broadway, quelle qu'elle soit. Et à l'intérieur, sur scène, il y avait toute une troupe de jeunes acteurs masculins qui jouaient une version obscène à peine écrite de la pièce originale, dont ils avaient changé le titre pour *Un Voyou en Inde*. Goodnight se frayait un passage entre les hommes au visage rouge qui criaient et sifflaient lorsque je vis quelque chose frôler son manteau. Un jeune garçon, qui disparaissait déjà en se fondant dans la foule.

Goodnight l'attrapa par le col. C'était un garçon maigrichon, couvert de poudre blanche et de fard à joues vif, aux lèvres grossièrement peintes en rouge. Il avait le portefeuille de Goodnight à la main.

— Pitié, monsieur, dit-il avec un accent finlandais très marqué.

Goodnight laissa sa main tomber du col du garçon à son épaule. Il la serra, et le portefeuille bascula de la main du garçon dans celle de Goodnight. Goodnight le remit dans sa poche.

Le garçon se tortillait. Il pressa sa joue contre la main de Goodnight.

— J'ai pas fait exprès, dit-il. C'était un accident.

— Tu vas te racheter auprès de lui, dit Cole.

Le visage du garçon s'illumina de soulagement, et la poudre se craquela autour de ses yeux et de sa bouche.

— Je vais me racheter auprès de vous. Que voulez-vous ? Dites-moi ce que vous voulez, et je me rachèterai.

Cole s'approcha de lui en se penchant et le garçon tressaillit.

— Jack Maynard.

Le visage du garçon cuisit comme un œuf.

— Qui ça ?

Goodnight resserra sa prise sur l'épaule du garçon. Le garçon tortilla de la tête comme un oiseau serré dans un étau.

— Le patron, dit Cole. Où est-ce qu'il est ?

Le garçon tenta de se libérer de l'emprise de Goodnight. Il n'arrivait à rien du tout.

— Je peux pas.

— Si tu peux.

Les larmes creusaient des canaux dans le maquillage du garçon.

— Ils vont me tuer.

— J'ai un couteau Bowie à la ceinture, dit Cole. Je vais te couper les tétons en petites lamelles ici et maintenant.

Le garçon se secoua de nouveau, mais la prise de Goodnight ne céda toujours pas. Alors les larmes cessèrent aussi brutalement qu'elles avaient commencé.

— Suivez-moi.

La voix du garçon était dure comme un clou en fer.

— T'es un bon gars, dit Cole.

Il n'y avait pas à Denver un seul flic ni un seul politicien qui ignorait l'existence de clubs comme celui de Jack Maynard. Tout comme ils connaissaient les histoires à propos des jeunes voyous qui y œuvraient. C'était toujours pareil. Les macs de Maynard les trouvaient errant dans les caniveaux, à moitié morts de faim, mendiant en polonais ou en finnois, leur langue natale, leurs parents démolis par la phtisie ou le travail aux abattoirs. C'étaient les enfants que le pasteur Tom n'avait pas pu sauver. Ceux qui n'avaient pas de Cora.

Et vous pouvez dire ce que vous voulez à propos de Jack Maynard, il les nourrissait et les tenait éloignés de la rue. Tout comme les tenanciers des bordels de The Line nourrissaient leurs filles. C'était un arrangement au sujet duquel personne ne se méprenait, en centre-ville comme dans les autres quartiers. Notre monde est un chaos merdique, et si vous ne le voyez pas, c'est seulement parce que vous passez votre temps à attraper de la merde pour vous boucher les yeux.

Le petit Finlandais nous mena à un escalier qui montait derrière le bar, sur le côté. Sauf qu'au lieu de monter, il se baissa pour se faufiler sous le linteau d'une porte en bas des marches. Nous traversâmes une petite salle à manger où les garçons prenaient leurs repas, puis la cuisine, puis un petit débarras, et le Finlandais ouvrit une porte de cave toute fine.

L'escalier qui descendait dans le tunnel était éclairé par des lampes à pétrole irrégulièrement disposées le long du mur de briques, et le tunnel débouchait dans une vaste pièce qui avait naguère fait office de cave à vin. Le sol était couvert de tapis orientaux, les murs de costumes pour les garçons, pendus à des patères. Coiffes d'indigènes, uniformes de bagnards, chaînes d'esclaves, tenues d'Indiens. Tout ce que vous voulez.

Et, partout, il y avait des Crânes de Nœud bien habillés. Des hommes et des femmes. Certains fumaient le cigare et buvaient du vin dans des fauteuils en acajou, d'autres se tenaient debout, par petits groupes, d'autres encore, dans un coin près de la scène, dansaient lentement sur une musique de chambre jouée par un quatuor. Et tous, jusqu'au dernier de ces Crânes de Nœud, portaient un masque. La pièce résonnait de leurs soupirs, murmures et éclats de rire. Des jeunes garçons à moitié nus présentaient des plateaux de trucs à boire, de trucs à fumer et de trucs à se fourrer dans le nez ou dans le creux du bras. Et de l'autre côté de la pièce, il y avait encore une scène, plus petite que celle d'en haut, sur laquelle un garçon nu d'environ onze ans se faisait furieusement tailler une pipe par un autre garçon à peu près du même âge. Des spectateurs masqués sifflaient.

Je me sentis vaciller, mes jambes cédaient sous moi sous l'effet de la haine. L'espace chancela et tout devint noir.

Cole me retint par le bras.

— Du calme, petit. (Il me redressa.) Tu sais ce que c'est?

— J'ai jamais rien vu de tel, dis-je. Je me serais planté un clou de rail dans l'œil si vous m'aviez prévenu.

— C'est un bal français, dit Cole. L'élite la plus chic de Denver, petit. Qui danse avec des éphèbes maquillés.

— Pourquoi ils portent des masques? dis-je. Putain, pourquoi ils ont besoin de porter des masques?

— Ça leur procure la couverture qui leur permet de s'adonner librement à leurs désirs.

— Ce ne sont que des demi-masques, dis-je. C'est pas terrible, comme couverture.

— Ils n'ont pas besoin de grand-chose. Ils savent tous qui ils sont, et qu'il est impossible de le cacher. Il s'agit simplement de faire comme s'ils étaient toujours des hommes. Mais ne t'y trompe jamais, petit. Ils font seulement comme si. (Cole se tourna vers le Finlandais.) Cette porte se verrouille de l'intérieur? dit-il.

Le garçon souriait comme un idiot. Il fit oui de la tête.

— Alors verrouille-la. (Les yeux de Cole étaient en feu. Il sortit son revolver.) Où est ce putain de Jack Maynard? hurla-t-il.

Pas une seule des personnes présentes ne cessa de faire ce qu'elle faisait.

Cole soupira, leva son revolver et le braqua vers le mur. La pièce explosa et un nuage de fumée nimba la main de Cole qui tenait l'arme.

— Jack Maynard, dit-il.

Un homme portant un masque de coyote se leva de son fauteuil. Il était vêtu d'un kimono orange, et ses cheveux étaient longs et huilés.

— Enlevez-moi ce putain de masque, dit Cole.

Maynard enleva son masque et le laissa tomber par terre. Son visage était grêlé de furoncles violets et ses dents luisaient de pourriture noire. Ses yeux brillaient sous l'effet de l'opium, et ses pupilles n'étaient que des trous d'épingle.

— C'est mon spectacle.

— Asseyez-vous, dit Cole. (Il rengaina son revolver et sortit son couteau Bowie.) Ces garçons sont à vous ?

Maynard se rassit dans son fauteuil.

— Je prends soin d'eux.

Cole agita la lame à l'attention des garçons qui se trouvaient sur la scène.

— Ligotez-lui les jambes, leur dit-il.

Maynard rit.

— Un nouveau spectacle, dit-il d'un air enjoué.

On pouvait presque voir les volutes d'opium s'élever de sa personne.

Un des autres hommes se leva. À cause de son masque d'oiseau, on ne voyait que le sommet de son crâne, presque complètement chauve. Les rares cheveux qu'il lui restait étaient plaqués en mèches sur les côtés.

— J'aimerais partir, dit-il. Je n'ai rien à voir avec ça.

— Oh, asseyez-vous, dit Maynard. Je vous le promets, vous allez adorer.

— Je vous ferai changer d'avis sur ce point-là, dit Cole. Ligotez-lui les jambes, dit-il une nouvelle fois à l'adresse des garçons.

Les garçons étaient tous les deux bruns. Aux dents très écartées et aux joues roses. Ils ne se ressemblaient pas assez pour être frères, mais suffisamment pour vous pousser à vous interroger. Alors qu'ils traversaient la pièce, l'un d'eux se baissa et ramassa une longue écharpe tombée par terre. L'autre fit de même.

Maynard voulut se lever, mais Cole tendit le bras et le taillada juste au-dessus de l'oreille avec le couteau Bowie, lui découpant un petit bout de cuir chevelu bien net.

Maynard porta une main à la tête et la retira, ensanglantée.

— Il y aura du sang, dit-il tandis que les garçons lui ligotaient les jambes.

— Les mains, maintenant, dit Cole aux garçons. (Cole s'accroupit devant Maynard. Il pointa le bout du couteau Bowie devant le nez de Maynard.) Ça vous a peut-être échappé, mais la chasse au vice est ouverte dans cette ville.

— Je sauve des orphelins. Il n'y a pas de vice ici.

Les garçons avaient fini de ligoter les mains de Maynard.

— Asseyez-vous sur ses pieds, leur dit Cole.

Les furoncles violets de Maynard pulsaient au rythme frénétique de ses battements de cœur.

— Où iraient-ils si je n'étais pas là ? dit-il.

Cole attrapa la jambe droite de Maynard, juste au-dessus de la rotule. Les non-jumeaux étaient assis sur ses pieds, visage tourné vers lui. Luisant d'anticipation.

— J'en nourris autant que le pasteur Tom, dit Maynard. La semaine dernière, en ville, y avait un cirque chinois, et ils faisaient à leurs petits chinetoques des trucs que je ne ferais jamais à mes garçons.

Cole posa la pointe de son couteau Bowie sur le haut de la cuisse de Maynard.

— Je vous conseille de vous trouver une nouvelle activité, dit Cole.

— Non, monsieur, dit Maynard. Je me débrouille très bien.

Cole appuya sur le couteau. Pas très fort, mais il suffisait de peu. Maynard se cabra comme un cheval sauvage dans son fauteuil. Son visage était blanc sur blanc, furoncles vidés de leur violet. Un long ruban de salive pendait à sa bouche.

— Je vous conseille de fermer boutique, dit Cole.

— Je vais fermer, dit Maynard. Je vais fermer, bon sang.

Cole appuya juste un peu plus sur le couteau. La lame s'enfonça dans la chair.

— Convainquez-moi, dit-il.

Maynard gémit et sa tête tomba sur le côté, comme s'il allait s'évanouir.

Cole lui donna une claque sur la joue.

— Je ne suis pas convaincu.

— C'est pas moi, dit Maynard. Je suis pas pire que les autres.

— Si je veux vous planter ce couteau dans la cuisse, c'est parce que vous n'êtes pas différent des autres, dit Cole.

— Je vais fermer, dit Maynard. Sur la tête de ma mère.

— Parfait, dit Cole. (Il dégagea la lame et le sang coula de la jambe de Maynard comme d'une bouteille débouchée. Il fit un geste circulaire avec la pointe de son couteau.) Enlevez-moi ces masques, qu'on voie un peu vos têtes.

Ils hésitèrent. Leurs yeux se firent fuyants. Personne ne bougea le petit doigt.

Cole agita la lame à l'adresse de la personne la plus proche de lui, une femme vêtue d'une tenue très emplumée. Des gouttes de sang furent projetées de la lame et atterrirent sur le devant de sa robe.

— Et si on commençait par vous ? dit-il.

Elle ôta son masque. Son visage était blanc comme du lait écrémé. Même ses lèvres étaient froides et fantomatiques. Elle baissa la tête et regarda le sol.

— Maintenant tout le monde, dit Cole. Ceux d'entre vous qui pensent que je plaisante sentiront eux aussi la lame de ce couteau dans leur putain de jambe.

Les masques tombèrent l'un après l'autre. Personne ne regarda personne. Tous les yeux se rivèrent sur les dalles rouges du sol.

— Qu'est-ce que je t'avais dit ? me dit Cole. Ils savent ce qu'ils sont, les enfoirés. (Il sourit.) Bon sang, j'aurais dû venir avec un photographe.

Je regardai Goodnight. Je commençais à bien deviner ce qu'il pensait derrière son gros visage ravagé, mais en l'occurrence je n'eus pas besoin de faire beaucoup de télépathie. Il avait l'air qu'il aurait eu si quelqu'un avait pressé la pointe d'une mèche de perceuse pile entre ses deux yeux.

9

SAM ET CORA SE REMÉMORENT LE PASSÉ

Je n'avais encore jamais vu personne riposter. Je pensais peut-être même que c'était impossible. Les grands Crânes de Nœud faisaient ce qu'ils voulaient aux petits Crânes de Nœud. À ce qu'il me semblait, le monde marchait comme ça. Mais Cole était vraiment grincheux, aucun doute là-dessus. Il ne tolérait pas qu'on le bouscule sans rendre la pareille.

En entrant dans le club, je n'étais pas ravi, mais je ne vais pas mentir, j'en suis sorti aux anges. Je plastronnai sur presque tout le chemin du retour jusqu'à l'Usine. Mon pas se nourrissait d'un petit supplément d'allez-tous-vous-faire-foutre. Si je devais devenir un Crâne de Nœud en grandissant, je venais de voir quel genre de Crâne de Nœud je voulais être.

Et puis je fus à l'Usine, et Cora était assise par terre juste devant la porte d'entrée, au clair de lune, en train de fumer une cigarette roulée à la main. Et il y avait un petit tas de cheveux à côté d'elle, et Hiram se tenait debout derrière elle, un grand couteau à la main.

C'étaient les cheveux de Cora. Hiram les lui avait coupés à hauteur des épaules. Je faillis vomir.

— Putain, mais qu'est-ce que t'as foutu ? lui dis-je.

— Elle m'a fait jouer au coiffeur, dit-il. (Il fit un pas en arrière et pris son menton dans sa main.) Je crois que je suis plutôt bon.

Un souffle d'air passa sur nous. Il souleva le tas de cheveux et l'emporta, l'éparpillant au loin. Une Cora transformée, ça me dépassait. Ça me déchirait de me dire que j'étais parti jouer avec des Crânes de Nœud pour revenir et la trouver différente de ce qu'elle était. On s'attend à ce que les choses restent ce qu'elles sont, mais ce n'est jamais ce qui se passe. Je me sentis chauffer et ramollir dans le vent, et je sentis les choses commencer à se désagréger sur les bords. À se désagréger et s'envoler dans le vent, comme saupoudrées à travers un tamis.

— Dégage ton cul d'ici, Hiram, dis-je. Tout de suite.

Il haussa les épaules et entra dans l'Usine.

Cora leva la tête vers moi et ses cheveux nouvellement coupés encadrèrent son visage pâle. Ses yeux noirs me transpercèrent. C'était comme si je ne l'avais jamais vue. C'était comme essayer d'avaler un chat entier.

— Arrête de me regarder comme un débile, Sam, dit-elle.

Je m'assis.

— T'étais où ?

Je lui racontai. Que Cole avait vu Goodnight rentrer dans le lard de ce conseiller et s'était mis à raconter que Goodnight était sa muse et d'autres trucs comme ça, et sans qu'on s'en rende compte on s'était retrouvés chez Maynard.

— Sa muse ? dit Cora.

— C'est ce que Cole a dit. Et il a dit qu'il avait été dynamiteur.

— Ça expliquerait une ou deux choses.

— C'est ce que j'ai dit.

— Alors pourquoi t'as l'air si triste, putain ? Merde, s'il y a quelqu'un qu'a eu ce qu'il méritait, c'est bien Maynard.

Je crachai le morceau :

— Pourquoi tu t'es coupé les cheveux ?

Elle me regarda.

— Désolé, dis-je. C'est pas mes affaires.

— Tu sais ce que j'ai compris ? dit-elle.

Je n'avais rien d'autre à dire pour le moment.

— Si elle a toujours gardé les cheveux courts, c'est à cause du coton.

Ça me prit une minute. Elle ne me donnait aucun indice. Alors je tentai ma chance :

— Ta mère ? dis-je.

Elle fit oui de la tête.

— Quand je pense à elle, il y a surtout deux choses qui me reviennent, dit-elle. L'une d'elles est qu'elle a toujours eu les cheveux courts. Et j'ai compris aujourd'hui que c'était parce qu'ils se seraient fait arracher si elle les avait laissés pousser. Quand tu ramasses le coton, t'es constamment penché en avant, avec ce sac qui bouge sur tes épaules. Ça t'accroche les cheveux et ça te les arrache par touffes entières.

Cora n'avait encore jamais parlé de ses parents. Elle ne parlait jamais de son passé, avec personne. C'était comme si elle était venue au monde déjà orpheline.

— Où est-ce qu'elle récoltait le coton ?

— Au Texas. C'était les terres de mon père, mais mon père est mort. Et puis les insectes ont débarqué et y a plus eu de coton à récolter. C'est pour ça qu'on est venues à Denver. Elle a répondu à une petite annonce dans un journal, un homme qui cherchait une épouse. Mais quand elle est arrivée ici, ce n'était pas un homme, et personne ne cherchait d'épouse.

Elle s'arrêta de parler. Sa cigarette se consumait si près de ses doigts que je voulus tendre la main et la lui prendre, mais j'avais peur de faire quoi que ce soit qui la fasse s'arrêter de parler.

— C'était qui ? dis-je.

— Mattie Silks.

Je hochai la tête. À Denver, tout le monde connaissait Mattie Silks. Elle gérait l'un des plus grands bordels de Market Street.

— C'était quoi, l'autre chose ? dis-je.

— L'autre chose ?

— Tu as dit qu'il y avait deux choses dont tu te souvenais à propos d'elle.

— Ses mains, dit-elle. Elle avait les mains d'un nègre de soixante ans, blessées de partout. Dès que Mattie Silks les a vues, elle l'a mise à la porte. C'est là qu'elle a trouvé un boulot dans un des abattoirs. Pendant un temps, on a vécu dans un clapier, avec les Slobs*. Jusqu'à ce qu'elle ait sa septicémie. Après, j'étais toute seule.

Sa cigarette commençait à lui brûler les doigts. Je le sentais, je sentais l'odeur de la chair brûlée. Je tendis la

---

* Terme raciste dérivé du mot "Slav" utilisé pour désigner les immigrés d'origine slave. Ce mot anglais de "slob" a également le sens de "négligé, malpropre, souillon, sagouin".

main, lui pris le mégot et le jetai par terre. Elle ne le remarqua même pas.

— Et la tienne, Sam ?

J'éprouvai cette sensation que j'éprouvais toujours lorsque je pensais à elle. Comme si tout l'air du monde se tassait dans mes poumons. Je n'ai jamais su comment le dire, et je ne le sais toujours pas. Comment dire qu'alors que j'étais à peine en âge de parler et que je tenais tout juste sur mes jambes, j'avais marché devant un chariot à glace, et que ma mère avait dû bondir pour m'écarter de son passage. Mais elle avait glissé, et une roue lui était passé sur le pied et lui avait broyé deux orteils. Et sa jambe entière était devenue noire et sentait tellement mauvais que mon père et moi on devait se nouer nos mouchoirs sur le visage quand on s'occupait d'elle. Et elle avait hurlé pendant des semaines, disant qu'elle nous haïssait pour ce qu'on lui avait fait. Et puis un soir, au beau milieu d'un hurlement, ses yeux devinrent soudain énormes et elle s'étouffa comme si elle avait avalé sa langue et son visage fut jaune et flasque et elle mourut.

On ne peut pas dire ça.

On ne peut pas non plus dire ce qui se passa ensuite. Dire que mon père et moi avons quitté Cincinnati pour ne nous poser que des années plus tard. Qu'il prenait tous les boulots qu'il trouvait. Charger des barges à Nashville, faire le barman à Wichita, charrier de la cendre à Pueblo. Dire que nous nous retrouvions tous les soirs dans des chambres d'asile de nuit miteux, et qu'il s'assommait au whiskey et qu'il crachait sa chique entre ses jambes sur le parquet, sans jamais dire un mot. Jusqu'à ce qu'on arrive à Denver, où il trouva un boulot d'employé dans une quincaillerie, et qu'un jour il rentre du travail les bras chargés de livres. "Il est temps que tu apprennes à lire", m'avait-il dit.

Ce jour-là tout changea. Il jeta les bouteilles de whiskey et ramena des livres. Il commença par des manuels pour débutants, et me fit apprendre mes lettres. Et puis très vite j'ai lu des livres de George MacDonald, et tout ce qui me tombait sous la main. On lisait tous les deux chaque soir devant la cheminée.

Ça dura jusqu'au soir où il ferma son livre, *Taïpi*, et dit : "Maintenant, fils, tu sais lire. Ils pourront jamais t'enlever ça."

Et le lendemain il disparut. Complètement.

— Il était maître d'école, dis-je.

— Maître d'école, dit Cora.

Je fis oui de la tête. J'étais incapable d'en dire plus. Je frissonnais de partout. C'était plus fort que moi. C'était le vent et ses cheveux et tout le reste. Tout était trop gros, trop grand. Et après ça elle avait son bras sur mon épaule, et elle disait, "là, Sam", et "je sais, Sam", et "on est tous dans le même bain, Sam", et c'était comme si j'avais dérivé jusqu'au milieu de l'océan, dans des eaux noires et vides, et qu'elle était le treuil qui me ramenait vers le rivage. Puis j'étais de nouveau là et il n'y avait plus rien, juste elle qui me serrait dans ses bras.

10

SAM VA DÎNER
DANS UNE BARAQUE DE FOIRE

DE RETOUR à l'Abattoir, je regardai Goodnight en pensant à ce que Cole m'avait dit sur le fait qu'il avait travaillé comme dynamiteur. Les dynamiteurs étaient une chose à laquelle je n'avais jamais vraiment pensé, mais les Crânes de Nœud n'arrêtaient pas de parler d'eux. Ils avaient l'air d'être toujours là quelque part à la lisière du Monde des Crânes de Nœud, apparaissant soudain au fin fond des impasses ou derrière les vitres crasseuses comme des coulures de sang d'oiseaux.

Mon père me lisait des articles de journaux à leur sujet. Les gens parlaient d'eux dans la rue. On entendait les conversations. Impossible de faire autrement. Des fenians qui dynamitent la Tour de Londres pour la libération de l'Irlande. Un Parisien qui pulvérise tout le monde dans un café. Les Russes qui font sauter leur propre tsar en mille morceaux. Des gars de Chicago qui balancent des bâtons de dynamite sur la police. Et les cambrioleurs, aussi, qui vont de ville en ville par les trains de marchandises, et qui utilisent de la nitroglycérine pour faire sauter les coffres.

C'était la seule chose dont même les Crânes de Nœud avaient peur. La corruption, la prostitution, l'opium, les bagarres, la guerre et le meurtre, tout ça avait du sens pour eux. Mais pas la dynamite. Ils n'y voyaient aucune logique. C'était impossible de trouver un quelconque sens à une bombe qui saute dans un café. C'était soudain, absurde et brutal. Ils s'en chiaient dessus de peur. Ça leur faisait à eux exactement ce que tout le reste du Monde des Crânes de Nœud nous faisait à nous.

J'eus l'impression de pouvoir déceler ça chez Goodnight après que Cole me l'avait dit. Il le masquait en étant plus grand et plus laid qu'on l'aurait cru possible. Scarifié sur une moitié du corps, et brutal, comme un truc sorti du pire cauchemar que vous ayez jamais fait. C'était le genre d'homme que vous surveilliez toujours au cas où il ferait un geste brusque, afin de pouvoir foutre le camp à temps. Comme un mur de brique chancelant qui pourrait s'effondrer sur vous d'un instant à l'autre.

Et à cause de ça, vous loupiez ses mouvements fins. Vous ne voyiez pas à quel point il savait être délicat avec les grosses mains qu'il avait. Des choses toutes simples, comme la façon dont il mangeait, ou tenait son crayon quand il écrivait dans son carnet. Vous ne remarquiez pas la netteté et la précision de son écriture. La capacité qu'il avait à se concentrer sur les plus petites choses et à en tirer tout ce qu'il pouvait en tirer.

Et une fois que vous aviez remarqué ça, vous remarquiez aussi autre chose. Vous remarquiez combien le laudanum érodait ses capacités. Ce n'était pas que ses mains se soient mises à trembler, ou qu'il ait perdu son attention aux détails ou quoi que ce soit. Ce n'était rien de spectaculaire. Il avait juste besoin, désormais, de s'asseoir et de calmer sa respiration une seconde avant de pouvoir écrire quoi que ce soit de lisible.

C'était le meilleur dynamiteur que personne ait jamais connu. D'après Cole. Et à voir les efforts de plus en plus grands que Goodnight devait déployer pour maîtriser les travaux délicats, on ne pouvait s'empêcher de penser qu'il se saccageait volontairement. Qu'il se servait du laudanum pour effacer ses capacités comme on effacerait une rature au crayon.

Cole, quant à lui, n'avait en revanche rien de délicat. Aucun mouvement fin. Ce qu'il avait fait chez Maynard lui avait donné une nouvelle sorte de vigueur. Il arrivait tout juste à se contenir. Ça l'embrasait. Goodnight et moi n'avions alors plus grand-chose à faire. Cole était aussi souvent absent que présent à l'Abattoir, parti jouer aux cartes ou baiser des putes. Parti réfléchir, disait-il, mais en réalité il ne faisait que jouer et baiser des putes.

Arriva donc un autre après-midi où Goodnight et moi étions assis à l'Abattoir à nous demander où Cole avait pu s'en aller. Je lisais *Deadwood Dick*. Amos gardait mes livres derrière le bar, mais il les méprisait. Je crois qu'il n'accordait d'intérêt qu'aux livres écrits par les philosophes grecs ou les anarchistes russes.

Je gardais un livre d'Héraclite juste pour qu'il ne m'embête pas, mais je ne peux pas dire que je le lisais beaucoup. Je suis capable de lire les livres savants, mais je n'ai jamais été capable de lire seulement des livres savants. C'est un défaut de mon caractère. Mon père n'était pas comme ça. Avec lui, c'était Lord Byron par-ci, Henry James par-là. Et je n'ai rien contre ça. Je peux lire ce genre de livres si je le dois, et il y en a même dont je peux réciter tous les mensonges. L'enfant est le père de l'homme et tous les trucs du genre.

Mais ces livres-là ne me parlent pas. Ils ne parlent d'aucun monde que j'aie jamais vu. Si vous voulez m'émouvoir, donnez-moi des bandits et des baleines blanches. Ce monde est un monde de têtes coupées, et il n'y a pas beaucoup de place pour les balades dans des putains de champs de jonquille.

Puis Cole nous rejoignit au bar.

— Ce soir, tu viens dîner chez nous, petit, dit-il.

— J'ai mon propre dîner qui m'attend dans mon propre chez-moi, dis-je.

— Ne t'imagine pas que je vais te faire des courbettes pour que tu viennes, dit-il. Betty veut fourrer son nez dans les affaires de Goodnight, et on a besoin de toi pour lire ses réponses.

— Betty?

— Betty, dit Cole sans m'offrir d'autre explication.

Je regardai Goodnight : son visage s'était aplati comme sous l'effet d'une presse à bacon.

Tracté par un cheval gris à la robe maculée de boue, le chariot de Cole traçait péniblement son sillon dans The Line. Bâtiments commerciaux et façades de boutiques en grès. Des tramways qui passent, leur cloche assourdie comme si elles étaient pleines de boue. Et au-dessus de nos têtes, des poteaux électriques de bois brut maintenus en place par un fouillis de lignes vrombissantes et palpitantes.

Sur les trottoirs, des panneaux vous promettaient d'améliorer votre magnétisme personnel, et les bonimenteurs se faisaient concurrence pour appâter le pigeon. Et il est là, monsieur, votre as de cœur. Suivez-le, suivez-le. Il est là, puis là, là, là. L'as de cœur gagne. Je ne prends aucun pari de femmes, d'estropiés ou de jeunes orphelins. Seulement d'hommes valides.

Nous nous engageâmes dans la 15ᵉ Rue et passâmes devant le cœur de pierre de Denver, la Bourse Minière, coiffée d'une statue en cuivre de trois mètres et demi de haut représentant un prospecteur tenant un bout de minerai. Puis nous fûmes dans Broadway, avec son Capitole de l'État du Colorado à la caboche couverte du même métal que le vieux prospecteur. L'un et l'autre se faisaient des clins d'œil sous des rubans de soleil découpés par les nuages. Nous autres humains l'avions dans le cul.

Nous continuâmes à rouler. Les foules urbaines se dissipaient. Les marges de la ville. Des plaines chichement boisées parsemées de cabanes délabrées tous les cent mètres. Vieux chiens et poulaillers. Clôtures de barbelé rouillé, piquets fendus, desséchés par le soleil, ondulant dans le vent. Gamins des fermes qui n'avaient jamais vu un seul repas complet.

— J'habite pas dans un de ces cabanons. (Cole dit cela comme s'il devait le dire, comme s'il expliquait quelque chose de profondément enfoui en lui.) Ça non. Mais j'arrive tout simplement pas à vivre au cœur de la ville.

Il engagea les chevaux sur une piste de terre et nous franchîmes une côte, puis nous nous arrêtâmes devant une maison improbable à côté d'un ruisseau. C'était le genre de bâtisse en grès que l'on trouvait sur Capitol Hill, mais tout y était réduit d'un quart. Il y avait même un porche couvert et une tour. Mais pas de garage pour le chariot, juste une grange grossière dont les parois penchaient un peu vers le ruisseau, et derrière elle un enclos pour les chevaux et une cabane de chiotte.

Cole détacha les chevaux et les mit dans l'enclos, puis il nous fit entrer par la porte de devant.

— Je parie que vous ne pensiez pas me trouver dans une maison comme ça, dit-il. Je me suis pas trop mal débrouillé.

Je ne dis rien.

— Eh oui, monsieur, je me suis sacrément bien débrouillé.

Il nous tint la porte. Dans le salon, une femme assise dans un rocking-chair matelassé de soie carmin fumait une cigarette roulée à la main. Elle avait une chevelure brune ébouriffée et les yeux bleu éclatant d'une dingue nocturne. Elle portait une salopette et pas de chaussures, et était aussi incongrue qu'une grenouille dans un nid d'oiseau.

— Je te présente la petite pute de Goodnight, Sam. (Cole jeta son chapeau et son manteau sur un fauteuil.) Petite pute, voici Betty. Betty, voici petite pute.

À la première occasion, j'étripe cet enfoiré, voilà ce que je pensai.

Betty me regarda et ses yeux s'embuèrent.

— Salut, dit-elle.

Puis elle se leva, sortit du salon par la porte de la salle à manger et disparut. Il y eut le bruit d'une porte de four qu'on ouvre et le cliquètement d'une poêle à frire, puis l'odeur du pain de maïs parvint à nos narines. Et Betty revint, tout sourire.

— Ah ben merde alors, dit-elle. (Son sourire était forcé.) Merde, répéta-t-elle.

Je suis dans un putain d'asile de fous, voilà ce que je me dis.

— On se prend un whiskey? dit Cole avec douceur.

— Y a du ragoût de cerf et du pain de maïs qui arrivent. (Betty éteignit sa cigarette dans un cendrier en bronze posé sur un guéridon à côté de son fauteuil.) Tu veux un verre de lait? me dit-elle.

— Je préférerais un whiskey, dis-je.

— D'accord, dit-elle. On a du lait. Je vais le chercher.

Une fois qu'elle fut partie, Cole servit deux verres de whiskey d'une carafe gravée posée sur une table aux pieds ouvragés. Il en tendit un à Goodnight.

— C'est sans doute un des meilleurs whiskeys du monde, dit Cole. Je l'ai goûté à Chicago et je l'ai tellement aimé que je me le fais livrer d'Écosse par caisses entières.

Chaque fois qu'il disait ce genre de truc sur la splendeur de sa vie, il nous jetait un coup d'œil, à Goodnight et à moi, et son regard s'attardait un peu trop longuement sur nous.

Goodnight prit le verre de whiskey et le but d'une seule traite.

— Tu lis vraiment, ou tu connais juste l'alphabet? me dit Cole.

— Je lis.

Il fit un geste avec son verre en direction de la bibliothèque.

— Betty m'a fait acheter tous ces livres parce qu'elle aime leur allure. Ni elle ni moi ne savons lire, mais elle disait que ce n'était pas une maison s'il n'y avait pas de livres. Y en a sur Jesse James. Tu aimes Jesse James ?

— J'aime Jesse James.

— Tu sais ce que Jesse James faisait, quand il cambriolait une banque ?

— Non.

— Il demandait à toutes les personnes présentes dans la banque de montrer leurs mains. Tous ceux qui avaient les mains calleuses, il les laissait partir. Il ne dévalisait que les fils de putes aux mains douces. Les hommes qui ne travaillaient pas pour vivre.

— C'est vrai ?

— Ouais. Et lui et moi, on fait le même métier.

— Vous ne cambriolez pas les banques, dis-je.

Il finit son whiskey et fit des gestes avec son verre.

— Vas-y, trouve donc ces livres. Tu peux les emporter, si tu veux.

Je ne me le fis pas dire deux fois.

— Betty fait un bon pain de maïs, dit Cole à Goodnight derrière moi. Des fois, je me dis que je devrais engager une cuisinière, et puis je me souviens de son pain de maïs. C'est pour son pain de maïs que je l'ai épousée.

Je n'entendis rien du côté de Goodnight qui ressemble à une réponse.

— Et certainement pas pour ses bonnes manières, dit Cole.

Toujours rien.

— Tu as toujours été un fils de pute sacrément terrifiant, dit Cole. Tu l'étais même avant.

À la façon dont il dit ça, je perçus de la tristesse dans
sa voix.

Nous mangeâmes le ragoût de cerf dans la salle à manger.
La table aurait pu accueillir trois fois plus de monde que
nous, mais quelque chose me disait qu'elle ne servait pas
beaucoup. Le papier peint avait des motifs de fleurs et de
serpents, et nous mangeâmes dans des assiettes en porcelaine de Marseille ornées de marguerites roses. Je sais que
c'était de la porcelaine de Marseille parce que Cole nous
l'a longuement expliqué, en nous regardant encore, Goodnight et moi, pour voir à quel point ça nous impressionnait. Ça ne m'impressionnait pas du tout, et si ça
impressionnait Goodnight, il arrivait vraiment très bien à
le cacher.

Betty servit du vin à tout le monde. Du vin qui venait
de France, nous dit Cole. Nous n'étions toujours pas
impressionnés. Le visage de Cole s'affaissa sous le coup de
tous ces efforts perdus, et il s'éclaircit la gorge.

— Je crois que ce que Betty voudrait vraiment savoir,
dit-il à Goodnight, c'est comment tu t'es fait toutes tes
cicatrices.

Goodnight n'avait toujours pas pris la peine d'enlever
sa veste. Il sortit son carnet de sa poche, se concentra,
et écrivit.

— Dynamite, lus-je.

— Je suis pas idiote, dit Betty. Dynamite, mais comment ?

Goodnight écrivit de nouveau.

— Un coffre-fort, lus-je.

Les yeux de Betty se rivèrent sur lui.

— Un coffre-fort, dit-elle. Tu voulais défoncer un coffre et ça t'a sauté à la figure ?

Le menton de Goodnight monta puis redescendit, une fois.

— Et Bee ? dit-elle. Bee était avec toi ?

La tête de Goodnight ne bougea pas. Ses mains non plus, il ne voulait pas écrire.

— On tirera rien de toi, pas vrai ? dit-elle.

Goodnight ne bougea toujours pas.

Elle finit son verre de vin et s'en servit un autre.

— Tu me diras même pas ce qu'il lui est arrivé ?

Goodnight n'écrivit toujours rien. Mais il se passa quelque chose sur son visage. Une chose qui, chez un autre homme, aurait pu indiquer qu'il était submergé d'émotion, mais qui, sur un visage comme celui de Goodnight, restait indéchiffrable.

— C'était mon amie à moi, aussi, dit Betty.

On aurait presque dit que Goodnight allait se mettre à pleurer.

Betty soupira et se tourna vers moi.

— Et toi ?

— Madame ?

Elle me scrutait attentivement. Assez attentivement pour que j'aie envie de me cacher sous la table.

— Comment tu t'es retrouvé embringué avec ces deux-là ?

Je fis un geste de la tête en direction de Cole.

— Il m'a embauché.

— Vous êtes donc deux à me prendre pour une idiote, dit-elle. Où est-ce qu'il t'a trouvé ?

— Dans les Bottoms.

— Et tu faisais quoi, dans les Bottoms ?

— Moi et quelques autres, on vit dans l'Usine métallurgique désaffectée qu'il y a là-bas.

— Évidemment, dit-elle. Tu sais que c'est là qu'ils ont grandi, eux deux ?

— Je l'ai entendu dire.

Elle finit aussi ce verre de vin là, et s'en servit encore un autre.

— Dans les Bottoms. Moi aussi. (Ses yeux s'étaient de nouveau embués.) Regarde-les un peu.

— Madame ? dis-je.

— Allez. Regarde-les. Tout de suite.

Je le fis, d'abord Goodnight, puis Cole.

— Y en a-t-il un d'entre eux qui ressemble à ce que t'aimerais devenir ?

— Hé ho, dit Cole. Holà.

— Parce que c'est ce qui va se passer, dit-elle. Si tu fricotes avec eux, tu vas devenir exactement comme eux. C'est comme ça qu'ils sont devenus ce qu'ils sont.

— Ça suffit, dit Cole. Je me suis pas si mal débrouillé que ça, en ce qui me concerne. En ce qui te concerne non plus.

— Ça t'arrivera à toi aussi, me dit Betty. Crois-moi.

— Parlons d'autre chose, maintenant, dit Cole.

Alors Betty se servit son quatrième verre de vin. Et il disparut si vite qu'elle se servit le cinquième plus généreusement, qui disparut encore plus vite. Mais elle changea de sujet. Elle se mit à raconter comment Cole avait construit la grange dans laquelle ils avaient vécu pendant que la maison était en construction. Elle dit qu'il n'y connaissait absolument rien en construction de grange, puis elle souligna en détail chacun de ses défauts. Ce qui prit presque une heure et culmina sur une théorie selon laquelle, à son avis, on ne pouvait pas vraiment s'attendre à ce qu'un escroc qui gagnait sa vie en arnaquant les gens soit capable de faire un travail honnête.

Pendant qu'elle parlait, Cole buvait du whiskey. D'abord avec la bouche figée en un sourire sarcastique. Mais quand elle eut fini de parler de ses talents de charpentier et qu'elle en vint à ses défauts de caractère, il devint bougon. Et une fois bougon, il fit remarquer qu'elle aurait pu l'aider à construire la grange quand elle voulait. Qu'il existait des femmes qui faisaient autre chose que rester assises dans le salon à s'assommer d'alcool du matin jusqu'au soir. Et que si elle n'aimait pas ce qu'il faisait pour gagner de l'argent, elle n'était pas obligée de vivre dans cette maison, une des plus belles de Denver. Elle pouvait toujours retourner vivre dans un putain de bidonville. Salope.

Puis il ouvrit une autre bouteille de whiskey et en proposa à Goodnight. Goodnight refusa d'un geste de la main. Et Betty se moqua de Cole, alors il la traita de nouveau de salope. Alors elle lui jeta sa cigarette au visage. Alors Cole la frappa à la joue tellement fort qu'elle heurta violemment la table, faisant tomber et cassant la moitié de la vaisselle. Et puis, quand Cole se tourna vers nous pour commenter la chose, Betty fracassa une des assiettes intactes sur sa tête.

Et Goodnight et moi nous éclipsâmes discrètement.

Nous étions dehors près de la porte. La lune s'était levée, elle argentait les peupliers et les saules un peu plus bas le long du ruisseau.

— Y a pas trop loin à marcher pour attraper un tram dis-je. J'ai pas besoin d'escorte.

Goodnight avait encore son carnet à la main. Il écrivit *Je viens avec toi.*

On entendit quelque chose se casser dans la maison. Une chose faite en bois tendre. Qui ne se cassa pas nettement, mais qui se brisa en de multiples échardes.

— C'est comme ça tous les soirs ? dis-je.

Il fit oui de la tête.

Une lanterne vola à travers une des fenêtres de la maison, le pétrole se répandit en flaque et brûla bleu et jaune sur le sol.

— J'y comprends rien du tout, dis-je.

Goodnight non plus n'avait pas l'air d'y comprendre quoi que ce soit.

Plus tard, alors que nous étions assis dans une voiture du tram qui nous ramenait lentement à Denver, il écrivit, *J'ai rencontré Frank James.*

— J'y crois pas, dis-je.

Il tapota sur ce qu'il avait écrit.

— J'ai lu que les Pinkerton avaient lancé une grenade dans sa maison. Elle a arraché le bras de sa mère et tué son frère sur place.

Goodnight fit oui de la tête. Il écrivit, *Un flic reste un flic jusqu'à ce qu'on lui coupe la tête.*

II

SAM APPREND UNE BONNE LEÇON
À PROPOS DES RICHES

Lorsque cole entra à l'Abattoir le lendemain matin, il marchait avec un boitillement qui le faisait tituber, colonne vertébrale tordue. Son visage était pâle et visqueux, il portait le même costume que la veille, et il avait des petites égratignures partout sur la joue gauche, comme s'il s'était pris une décharge de fusil à gros sel. À l'odeur, soit il s'était mis à boire dès le lever, soit il ne s'était pas couché. Il s'assit sur un tabouret, pesamment.

— Putain, mais où est-ce que tu as disparu, hier soir ? dit-il à Goodnight.

— Il était avec nous, dis-je.

— Toi, je t'ai rien demandé, putain, dit Cole.

— C'est ce qui s'est passé, dis-je.

Cole me fixa droit dans les yeux en se triturant une des égratignures qu'il avait sur la joue.

— S'il a autant besoin de toi que ça, vous pouvez tous les deux vous installer chez moi.

— Hors de question.

— Cinq dollars de plus par semaine.

— Non.

Amos posa une bouteille de whiskey sur le bar; Cole se servit un verre en faisant des éclaboussures et il le but, grimaçant quand l'alcool toucha le carnage que Betty avait dû faire de sa bouche.

— J'ai deux chambres d'amis. Une pour chacun de vous. De bons matelas. C'est sacrément confortable.

— Je ne m'installe pas chez vous.

— Bon. Y a un galetas dans la grange, si tu veux.

— Certainement pas.

— Il est solide, faut pas croire ce que raconte cette salope.

— J'ai où dormir, dis-je.

Il me regarda.

— Va te faire foutre.

— Quel putain de garde du corps tu fais, dit-il en se tournant vers Goodnight. Je n'arrive pas à me baisser plus bas que mes genoux. Il m'a fallu une heure pour mettre mes chaussures.

Puis Magpie Ned se tenait debout à côté de Cole. Je ne l'avais même pas vu entrer. Ned cala sa main en coupelle entre sa bouche et l'oreille de Cole et lui dit quelque chose.

Cole planta ses yeux droit devant lui dans le miroir derrière le bar. J'admirai presque son courage. C'est dur de se regarder dans le miroir après une soirée qui a dégénéré. Il fixa son reflet comme ça un long moment. Puis il dit:

— Je me suis pas mal débrouillé, dans la vie. (Et il se leva.) Va chercher Jake, dit-il à Ned avant de s'en aller dans son bureau.

— Qu'est-ce qu'il se passe ? dis-je à Ned.

— J'imagine qu'il te le dira s'il a envie que tu le saches, dit Ned. En attendant, tu ferais mieux de t'occuper de tes putains d'oignons.

Cole sortit de son bureau, revint vers nous et jeta un sac à dos sur le bar.

— Tu crois que t'es prêt à retâter de ton ancien métier, vieux ? dit-il à Goodnight.

Goodnight le regarda.

— Quel métier ? dis-je.

— Dynamiteur.

Goodnight toussa et quelque chose se déchira dans sa gorge. Il le cracha par terre. C'était comme de la colle.

— Je viens aussi, dis-je.

— Un peu que tu viens, putain, dit Cole. (Il frappa du poing sur le bar.) Fusil, dit-il à Amos.

Amos attrapa un fusil à double canon sous le bar et le passa à Cole. Il secouait la tête, mais il le lui passa.

Je ne vais pas mentir, les riches me faisaient peur, à l'époque. Parce qu'aucun des choix qu'ils pouvaient faire ne risquait de les empêcher d'avoir de quoi manger. Je me disais qu'avec ce genre de liberté, ils ne devaient se sentir responsables de rien. Alors je devins un peu nerveux quand je vis où Cole nous emmenait. C'était au Brown Palace, l'hôtel le plus rupin de Denver. Un monolithe en forme de coin posé sur l'île entre la 17ᵉ, Broadway et Tremont Street, qui semblait avoir été sculpté dans le grès du Colorado par un fleuve d'argent sale.

Mais bon, juste avant qu'on y arrive, Cole tourna à droite, traversa Tremont Street, et gravit lourdement le perron devant la porte d'entrée de l'hôtel Richelieu.

Les portiers noirs du Richelieu étaient à peu près aussi massifs que des ours kodiak. Ils regardèrent Cole, puis Eat 'Em Up Jake, puis Magpie Ned, puis Goodnight. Puis ils ouvrirent la porte et nous laissèrent passer.

C'était exactement le genre d'endroit où vous vous attendiez à trouver des gens riches. Il y avait des sofas en crin de cheval et des draperies à glands et des lustres. Et des tables de faro, des dizaines de tables de faro réparties un peu n'importe comment dans toute la pièce, comme si elles avaient été soufflées là par une brise nocturne et qu'elles ne s'étaient pas encore complètement posées. Il y avait de quoi vous donner envie d'asperger tout ça d'huile de charbon et d'y foutre le feu, avec les Crânes de Nœud assis aux tables de faro et tout et tout. Ils étaient en smoking, visages légèrement en sueur dans la chaleur et la fumée de cigare. Les Crânes de Nœud qui gagnaient se donnaient des claques dans le dos et riaient comme des chevaux. Les Crânes de Nœud qui perdaient avaient les lèvres pincées.

— Mes tables, dit Cole. Les fils de putes.

Un gros homme à nœud papillon nous regarda avec des grands yeux ronds. Il était assis à une table de faro, avec une fille à moitié nue sur ses genoux. Elle avait peut-être quatorze ans, et essayait de sourire, mais sa bouche n'y arrivait pas tout à fait. Elle était comme un petit oiseau qu'on presse pattes en avant dans un broyeur à viande. Le gros n'arrêtait pas de nous fixer. Puis ses joues se gonflèrent comme si un cancrelat venait de lui voler dans la bouche. Il se leva, poussant la fille hors de ses genoux.

— Espèce de fils de pute, dit-il.

— Moi ? dis-je.

— Espèce de fils de pute. (Il se dirigea vers nous.) C'est toi qui as déclenché cette bagarre, espèce de fils de pute. (Il s'adressait à Jake.) J'ai perdu cent dollars.

Jake asséna un violent coup de poing sur le nez du gros. Il explosa comme un kaki lancé contre un mur de briques ; le gros lâcha un petit cri strident et s'effondra.

— Celle-ci, c'est pas moi qui l'ai commencée, dit Jake de sa voix sirupeuse. Espèce de fils de pute, dit-il.

Cole donna à l'homme un coup de pied dans le cul et il bondit comme un petit jouet tiré par une ficelle.

— Je vous présente le nouveau président du Comité de la Police et des Pompiers de Denver. (Cole lui donna un autre coup de pied.) Il gère mes tables de jeu, qu'il a personnellement confisquées. (Cole s'arrêta de taper et se tourna vers la foule.) Mesdames et mes beaux enfoirés, hurla-t-il.

Il y eut une fraction de seconde pendant laquelle je crois que personne n'écoutait. Puis un des joueurs de faro se tourna vers Cole, et puis un autre, et puis un autre, chacun en se tournant faisant se tourner un autre, chacun se tournant un peu plus vite que le précédent, de sorte que la dernière moitié de la salle s'ébroua comme une volée d'oies domestiques qui tournent le bec en direction du sac. Une volée d'oies grasses, stupides et riches. Ma poitrine s'embrasa, la haine s'y épanouit.

— Lequel d'entre vous est Owen LeFevre ? dit Cole.

Un homme s'avança. Il portait une veste de smoking en velours noir aux reflets violets, et ses fins cheveux blancs ondulaient comme des flammes d'argent. Il ferma le registre qu'il tenait, l'air ennuyé.

— Vous vous rendez compte de ce que vous êtes en train de faire, jeune homme ?

— Surveillez-les ici, dit Cole à Ned et Jake. Si l'un d'entre eux fait du raffut, mettez-lui une balle dans la jambe et jetez-le à la rue. Ils pourront expliquer à leurs salopes de femmes comment ils ont fait pour se prendre une balle dans la jambe devant un bordel. (Puis il se tourna vers Goodnight.) Amène ton matériel à la cave avec le juge LeFevre et moi.

C'était une cave à vin. Des rangées et des rangées de bouteilles de vin, et tellement de tonneaux que je ne pouvais même pas tenter de les compter. C'était comme dans un de ces miroirs de foire où tout semble se répéter à l'infini.

Puis nous arrivâmes au bout, et là, dans le mur, il y avait une porte en arche qui donnait sur un tunnel en briques. Des rails de faible écartement filaient sur le sol, et au bout du tunnel il y avait un wagonnet à main.

— Nous y sommes, dit Cole.

Il se tenait derrière le juge LeFevre, serrant son fusil comme si c'était une chose qu'il risquait d'oublier.

— À quoi il sert, ce tunnel ? dis-je.

— Il va tout droit jusqu'au Brown Palace.

— C'est pour la nourriture, dit le juge LeFevre. Ils nous fournissent nos repas.

— C'est pour les clients, dit Cole. Pour pas qu'on les voie entrer et sortir du bordel du juge LeFevre. Ils ont construit un tunnel qui mène jusque dans nos femmes.

— Vos femmes ? dit LeFevre.

— Y en a pas une qui soit à vous. (Cole sortit une bouteille d'un des rangements et s'assit sur un tonneau.) Vous avez de quoi ouvrir ça ?

— Remontez, dit LeFevre. Les hommes qui jouent ne rentrent pas tabasser leurs femmes polacks. Les enfants ne meurent pas de faim. Les lois protègent ceux qui en ont besoin. (LeFevre prit un tire-bouchon forgé à la main accroché à un clou entre deux rangées de bouteilles.) Votre terrorisme n'y changera rien.

— Donnez-moi ce tire-bouchon, dit Cole.

LeFevre fit un geste pour le lui tendre. Puis il vit John Henry Goodnight sortir de son sac à dos une masse à manche court et un burin à pierre.

— Vous devez plaisanter, dit-il.

— Nous prenons nos devoirs vis-à-vis de la loi très au sérieux.

Cole prit le tire-bouchon de la main du juge.

À l'intérieur du tunnel en briques, Goodnight me donna le burin. C'était un pic en fer de soixante centimètres de long à peine plus gros qu'un bâton de dynamite, aux contours striés, avec une pointe en forme d'étoile. Goodnight me guida, pressant la pointe contre la brique, serrant mes doigts sur le burin avec sa main.

Je déglutis et fermai les yeux lorsqu'il frappa. Je ne tenais pas le burin assez serré. La masse le percuta et ricocha contre la brique. Je me tournai pour regarder Cole par-dessus mon épaule. Son regard semblait endolori, comme s'il avait avalé une punaise.

Goodnight m'attrapa par le haut du crâne et me retourna face au mur. Il ferma de nouveau sa main sur le burin par-dessus la mienne, serra plus fort, puis ajusta la pointe contre le mur et me tapota l'épaule.

Il frappa. Je tenais le burin plus fermement. Contact net. Il frappa de nouveau. Et il frappa encore. Après chaque coup, il tendait la main et imprimait un quart de tour à la pointe du burin, en le faisant lentement pour que j'attrape le geste. Ensuite, c'est moi qui le tournais. Un quart de tour à chaque fois. Encore et encore. Nouveau coup, nouveau quart. Les vibrations engourdissaient mes mains, et j'avais l'impression qu'une nuée de mites rampait sur mon visage.

Il y eut alors une pause.

— Je ne suis pas sûr qu'il en soit capable, entendis-je LeFevre dire dans mon dos.

Je pensai qu'il parlait de moi.

— Il peaufine quelque chose, dit Cole. Une chose qu'un petit merdeux comme vous ne peut pas comprendre.

Goodnight frappa encore deux coups.

Puis il y eut une nouvelle pause.

LeFevre rit.

Le chien du fusil s'arma.

— Je vais vous coller une balle dans l'oreille et votre putain de cervelle sortira en explosant par l'autre.

Je tenais le burin contre la brique. Goodnight frappa de nouveau. Encore. Maintenant il n'y avait plus de pauses. Goodnight continuait à frapper, continuait à creuser jusqu'à ce que le trou ait la taille d'un bâton de dynamite.

Et puis on commença à creuser le second trou. C'était plus facile. Les insectes qui encombraient ma bouche et ma gorge disparurent peu à peu. Mes mains se mouvaient en rythme avec les coups de masse. Nouveau coup, nouveau quart de tour.

Pour le troisième trou, Goodnight se défit de son manteau.

Cole et LeFevre parlaient dans notre dos. Mais il y avait désormais quelque chose entre leurs mots et moi. Leurs voix me parvenaient comme tamisées par des rideaux de soie.

Goodnight continuait à frapper. Jusqu'à ce que tout ait disparu en dehors de ses coups. Le monde s'était condensé, réduit à la taille de ses coups. Il n'y avait plus rien, sinon la rotation du burin et le choc de la masse. Je laissai mes mains penser pour moi, tourner le burin. Le dur fracas de la masse me drapait, me nappait.

Et Goodnight cessa de frapper.

Il glissa la masse sous sa ceinture.

Il avait fini.

Il déballa la dynamite et plaça les bâtons dans les trous. Cole se leva.

— On aura combien de temps à l'allumage de la mèche ? Goodnight montra deux doigts.

— Remontez, dit Cole à LeFevre.

— Vous vouliez juste que je voie ça ? dit LeFevre.

— Je voulais juste que vous voyiez ça.

— Dans votre longue carrière de choix stupides, celui-ci est sans doute le plus stupide de tous, monsieur Stikeleather, dit LeFevre.

— La stupidité ne m'arrête pas, dit Cole. Elle ne me ralentit même pas. (Il se frotta les mains.) Il y a des clous dans le sac, Goodnight. Sois gentil, apporte-les-moi.

Goodnight les lui apporta. Cole les prit et attrapa la masse sous la ceinture de Goodnight. Puis il raccompagna le juge jusqu'à la porte. Et puis je l'entendis enfoncer des clous dans le montant. J'avais l'impression que chaque clou qu'il plantait, il le plantait dans ma gorge. Le cocon de travail qui m'avait protégé m'engluait désormais. Puis Cole revint vers nous.

— T'inquiète pas, me dit-il.

— On va filer par l'autre côté ?

— On ne peut pas prendre le risque que quelqu'un descende éteindre la mèche, dit Cole. Il ne nous faudra pas une demi-minute pour être dans leur cuisine.

Je raclai la chose que j'avais dans la gorge, crachai. C'était comme de la colle.

La dynamite explosa juste au moment où nous entrions dans l'atrium du Brown Palace. Une détonation sourde à vous secouer les os qui fit tinter les garde-corps en fer des balcons sur tous les huit étages. Deux palmiers en pot se renversèrent et les verres firent des claquettes sur les tables. Les clients se levèrent d'un bond en poussant de grands cris.

Mais les vitraux qui couvraient l'atrium ne s'abattirent pas sur nous en mille morceaux. Le sol ne s'effondra pas sous nos pieds. La dynamite avait explosé exactement comme on l'avait prévu. Mes épaules se redressèrent. Je me mis à battre des pieds sur le sol de marbre comme si je dansais une petite gigue, comme si j'avais voulu secouer les toiles d'araignées qui s'accrochaient à moi. En cet instant, aucun de ces enfoirés ne me faisait peur.

C'était la première fois que j'éprouvais le pouvoir de la dynamite. Savoir que c'est vous qui avez allumé la mèche, et que vous contrôlez le timing et la puissance de l'explosion. Voir la surprise de tout le monde alors que vous n'êtes pas du tout surpris, puis sentir ce coup sourd au plus profond de votre poitrine, et avoir l'impression que votre âme vient de se faire déloger pour quitter votre corps en vrombissant l'espace d'une petite seconde. Ça a activé en moi quelque chose de profond, une chose dont je pressentais fortement qu'elle resterait activée.

— C'était l'autre raison pour sortir de ce côté-là. (Un homme en smoking était tombé à terre. Cole l'attrapa par le col de sa veste, le remit sur pied et lui tapota le torse.) C'est aussi facile que d'étriper une garce, dit Cole en souriant au nez de l'homme.

L'homme lâcha un feulement de chat et partit en courant. Puis Cole se tourna vers Goodnight.

Goodnight n'avait pas l'air de quelqu'un qui se mettrait à danser ou à sourire dans un quelconque futur proche.

Le visage de Cole s'effondra sur lui-même comme si on lui avait marché dessus.

— Filons avant que je les abatte jusqu'au dernier, dit-il.

12

SAM VOIT UNE ÉTRANGE TRISTESSE

GOODNIGHT N'ALLA PAS à l'Abattoir le lendemain matin. Il ne sortit même pas de son cabanon. Ni le jour d'après. On le voyait sombrer. On voyait que le laudanum lui murmurait que ce n'était pas son combat, que rien de tout ça n'était son combat.

La nuit de son troisième jour passé dans le cabanon, je fus réveillé par une envie pressante, et je pissai par-dessus le parapet. Bon sang, ces nuits juste avant l'été, quand on sent que tout est proche, toute la chaleur, l'excitation. Je finis de pisser et regagnai mon couchage.

Et je vis quelqu'un entrer à quatre pattes dans le cabanon de Goodnight.

Tout me passa par la tête. Toutes les fois où j'avais surpris Cora en train de le fixer ou de s'inquiéter pour lui. Je courus vers eux. Sans même m'en rendre compte, je serrais mon couteau dans ma main. C'étaient des pensées folles, mais ça vous rend fou, de penser comme ça. Ça vous rend plus fou que n'importe quoi. Je donnai un coup de pied dans le cabanon et une tête en sortit.

C'était Rena, vêtue seulement d'une chemise de nuit fine en mousseline.

— Salut, dit-elle d'une voix enjouée.

Elle avait le don pour vous faire fondre, quand elle parlait de sa voix enjouée.

— Sors de là, dis-je.

Goodnight bougeait. Il ouvrit les yeux, regarda Rena et lui fit signe de s'en aller.

— Je peux vous aider, lui dit-elle.

— T'as pas besoin de faire ça, dis-je à Rena.

— C'est pas une question de besoin, dit-elle.

Sa voix était toujours joyeuse, mais plus grave désormais. Comme un rayon de soleil filtré par un vitrail.

Goodnight tâta la poche de sa veste et trouva son laudanum.

— Vous avez pas besoin de ça, dit-elle.

Goodnight déboucha la fiole et y but une gorgée.

— C'est Cora, c'est ça ? dit-elle avec mépris. Cora la petite, Cora la pure. Vous devriez voir certaines des choses qu'elle fait ici, avec Sam.

— Cora n'a rien à voir là-dedans, dis-je. Va-t'en.

— Je suis pas si bête.

Sa voix était devenue dure et crue.

Puis Jimmy fut près de moi.

— C'est quoi ce bordel ? dit-il.

— J'en ai pas la moindre putain d'idée, dis-je. Si t'y comprends quelque chose, fais-moi signe.

Son visage était aussi tendu qu'une peau de tambour.

— Rena ?

Je le regardai, puis regardai Rena, puis le regardai encore.

— Je savais pas qu'elle te plaisait, dis-je.

Jimmy serra les poings et prit une posture de boxeur.

— Amène-toi par ici, espèce de fils de pute, dit-il à Goodnight.

Goodnight se leva, très penché sur le côté, faillit tomber.

Cora sortit de la nuit.

— Qu'est-ce qui se passe ? dit-elle.

— Emmène Jimmy avant qu'il se fasse du mal.

Elle posa sa main sur le bras de Jimmy. Lorsqu'il se tourna vers elle, je vis les stries de crasse que les larmes traçaient sur son visage.

— Nom de Dieu, dis-je.

— Ce fils de pute me fait pas peur, dit Jimmy.

— Je sais, dit Cora. Viens t'asseoir près de moi.

Elle l'amena près de son couchage.

— Il pensait pas ce qu'il disait, dis-je à Goodnight.

Mais Goodnight n'était plus là, et j'entendis les marches de l'escalier en fer grincer.

— Ah, bordel de merde, dis-je à Rena. Maintenant c'est moi qui dois le suivre.

— Personne te force.

Mais je le suivis. Je le suivis jusqu'à l'Abattoir. À l'intérieur, Cole était au bar, à boire du whiskey. Il ouvrit grand les bras.

— Goodnight, cria-t-il.

Je n'avais jamais vu un homme heureux comme ça. Goodnight passa devant lui sans même hocher la tête et s'assit à son tabouret habituel.

Le saloon était bondé. L'orchestre jouait dans la cage construite pour sa protection. Violon, trombone et clarinette. Cole se mit à faire le clown. Il savait que quelque chose n'allait pas, et c'était en général comme ça qu'il réglait les choses qui n'allaient pas. Il buvait du whiskey, faisait des grimaces et claquait les fesses des putes. Et voyant que rien de tout ça ne faisait sourire Goodnight, il cria pour demander une chanson, et au grand amusement de tout le monde sauf de Goodnight, il fit croire qu'il avait un partenaire et il chanta *Buffalo Gals* en dansant dans le saloon pendant que l'orchestre l'accompagnait.

Puis la porte s'ouvrit. Et je vis Goodnight se tourner pour regarder.

Puis regarder encore.

C'était une femme. Elle portait une robe et des bas bleus. Elle marchait d'un pas légèrement ivre, en balançant outrageusement son sac, comme si elle faisait le tour des bars les plus animés de Denver. Elle ne manquait pas d'allure, mais l'Abattoir la rendit très vite moins étincelante. C'était une femme encore jolie, mais tout juste. Ce genre de femme. Elle était suivie par un sautillant spécimen aux yeux rouges vêtu d'un costume gris moucheté et d'une cravate ruban, qui arborait le demi-sourire narquois d'un homme qui s'amuse comme un fou.

Goodnight les regardait dans le miroir. L'angle de sa mâchoire se fit plus pointu. L'homme s'assit au bar et la femme s'assit à côté de lui. Juste à la gauche de Goodnight. Goodnight les fixait.

— Tu les connais ? dis-je à Goodnight.

Goodnight ne bougea pas.

— C'est cette fameuse dame ? Bee ?

Goodnight ne bougea pas.

J'essayai d'intercepter le regard de Cole pour le prévenir. Il était encore en train de danser.

L'homme tapota sur le bar avec une pièce pour attirer l'attention d'Amos.

Le visage qu'Amos lui offrit n'était pas malveillant. Il n'exprimait pas le moindre intérêt. Mais l'homme devint tout de même livide.

— Ça joue, à l'étage ? demanda l'homme à Amos.

Amos se replongea dans son livre.

— Il y a des parties prévues ?

Amos continua à lire.

L'homme soupira.

— Bon, je peux boire un verre ?

— Whiskey ? dit Amos.

— Un verre de bordeaux ?

— Allez donc à l'Arcade.

Le joueur jeta sa pièce sur le bar.

— Whiskey. Et si vous entendez parler de parties, je vous paierai pour le tuyau.

— Toutes les tables de faro sont fermées.

— On revient de Cheyenne, dit le joueur. J'ai perdu le fil des choses.

Amos lui tendit une bouteille et retourna à son livre.

La femme embrassa le joueur sur la bouche.

— Ça fait seulement un jour qu'on est de retour, dit-elle. On trouvera quelque chose.

Le joueur émergea de la vague morosité que le monde lui avait imposée. Il n'était pas du genre à couler très profond. Il trouva un cigare dans sa poche, le porta à sa bouche, puis tâta ses poches en quête d'un briquet. Il s'apprêtait à dire quelque chose à la femme quand Goodnight craqua une allumette et la lui tendit.

Le côté gauche du visage de Goodnight était tourné vers la femme. Le mauvais côté.

La femme lâcha un petit cri strident.

Goodnight bougea la tête pour qu'elle voie mieux.

Cette fois-ci, elle ne cria pas. Elle fit un petit gargouillis dans sa gorge. Elle se couvrit la bouche d'une main tremblante.

— Oh, nom de dieu, dit le joueur.

C'était un geignement aigu, proche lui aussi du petit cri strident.

— Arrêtez de me regarder comme ça, dit la femme. Pourquoi vous me regardez ?

— Goodnight ? dit Cole.

Goodnight tenait toujours l'allumette. Il ne prêta pas du tout attention à Cole.

— C'est pas Bee, mon grand, dit Cole. Elle lui ressemble, mais c'est pas elle.

— Il faut qu'on le fasse partir d'ici, dis-je.

— Il essaie juste de vous donner du feu. (Cole flanqua une tape sur le bras du joueur.) Allume ton cigare, connard.

— Qu'est-ce qu'il a à me regarder comme ça ? dit la femme.

— On ferait peut-être mieux d'y aller, Goodnight, dit Cole. On se fait des cals aux coudes à force de rester au bar. Betty va me démolir.

Goodnight tenait toujours l'allumette. Elle lui brûlait les doigts.

— On s'en va, dit le joueur.

Il essaya de se lever, mais Goodnight se leva avant lui, claquant le menton du joueur avec le plat de sa main. La mâchoire du joueur se ferma d'un coup, et des fragments de ses dents de devant explosèrent. Il tomba sur le sol comme un sac de café et Goodnight lui écrasa la bouche sous sa semelle, brisant de l'os. La femme hurla et se mit à le griffer. Cole l'éloigna de force. Goodnight continuait à écraser le joueur à coups de semelle. Puis il en eut fini, il se redressa au-dessus du corps et sa poitrine se souleva.

Amos marqua la page de son livre.

— Ça suffit.

— Du calme, Amos, dit Cole. C'est pas après toi qu'il en a.

Goodnight adressa un sourire à Amos.

Cole s'assit au bar. Il se servit un verre.

— Je peux te faire souffrir autant que tu veux, dit Amos à Goodnight. Et t'auras pas à me le demander deux fois.

Mais Amos n'attendit pas qu'il lui demande. Il asséna exactement deux coups de poing sur le bon côté de Goodnight. Le premier le fit tanguer. Il le vida de toute son énergie, le laissant soudain gris et maladif. Et le second le fit s'effondrer.

Je restai bouche bée de voir avec quelle facilité Amos l'avait mis au tapis. Comme si je venais d'avaler une cigarette. Et puis je me rendis compte que Goodnight n'avait même pas levé les mains, et je compris exactement ce que je venais de voir. Goodnight n'avait pas cherché la bagarre. Il avait cherché l'anéantissement.

Amos semblait le savoir aussi. Son visage était aussi triste et aussi lourd qu'une enclume lorsqu'il reprit sa place derrière le bar.

— On ferme, dit Cole au reste du saloon. Finissez vos putains de verres et foutez le camp.

— Je finirai mon verre quand je serai prêt à finir mon verre, dit un homme avec un jabot de graisse flasque sous le menton. Je vais pas me dépêcher de boire pour vous.

Cole prit le fusil à double canon sous le bar. Il fit feu sur la table de l'homme, le bois explosa en échardes et la bouteille de whiskey vola en éclats.

— Ça vous aide à partir ? dit-il.

— Je l'ai payée, cette bouteille, dit l'homme.

— Je n'en doute pas, dit Cole. Et si vous revenez demain, je vous en donnerai une autre. Mais si vous prononcez encore un seul putain de mot ce soir, je vous troue des fenêtres dans votre putain de crâne.

13

SAM DÉLAISSE LES HISTOIRES TORDUES
ET OPTE POUR LES HISTOIRES SIMPLES

JE LAISSAI GOODNIGHT où il était, assommé sur le plancher de l'Abattoir, et rentrai à l'Usine. Tout le monde dormait. Je me glissai dans mon sac de couchage et restai éveillé à regarder les étoiles. En pensant à Goodnight. En pensant à tout le reste.

J'ai toujours eu du mal à m'endormir. À la mort de ma mère, ce fut comme si l'univers s'était retrouvé d'un coup réduit à la taille d'une chambre. La chambre dans laquelle elle était morte, et où mon père et moi vivions encore. Et puis ce fut comme si plus rien n'existait en dehors de lui et moi. Et ça ne changea jamais, peu importe où nous allions et à quel point nous nous saoulions.

Et puis il disparut. Et l'espace laissé libre faisait la taille de l'univers entier. J'étais là, avec les constellations qui tourbillonnaient autour de moi, et j'étais minuscule.

C'est une sensation qui ne m'a jamais quitté, que je continue à éprouver, et c'est toujours la nuit que je me sens le plus petit. Quand c'est une mauvaise nuit, je suis prêt à tout pour réussir à la passer. Je suis prêt à boire n'importe quoi, à prendre n'importe quoi. Tout ce qui est susceptible de m'anéantir. Je me suis brisé la tête à force de la frapper contre tout ce qui existe pour survivre à une mauvaise nuit.

Je ne connaissais peut-être pas les raisons exactes qui avaient poussé Goodnight à laisser Amos l'assommer, mais je comprenais pourquoi il l'avait fait.

Et comme lui, le sommeil finit par me prendre.

Puis j'étais réveillé. Le soleil était haut, et Cora était assise à côté de moi, en train de tirer sur ses doigts.

— C'est Commodore, dit-elle.

— Commodore ?

— On le trouve pas.

— Il était où, la dernière fois que vous l'avez vu ? dis-je. Mais elle s'éloignait déjà, à sa recherche.

Commodore était un drôle de numéro. Personne d'entre nous ne savait d'où il venait. Nous nous étions juste réveillés un matin, et il était là, endormi contre la couche de Cora, vêtu seulement d'un sac à farine qu'il n'allait jamais nous laisser lui enlever. Pour autant que je pouvais en juger, il était complètement muet. Personne ne connaissait son vrai nom. Je l'avais surnommé Commodore, comme Cornelius Vanderbilt*, parce que je trouvais ça drôle de l'appeler comme ça, avec son pauvre sac à farine.

Je mis environ vingt minutes à le trouver. Il était tout recroquevillé au fond du trou qui nous servait de cachette.

---

* Riche homme d'affaires américain (1794-1877).

Je ne le voyais pas à cause de l'obscurité, mais je l'entendais respirer. Je descendis dans le trou en rampant et, en faisant des grands gestes dans le noir, et je touchai son dos, chaud et palpitant, puis je le sortis du trou, roulé en boule, et le portai sur le toit.

— Je l'ai, dis-je lorsque je fus en haut de l'escalier.

— Tu l'as ? dit Cora.

Elle arriva sur le toit alors que je l'allongeais sur un couchage. Elle s'agenouilla.

— Qu'est-ce qu'y a ? Qu'est-ce qui te fait peur, mon cœur ?

Il était pelotonné dans son sac à farine, le dos vers elle. On ne voyait qu'une tignasse de cheveux blonds dressés comme des plumes de coq.

— Où est-ce que tu as mal ? dit Cora.

Elle essaya de le retourner.

Il s'écarta d'elle en se tortillant et se leva. Il me pointa du doigt, puis fit un pas.

— Il faut te suivre ? dit Cora. Tu veux qu'on te suive ?

Commodore pointa de nouveau son doigt vers moi.

— Moi tout seul, dis-je. Je crois qu'il veut que ce soit moi qui le suive, tout seul.

Cora ravala son agacement.

— Allez-y.

Je pris la main de Commodore et il m'emmena en bas de l'escalier. On voyait qu'il répugnait à le faire, mais il le fit. Puis, sans jamais me lâcher la main, il m'emmena dehors, sur le côté de l'Usine.

Et c'est là que je trouvai Jimmy. Tordu comme une araignée dans la poussière, ses membres étrangement étirés par les fractures.

Jimmy m'avait toujours paru tellement costaud. Une version miniature du boxeur à mains nues que son père avait été. Nous avions tous vu les photos de son père, Big Jim Cribb. Y a jamais eu homme plus costaud que lui. Le coup de poing qui avait tué Big Jim était arrivé dans le soixante-seizième round d'un combat organisé par Ed Chase.

C'était le seul combat que Big Jim ait jamais perdu, mais ça avait suffi. Cora avait trouvé Jimmy dans la ruelle derrière la salle, en train de faire une chose que nous ne le vîmes jamais refaire jusqu'à ce qu'il voie Rena sortir du cabanon de Goodnight. Pleurer.

Cora se contint tandis que moi et les plus grands nous couvrions le corps de Jimmy et le portions sur le toit. Et elle se contint encore tandis qu'elle et Hope expliquaient aux petits ce qui s'était passé. Et tandis que nous prenions le dîner et que nous nous préparions pour le coucher. Elle se contint même pendant que je leur faisais la lecture à la lumière d'une bougie. Nous étions en train de lire *L'Étrange Cas du docteur Jekyll et de M. Hyde*, mais je le laissai de côté et pris plutôt les *Fables* d'Ésope. Les mauvais soirs, on délaisse les histoires tordues et on opte pour les histoires simples.

Et puis tous les petits dormirent, et elle cessa de prendre sur elle pour se contenir. Elle s'assit sur le parapet face à Denver, jambes ballantes, mains serrées sur son ventre, le corps pris de violents frissons.

— Arrête de me surveiller comme ça, Sam, dit-elle.

Je me tenais juste à côté d'elle au cas où elle se serait mise à trop se pencher au-dessus du vide. Ça me déchire encore en deux, de repenser à elle dans cet état, alors que je ne pouvais rien faire du tout pour elle. S'il existe un sentiment pire que celui-ci, je ne le connais pas.

Elle fit quelque chose à l'intérieur d'elle-même qui étrécit ses yeux et calma puis stoppa ses frissons.

— Viens là, dit-elle. Assieds-toi à côté de moi.

Je le fis. Elle appuya sa tête contre mon épaule. J'inspirai l'odeur de ses cheveux. Odeur de pluie et de terre brûlée par le soleil. Ça me rendit tout faible.

— Tu sais ce que c'est, mon seul boulot ? dit-elle.

Je le savais parce qu'elle me l'avait dit d'innombrables fois. Mais je ne pus me résoudre à le lui dire.

— C'est de les empêcher d'être morts, dit-elle. C'est tout. Y a pas une seule autre chose au monde. Juste les empêcher d'être morts.

— Tu pouvais rien faire, dis-je. Il était constamment fourré ici sur le toit. À travailler son jeu de jambes, qu'il disait.

— Et pourquoi est-ce qu'il a travaillé son jeu de jambes la nuit dernière ? T'y as pensé, à ça ?

— Goodnight l'a mise dehors, dis-je. Il voulait rien avoir à faire avec elle.

— Tu crois que ça changeait quoi que ce soit pour Jimmy ?

Je savais bien que non. Ça n'aurait rien changé pour moi s'il s'était agi de Cora. Je fis non de la tête.

Elle recommença à se balancer. Mais lentement.

— Est-ce qu'elle le sait ? dis-je.

— Elle est pas encore rentrée, dit-elle. (Elle se tut un instant.) Je lui ai dit de pas s'approcher du bord de ce putain de toit.

— Tu lui as dit cent fois.

— J'aurais dû le lui dire cent une fois. (Elle frappa du poing sur le parapet en briques.) J'aurais pu lui faire entrer ça dans le crâne à coups de poing. (Elle frappa de nouveau le parapet. Il y avait du sang sur la brique.) J'aurais pu le tabasser jusqu'à ce qu'il obéisse.

— Personne ne pouvait donner d'ordres à Jimmy. Jimmy faisait ce que Jimmy voulait faire.

— Le fils de pute, dit Cora.

— La tête de mule de fils de pute, dis-je.

Elle s'arrêta de parler. Les lumières de Denver brillaient devant nous comme des soleils lointains. Toutes ces lumières, je me sentais toujours perdu quand je les regardais. Ça me mettait les nerfs en boule de savoir que chacune d'elles contenait le monde entier de quelqu'un. Des mondes dont je ne savais rien, dont je ne saurais jamais rien. Des bureaux et des entreprises où l'on faisait la fête, des théâtres, des maisons pleines de famille. Et tous les autres mondes que je ne pouvais pas voir. Ceux qui n'avaient pas d'autre lumière que celle d'un petit reste de bougie. Ceux qui avaient fermé leurs volets. C'étaient ceux-là, nos phares. Les mondes obscurs, les mondes faiblement éclairés.

Cora regardait dans la même direction.

— Tu crois qu'ils peuvent nous voir, ici ? dit-elle.

— Je ne pense pas qu'ils s'intéressent assez à nous pour essayer.

Elle rit.

— Tu dis vrai, Sam.

Puis elle pleura pendant une minute. Puis elle dit de nouveau :

— Tu dis vrai, Sam.

Puis elle pleura encore.

Derrière nous, il y eut un bruissement, et puis un geignement, venant de l'endroit où les petits étaient allongés dans leurs couchages. C'était Fawn, la petite albinos. Elle avait envoyé valser sa couverture et était recroquevillée en chien de fusil, collée contre le dos du petit Cheyenne, Ulysses. Je ne voyais aucune raison de les séparer, alors je les couvris tous les deux sous la même couverture, puis je repris ma place à côté de Cora.

— Cole a un plan pour les foutre dehors, dis-je.

— Pour foutre qui dehors ?

Elle s'essuya les yeux. D'abord avec ses pouces, puis avec ses index.

Je fis un petit geste du menton en direction de la ville.

— C'est quoi son plan ?

— Il dit que tant qu'ils feront fermer ses jeux, il fera fermer les leurs. Les putes comme les tables de faro.

Ça lui fit retrouver son rire.

— J'espère qu'il va faire de leurs vies un vrai putain d'enfer.

— Pour lui, c'est juste un jeu.

— Ça l'est pour eux tous, dit-elle. Avec l'argent qu'ils perdent au faro en un soir, on pourrait nourrir tous les orphelins pendant un an.

— Ils étaient tout comme nous, je crois, dis-je.

— Qui ça ?

— Cole et sa femme, Goodnight, et une dame appelée Bee dont aucun d'eux ne veut parler. Ils ont tous grandi ici, dans les Bottoms. Orphelins.

— Bon, dit-elle. Maintenant, c'est des Crânes de Nœud.

— Peut-être, dis-je. Mais je travaille pour eux.

— C'est ce qu'on est censés faire, Sam. On est censés travailler pour eux, et puis mourir pendant qu'ils jouent à leurs putains de jeux.

— Je sais, dis-je.

Mais c'était comme si elle m'avait planté des aiguilles à coudre dans le cœur.

Puis au bout d'un moment elle se remit à sourire, alors même qu'une nouvelle larme coulait le long de sa joue.

— J'espère quand même qu'il va faire de leurs vies un vrai putain d'enfer. (Puis elle ne souriait plus.) Et après ça j'espère qu'ils le tueront, et qu'ils tueront Goodnight aussi.

— Je sais, dis-je.

Et puis elle pleurait de nouveau. Juste une petite ombre frissonnante découpée par les lumières de Denver.

14

SAM REÇOIT LES CONDOLÉANCES DE COLE

CE FUT LE PASTEUR Tom qui s'occupa de l'enterrement de Jimmy. Il avait dû aussi laisser entendre qu'il y aurait ensuite un repas conséquent, parce qu'on aurait dit que tous les clochards et toutes les putes au grand cœur de Denver s'étaient donné rendez-vous au cimetière de Riverside. Je ne me souvenais pas avoir jamais entendu parler d'une foule comme ça pour un orphelin, et Jimmy n'était pas le premier gamin des rues de Denver à mourir, bien loin de là. Ça arrivait tout le temps à ceux qui n'avaient pas de protection, pas de Cora. Cora ne vous aurait pas cru si vous le lui aviez dit, mais c'était comme ça. La vie de clochard à Denver était déjà dure pour les Crânes de Nœud, mais elle était presque impossible pour nous.

Cora ne se sentit pas capable de dire quelques mots pour Jimmy, mais elle laissa le petit Watson chanter *La Complainte du cow-boy* devant la tombe. Ce gamin, vous ne pouviez pas le faire parler, mais si vous arriviez à lui sortir son os de poulet de la bouche, il avait une voix d'une clarté magnifique. Et il n'y eut jamais assemblée plus respectueuse au monde que celle qui était là, à l'écouter.

Puis nous marchâmes tous en procession derrière le corbillard tiré par un seul cheval. Du cimetière jusqu'à l'église. Même Cole et son gang marchèrent. Magpie Ned et Eat 'Em Up Jake et Yank V. Fortinbras. La procession s'étirait à perte de vue. Les seuls qui ne marchaient pas étaient Cora et les plus petits des petits. Ils s'étaient entassés dans la calèche funéraire. Je crus que j'allais vomir mon cœur de voir Cora si petite et si effondrée.

Et il y avait Rena. C'était moi et Hope qui étions chargés de marcher avec elle. Un de chaque côté, et nous l'avons presque portée sur tout le chemin. Ses bras étaient poisseux de sueur à cause de la chaleur du mois de juin et de tout son chagrin. Son visage était comme une feuille de papier en train de se faire froisser ; toute sa clarté blonde s'était fait déchirer. Mais elle suivit la procession. Elle était là.

Il n'y avait qu'un seul absent.

Goodnight.

Lorsque nous arrivâmes au Tabernacle du Peuple, Hope emmena Rena s'allonger à l'infirmerie tandis que je restais avec Cora et les petits dans la grande salle pour manger le dîner de jambon que le pasteur Tom avait servi. Cora était assise à un bout de la table, et moi à l'autre, entre Hiram et Jefferson. Jefferson ne s'était pas encore arrêté de pleurer, même pour porter du jambon à sa bouche, et Hiram avait juste l'air sonné. C'était la première fois que je le voyais ne rien avoir de malin à dire.

— J'ai l'impression que tu nourris des pensées que je n'ai pas envie d'entendre.

Le pasteur Tom se trouvait soudain debout juste à côté de moi. Il avait l'air mince et étrange, ses yeux trop bleus et trop profonds sous sa tignasse de cheveux.

— Sans doute, dis-je.

— Tu pourrais peut-être quand même me les confier?

— Pas maintenant.

Le pasteur Tom se posa sur le banc et resta silencieux. Les clochards assis tout au long de la longue table se turent les uns après les autres, comme si un flic venait d'entrer dans la pièce, et leurs visages virèrent tous au gris morne.

Et, je ne sais pas pourquoi, c'est ce qui me fit basculer. Je sentais la bulle dans ma gorge. Une bulle qui faisait exactement la taille de tout ce que Jimmy représentait pour moi. Mon menton se tordit et je dus presser ma bouche contre mon épaule pour ne pas me mettre à dégobiller.

Le pasteur Tom ne faisait pourtant pas du tout attention à moi. Il faisait ce que j'étais en train de faire juste avant. Fixer Cora, le menton posé sur son poing.

— C'est le premier qu'elle perd, dit-il. Je me demande bien comment elle a pu faire.

— Moi aussi, dis-je.

— Ce n'est que le premier, dit le pasteur Tom. Y en aura d'autres.

— Je suis pas prêt à discuter de tout ce qu'elle fait mal, dis-je. Pas maintenant.

Le pasteur Tom posa sa main sur mon épaule et l'y laissa une seconde. Puis il s'en alla.

Je connaissais les raisons qui faisaient que Cora nous gardait dans l'Usine. Une fois que vous aviez mis le pied dans le circuit des asiles de bienfaisance, vous n'en sortiez jamais. Et peu importe le degré de sincérité de votre bienfaiteur, fût-il le pasteur Tom Uzzel, rien ne vous y protégeait contre les choses que les Crânes de Nœud pouvaient vous faire. Ça pouvait ne pas venir du premier Crâne de Nœud que vous croisiez. Ni du second, ni du troisième. Ça pouvait venir d'un Crâne de Nœud bien plus loin dans la liste, et que vous n'aviez pas du tout vu venir. Mais ça venait parce que vous aviez laissé ce premier Crâne de Nœud entrer dans votre monde.

On le voyait peser sur Cora, le fardeau des petits. Je ne pouvais pas m'empêcher de souhaiter qu'elle s'en défasse de temps à autre. En partie pour mon bien, je ne le cache pas. Je ne pouvais pas m'empêcher d'imaginer un monde où il n'y aurait eu que Cora et moi, où elle aurait été à moi et à moi seul. Mais surtout pour elle. Pour la fille qu'elle aurait pu être si elle n'avait pas eu une douzaine de petits à protéger d'une ville entière qui voulait les dévorer vivants.

Elle essayait de n'en rien laisser paraître. Riant et blaguant avec Watson et Lottie, assis de part et d'autre d'elle. Le petit Watson avait de la graisse de jambon plein les lèvres et il riait d'un rire de bon gros chien tandis que Lottie cachait ses petits rires derrière ses mains. Mais je savais que si vous creusiez sous ces rires, vous trouviez un trou qui allait jusqu'en Chine.

La peur escaladait ma colonne vertébrale et venait me tendre la peau autour des yeux. La peur pour les petits, et pour Cora. La peur de ce que ça lui ferait si elle devait en perdre un autre.

Le plus rageant dans tout ça était que j'avais nourri quelques espoirs avec Goodnight quand il était revenu vivre avec nous sur le toit. Je m'étais dit que lui, il pourrait peut-être nous protéger. Stupides espoirs d'enfant. Le genre d'espoir qui me poussait à ruminer de nouveau l'offre du pasteur Tom.

Puis Cole se trouvait debout à côté de moi. Debout, mais vacillant.

— T'es qu'une merde, me dit-il. (Il était déjà saoul.) Je me fiche de ce que tu crois être, t'es qu'une merde. J'ai tué des hommes de toutes les manières possibles. Et quand j'en avais pas d'autre, je les ai tabassés à mains nues jusqu'à ce qu'ils crèvent. Je me suis fait poignarder, on m'a laissé pour mort, et j'ai dû manger les asticots sur mes propres plaies pour pas mourir de faim. Tu peux jouer les durs, t'es qu'un gamin. Et t'es qu'une merde.

Je me levai. Peut-être pour le tuer. Mais le pasteur Tom tenait ma main qui tenait le couteau.

— Il est temps que vous partiez, dit-il à Cole.

— Goodnight est le seul homme plus rude que moi que j'aie jamais rencontré, dit Cole. Et à nous deux, on n'a jamais été capable de sauver personne. Toi ? T'as jamais eu la moindre chance. Je veux que tu comprennes bien ça. Tu pouvais rien faire du tout.

— Sers-toi de ton autre main, me dit Hiram. Prends ton couteau dans l'autre main, et plante-moi cet oiseau de Stymphale à la gorge.

Cole chancela.

— Qu'est-ce que t'as dit ?

— Bon sang, vous êtes un bon à rien de soûlographe, dit Hiram. Torché comme une oie bouillie.

— Ramène ton cul à l'Abattoir, me dit Cole. Sois-y demain. J'aurai plein de boulot pour toi.

— J'y serai, dis-je.

Cole hocha la tête une fois, puis disparut.

Le pasteur Tom lâcha ma main qui tenait le couteau.

— N'y va pas, dit-il. Si c'est du travail que tu cherches, je peux t'en trouver ici.

Je repliai mon couteau et le fourrai dans ma poche.

— Cinquante cents par jour, tous les jours sauf le dimanche, dit-il.

— Cinquante cents par jour, dis-je. Vous êtes un homme bon, pasteur.

Et je le pensais. Tout comme je pensais aller à l'Abattoir le lendemain.

Parce que chaque dollar que je rapportais était un dollar de plus pour lequel Cora n'aurait pas à se faire de souci. Et elle allait peut-être me haïr pour ça, mais j'avais bien l'intention de lui rapporter tous les dollars que je pouvais.

15

SAM ET LA GRANDE MAIN

Alors le lendemain de l'enterrement de Jimmy, j'allais à l'Abattoir, prêt à gagner tout l'argent que je pourrais. Pas juste mon salaire ; je voulais apprendre à suivre les trajets de l'argent. Apprendre à le pister alors qu'il s'écoulait de Capitol Hill en un petit ruisseau qui sinuait jusqu'à The Line, où il achevait sa course sur les bordels, les saloons et, tout au bout, les filles des cabanons.

Cole et Yank étaient au bar. Cole me regarda lorsque je pris un tabouret, puis il regarda derrière moi, puis il regarda derrière le bar.

— Où est-ce qu'il est ?

— Je pensais qu'il était avec vous, dis-je. Je l'ai pas revu depuis qu'Amos l'a assommé.

Amos leva les yeux de son livre.

— Il m'a pas vraiment laissé le choix, dit-il.

— Vous pouvez le cogner toute la sainte semaine si ça vous chante, je m'en fiche pas mal, dis-je.

— Personne te reproche rien, Amos, dit Cole.

— Qui est Bee ? dis-je.

Je savais que ça tombait comme un cheveu sur la soupe, mais j'avais longtemps attendu le bon moment pour poser cette question, et il n'était jamais venu.

Cole me regarda.

— Bee ?

— Bee, dis-je. C'est elle que Goodnight a cru voir. C'est pour ça qu'il a laissé Amos le mettre K.-O.

Amos me regarda comme s'il risquait de se vexer, mais il se contenta de hocher la tête en signe d'acceptation et se replongea dans sa lecture.

— Bee était l'une d'entre nous, dit Cole. Elle a grandi dans les Bottoms avec moi, Goodnight, Betty.

— Ça, je le savais. Quoi d'autre ?

— Rien d'autre. Elle voyageait avec Goodnight. Plus maintenant.

— Pourquoi ?

— Bon sang, tu poses des tas de questions, petit. Je sais pas pourquoi. Elle s'est peut-être barrée avec un autre pendant qu'il faisait son temps à Old Lonesome. Tout ce que je sais, c'est qu'elle voyage plus avec lui.

— Je crois qu'il y a autre chose, dis-je.

— Tant mieux pour toi, dit Cole. T'es venu bosser ou quoi ?

— C'est quoi le programme ?

— Le programme, dit-il de sa voix railleuse, consiste à alléger les abrutis de leurs biffetons.

— Je suis plus que partant pour ça, dis-je.

Alors il m'expliqua l'affaire. C'était une arnaque qu'ils appelaient la Grande Main, et c'était la plus simple des arnaques que le gang de Cole montait. Mais tout dépendait du choix du pigeon ; ça, c'était mon boulot, et ça n'avait rien de simple.

Tout tenait à deux choses que vous deviez repérer en une fraction de seconde. La première était le désir que n'importe quel gogo tout juste sorti de son train en provenance du Kansas avait de se montrer à la hauteur de Denver. Denver était la ville la plus sauvage de l'Ouest, et il n'y avait pas un seul homme qui ne souhaitait pas s'y mesurer. Vous deviez trouver le genre de gogo qui était prêt à se faire exploser le pouce plutôt que de reconnaître qu'il n'avait jamais tenu un revolver de sa vie. La seconde était qu'il devait être membre d'une loge. C'était comme ça qu'on les attirait. Yank était un des meilleurs cueilleurs de la ville. Il connaissait les poignées de main secrètes de toutes les confréries qui existaient. Les Odd Fellows, les Cavaliers, les Knights of Pythias, les Red Men, les Sons of Boone & Crockett. Il n'y en avait pas une que Yank n'était pas parvenu à percer à jour.

Je repérais les pigeons à la gare. Adossé contre un mur, casquette bien tirée vers le bas, suant dans la chaleur de la foule, toussant à cause de la fumée des trains. J'en étais venu à être capable de les identifier avant même d'avoir vu l'épinglette de la loge qu'ils portaient au revers. Je les reconnaissais à la façon qu'ils avaient de constamment être à l'affût d'autres membres de leur groupe. Voilà, fondamentalement, ce qui fait qu'un pigeon est un pigeon : il se croit membre d'un groupe.

Quand j'en avais repéré un bon, je courais prévenir Yank, qui accrochait alors à son revers la même épinglette que le pigeon, puis qui allait à sa rencontre et le bousculait en faisant mine de trébucher. Le génie de

Yank tenait au fait qu'il savait à quel point les hommes sont attirés par ce qui leur ressemble. Il imitait les petits gestes du pigeon, sa manière de parler. Il était vraiment fort pour faire vibrer la corde de la conspiration, murmurant à l'oreille du pigeon des remarques pleines de mépris à l'égard de tous les gens qui ne faisaient pas partie de leur clique. Lui faisant comprendre que, nom de Dieu, ils étaient pas des Slobs, des Ritals, des Latinos, des Chinetoques, des Peaux-Rouges, des négros ou des républicains.

Cela faisait un mélange irrésistible pour un homme tout juste descendu de son train en provenance d'une ville de la prairie, terrifié par le tohu-bohu de Denver. Et quand Yank avait gagné la confiance du pigeon, ce qui ne lui prenait jamais très longtemps, il l'invitait à déjeuner. Ensuite, pendant qu'ils marchaient vers un restaurant de la 17e Rue dont Yank avait juré qu'il n'acceptait que les membres de leur clique, il demandait au pigeon si ça ne l'embêtait pas qu'ils fassent un petit détour par le bureau de Cole, à l'Abattoir, sous un prétexte quelconque. Bureau où ils tombaient comme par hasard sur une partie de poker en cours.

Évidemment, on persuadait le pigeon de s'asseoir pour un petit tour à petites mises. Et, évidemment, il recevait une main gagnante. Un full, ou une couleur. Et une fois qu'il avait gagné le premier tour, il était facile de le convaincre de rester pour un second. On lui distribuait encore une bonne main, et puis encore une autre. Il devenait riche et heureux. Et puis il se mettait à perdre, et quand il finissait par miser plus que ce qu'il avait, ce qui se produisait toujours, on le dépouillait de tout. Avec le bon pigeon, ça pouvait rapporter des milliers de dollars.

Il n'y avait rien de plus simple. Les meilleures arnaques sont toujours les plus simples.

Mais la plus grande leçon que je tirais de Cole n'avait à voir avec aucun jeu en particulier. C'était que d'être adulte est en soi-même un genre d'arnaque. Tous ces Crânes de Nœud essayaient de se convaincre qu'ils étaient la personne qu'ils se croyaient être. Le pigeon parfait mène déjà une arnaque, une arnaque qu'il déploie contre lui-même. Elle se joue dans l'écart entre l'homme qu'il veut que le monde voie et l'homme qu'il se sait être. Et si vous pouvez repérer cette arnaque, alors vous le possédez.

Le deuxième jour de la Grande Main, j'étais en train de marcher entre l'Abattoir et Union Station quand je vis un drôle de mouvement dans la foule qui se trouvait sur le trottoir. Elle se scindait en deux, comme l'eau d'une rivière rencontrant un rocher.

Je savais ce que c'était. Je fendis la foule pour aller voir.

Comme de juste, c'était Goodnight. Épaules voûtées, crasseux, il traçait son chemin en bousculant les gens tel un rhinocéros à moitié dynamité. Ceux qui le voyaient se jetaient sur le côté ; les autres, il les faisait valser de part et d'autre.

Je me plaçai dans son sillage, marchant sur les gens qu'il avait piétinés, lui laissant suffisamment d'avance pour que je puisse l'esquiver si jamais il se retournait pour regarder derrière lui. Mais sa grosse tête hideuse ne se retourna pas une seule fois. Il fila tout droit jusqu'au bout de The Line, puis il descendit Market Street, et au croisement de Market et de Blake, il tourna dans une ruelle.

Et j'arrêtai de le suivre.

Je savais exactement où il allait.

16

SAM EMMÈNE COLE DANS HOP ALLEY

Je travaillai pour la Grande Main dans Union Station toute la semaine, mais le samedi, il fit si chaud que c'était insupportable. Je sortis de la gare et traînai du côté des stands des vendeurs de fruits et des vendeurs de livres, à la recherche d'un pigeon, mais tous les types qui descendaient du train et me semblaient prometteurs avaient aussi l'air d'être complètement fauchés. Donc à peu près deux heures après le coucher du soleil, Yank finit par me libérer. Je filai à l'Abattoir en passant par The Line pour aller chercher ma paye de la semaine, évitant les carrioles et calèches. Il y avait tous les bruits du samedi soir. Cris de cocher, grincements de violon, tintements de piano, et, de temps à autre, le cliquetis du chien d'un Colt .45.

J'étais à moins de dix mètres de l'Abattoir quand je rentrai en plein dans Magpie Ned, qui se trouvait là avec Cole derrière lui.

— Regardez un peu où vous marchez, bon sang, dit Ned. (Son nez se tourna d'un coup vers moi, et la grosse tache noire qu'il avait sur la joue brillait de veinules et mouchetures.) Mais je te connais, toi, dit-il.

— Moi aussi, je vous connais, dis-je. Vous êtes l'enfoiré d'abruti qu'a essayé de se tirer une balle et qu'a raté.

La tache noire sur sa joue palpita.

— J'allais buter le connard qu'était en train de sauter ma sœur, et l'arme s'est enrayée, petit.

— Calme-toi, Ned, lui dit Cole. (Puis il se tourna vers moi.) J'ai besoin de lui. Est-ce que tu sais où il est ?

— Ça se pourrait.

— Bon sang, petit, dit Ned.

— Je veux une prime d'un dollar, dis-je.

— Un dollar, dit Ned. Je devrais te tordre ton putain de cou. Je le retrouverai tout seul.

— Vous seriez pas foutu de trouver une balle de base-ball dans une boîte de sauce tomate. Donnez-moi un dollar et je vous amène à lui.

— Donne-lui, dit Cole.

— Bordel de merde. (Ned me lâcha et sortit un dollar de sa poche. Ses yeux étaient aussi noirs et mauvais que sa marque de poudre sur la joue.) Tu sais ce que j'ai fait, après que l'arme s'est enrayée ?

— Quoi donc ? dis-je.

— J'ai tabassé cet enfoiré à mort à coups de crosse. (Il me donna le dollar.) Et ma salope de sœur, aussi.

— Retourne à l'Abattoir, lui dit Cole. Je m'occupe de ça.

J'emmenai Cole au croisement de Market et de Blake, tournai dans Hop Alley, entrai dans une herboristerie asiatique. C'était un magasin rempli de fioles de remèdes miraculeux et de pots d'herbes séchées. Des volutes d'encens flottaient dans la lumière lourdement tamisée par les rideaux orientaux tendus aux fenêtres. L'apothicaire à queue de cheval et au visage couleur de foin d'automne se tenait derrière le comptoir. Il s'inclina pour me saluer.

— Oui ? dit-il avec un fort accent chinois.

— Épargne-moi tes conneries de chinetoque, Gun Wa, dis-je.

Ses yeux grandirent et se désaxèrent.

— Ah, Sam, dit-il de son accent irlandais naturel. (Mais alors qu'il s'apprêtait à en dire plus, la porte s'ouvrit et un Noir en costume de cocher entra.) Bonjour, professeur, dit Gun Wa en reprenant son accent chinois.

— Je suis pas professeur, le chinetoque, dit le cocher en tendant un bout de papier à Gun Wa.

Gun Wa s'inclina pour s'excuser.

— Je ne voulais pas vous froisser.

— Je me contrefous de ce que vous vouliez faire, dit le cocher. Donnez-moi juste ce qu'il y a sur la liste.

Gun Wa s'inclina de nouveau, puis tourna les talons et s'affaira dans la boutique, en quête des ingrédients de la commande. Lorsqu'il eut fini, il emballa tout bien soigneusement, et tendit le paquet au cocher.

— Vous mettrez ça sur la note de M. Byers.

— Et comment va M. Byers ?

Le cocher s'en alla, laissant la porte claquer derrière lui. Gun Wa m'adressa un clin d'œil.

— Bon, bon. Qu'est-ce que je peux faire pour toi, mon petit gars ?

— Vous auriez pas vu un homme avec un demi-visage ?
dit Cole. Il ressemble à l'extrémité exténuée d'une vie
foutue en l'air ?

— Dernier box sur la gauche, dit Gun Wa.

Nous nous baissâmes pour nous glisser sous une petite
porte au fond du magasin, puis nous nous faufilâmes dans
le couloir envahi de fumée bordé de petits boxes. Effectivement, Goodnight gisait comme mort dans le dernier sur
la gauche. Il était trop grand pour la couchette, trop grand
pour le box, il était comme un ours tassé dans une cage à
raton laveur. L'endroit était minuscule et sans ventilation,
et l'air poisseux et rance me fit tousser. Il n'y avait pas
d'autre meuble qu'une couchette branlante et une petite
table basse. Et sur la table basse, une lampe à opium, une
pipe et une petite collection de cure-dents en cuivre.

— Espèce de fils de pute, dit Cole.

Mais il n'avait pas l'air en colère. Il n'avait même pas
l'air de parler à Goodnight.

Je secouai le bras de Goodnight. Un grognement sourd
monta de quelque part dans sa gorge. Je le secouai de nouveau. Et il y eut le trou noir du canon de son arme juste
devant mes yeux.

— Nom de Dieu, dis-je.

Un genre de reconnaissance passa sur son visage.

— C'est moi, dis-je.

Goodnight abaissa son arme.

Cole s'alluma un cigare.

— Je te croyais taillé dans une étoffe plus rude, dit-il.
Je pensais pas que t'étais une telle chiffe molle.

Les yeux de Goodnight glissèrent, se détachant de moi pour se poser sur Cole.

— Ça te rend nerveux, pas vrai ? C'est pas non plus un truc dont je serais fier.

Goodnight se frotta les yeux avec sa main qui tenait le pistolet.

— Moi, tu vois, je sais ce que je veux, dit Cole. Je m'égare jamais. Je veux un verre, de l'argent dans ma poche, et une femme capable de maîtriser la salope qu'elle a en elle.

— Donnez-lui peut-être une minute, dis-je.

— Je veux savoir ce qu'il veut, dit Cole. Ce qu'il croit pouvoir trouver ici.

— Vous le savez déjà, dis-je.

— C'est à cause de la dynamite ? Il est assis dans un débarras de chinetoque à fumer pour se détruire le cerveau à cause de la dynamite ?

Je regardai Cole. Il savait que c'était pas à cause de la dynamite. Ou du moins pas seulement à cause de la dynamite. Il avait vu comme moi la façon dont Goodnight avait regardé cette femme à l'Abattoir.

Les yeux de Goodnight se mirent à rouler vers le haut de sa tête.

— Je devrais l'abattre, là, tout de suite, dit Cole.

Goodnight tendit la main, comme pour le supplier d'arrêter.

— Donnez-lui juste une minute, dis-je.

Cole sortit sa montre de sa poche.

— Soixante secondes, dit-il. Puis on s'en va, avec ou sans toi. Je te donne soixante secondes.

— Pas de dynamite, dis-je.

— Pas de dynamite, dit Cole. Je lui confierais même pas un petit pétard de chinetoque, là. Tu viens ?

Le gros bloc qu'était la tête de Goodnight se leva et s'abaissa, une fois.

17

SAM RENCONTRE UN SINGE APPELÉ CHIEN

COLE PARLA sur tout le chemin du retour vers l'Abattoir, et tout ce qu'il disait s'adressait à Goodnight.

— Ils ont déjà rouvert le tunnel au Brown Palace. (Il farfouilla dans sa poche et en ressortit un sachet de cocaïne, qu'il tendit à Goodnight.) Ça va te remettre d'aplomb.

— Alors ça n'a servi à rien, dis-je.

— Ouvre-la encore une fois et je te coupe ta putain de langue, dit Cole. Si ces connards à la bouche en cul de poule pensent qu'ils peuvent m'ignorer, ils vont comprendre qu'ils se trompent. Cette fois, c'est nous qui allons leur démolir leurs tables de faro.

Goodnight sniffa la cocaïne dans le sachet. Il secoua la tête comme pour se débarrasser de toiles d'araignées. Son pas s'accéléra.

— C'est pas les vôtres, ces tables? dis-je.

— Plus maintenant.

Cole marchait le corps penché en avant, comme s'il luttait contre les vents contraires d'un ouragan. Ses yeux étaient des pierres noircies au feu dans son visage.

Puis il s'arrêta net. Nous étions arrivés à l'Abattoir ; Third Degree Delaney et Sledgehammer Jack se tenaient postés devant l'entrée.

— Ils vous la font porter partout, maintenant, pas vrai ? dit Cole à Jack.

Jack leva sa masse et la posa sur son épaule.

— Ça me dérange pas.

— Je veux bien vous croire, putain, dit Cole. Vous êtes du genre à aimer qu'on vous dise qui vous êtes. Et si ça inclut un objet contondant, tant mieux.

La moustache de Jack trembla presque imperceptiblement.

— Elle est aussi efficace contre les crânes que contre les tables de faro.

— Sûrement. (Cole posa sa main sur la crosse de son pistolet.) Mais on n'a encore jamais vu une table de faro capable de riposter.

— Essayez un peu pour voir, dit Jack.

— Calme-toi, Jack. (Delaney cracha un grain de popcorn non explosé.) Nous sommes venus vous livrer un message, dit-il à Cole.

— Je vous écoute.

— Ed Chase veut vous voir. Maintenant.

— Ed Chase ? Où ça ?

— Au Red Light Saloon.

— Bon, allez-y et dites-lui que j'arrive tout de suite.

Jack changea sa masse d'épaule.

— On en aura bientôt fini avec vous.

— Et Ed Chase ? dit Cole. Aux dernières nouvelles, ses affaires faisaient passer les miennes pour une partie de marelle. Vous allez enfoncer sa porte, à lui aussi, pour démolir ses tables de jeu ?

— Notre but n'est pas d'éradiquer le jeu de cette ville, dit Jack. Seulement la merde.

La main de Cole se resserra sur son arme, et j'eus l'impression qu'il allait peut-être abattre le flic. Mais il se contenta de sourire.

— Ils sont prêts à parler, dit-il à Goodnight. On les tient.

Le visage de Jack s'était effondré comme une masse.

Un ring avait été dressé au centre du Red Light Saloon et il y avait deux hommes dedans. Ils avaient tous les deux une bouteille de bière non cassée à la main, et leurs visages étaient par endroits enfoncés, par endroits boursouflés et violets. Ils respiraient puissamment, se donnaient de grands coups de poing balancés qui faisaient des bruits mats. Autour d'eux, la foule criait, se bousculait, s'échangeait des billets. Cole montra du doigt un homme assis sur un tabouret avec un fusil sur ses cuisses. Il portait une chemise à col officier, sans veste ; son visage était un bloc de fer blanc et ses yeux étaient comme deux balles bleues qui l'auraient transpercé.

C'était Ed Chase. Tout le monde le connaissait. Il vit Cole arriver et se leva de son tabouret. Ils hurlèrent à l'oreille l'un de l'autre pendant quelques secondes, puis ils se frayèrent un chemin à travers la foule, passèrent devant des boîtes à cigares remplies de scalps indiens exposées à côté d'images pornographiques, et entrèrent dans un bureau.

— Ce truc est complètement foireux.

Ed posa son fusil sur deux crochets plantés dans le mur et prit un cigare dans une boîte posée sur son bureau. Ce bureau aurait mieux convenu à un poète qu'à un seigneur de la guerre du demi-monde. Lourd, plateau en cuir, pieds et coins ornés de sculptures d'hommes barbus et de dragons.

— La prochaine fois, je prendrai des négros. Ces putains d'Irlandais cassent même pas leurs bouteilles. (Il secoua la tête au-dessus de la flamme de son allumette puis tira sur son cigare.) Vous avez vu mon nouveau singe ?

— Non, dit Cole.

Ed montra du doigt une cage à singe octogonale dorée posée dans le coin. À l'intérieur, une créature aux yeux rouges, au visage noir et à la fourrure or et vert se tenait assise contre la grille. Elle était en train d'épouiller ses pieds noirs.

Goodnight cracha.

— Je l'ai acheté à Billy Marchand. Il s'appelle Chien. Il refuse de serrer la main aux négros et aux républicains. Il les reconnaît à leur odeur.

— Tout le monde est capable de reconnaître un négro à l'odeur, dit Cole.

— Mais pas un républicain. (Ed fixa Goodnight.) On m'a dit que vous étiez de retour.

Goodnight avait les yeux rivés sur le singe.

— Le monstre protecteur des chiffonniers et des putains.

Goodnight ne fit pas le moindre geste pour répondre.

— Vous pensez les protéger de quoi ? Vous savez ce qui arrive aux orphelins dans cette ville.

Goodnight et le singe se fixaient, bloqués. Ils ne faisaient plus qu'un.

— Et vous ? dit Ed en se tournant vers Cole. Qu'est-ce que vous fabriquez, putain ?

— Ces salopards voudraient m'expulser de la ville pour avoir offert au public d'honnêtes jeux de hasard, dit Cole. Il faudrait que je les laisse faire sans rien dire ?

— Ce sont déjà des putes et des voleurs, ces orphelins, dit Ed. Ceux qui survivent deviennent des filles des cabanons et des voyous. Vous et vos dindes de Noël et les subsides que vous versez au pasteur Tom Uzzel. Vous les dévalisez d'une main et vous les nourrissez de l'autre.

— Je ne joue pas avec les miséreux, dit Cole. Ni avec les femmes ni avec les estropiés.

Ed rit.

— Vous êtes pas Jesse James, je me fiche bien du nombre de dindes que vous offrez. Vous leur rendez pas service en les maintenant en vie. Y a aucune charité à les laisser souffrir.

Ce fut comme si quelqu'un avait fait claquer un fouet entre les yeux de Goodnight. Sa main jaillit et saisit Ed au cou. Il y eut du mouvement et du bruit dans la cage du singe, et la chose se mit à aboyer.

Les lèvres d'Ed tournaient au violet, mais il sourit.

— Lâchez-moi, espèce de sale gorille. Je vais vous exploser le bide.

Goodnight lâcha le cou d'Ed.

Ed pressait le canon d'un Colt New Pocket .32 contre le ventre de Goodnight.

— Nous avons une proposition pour vous, monsieur Stikeleather. C'est pour ça que je vous ai fait venir.

— J'ai déjà dû subir un putain de sermon, dit Cole. Alors tant que vous y êtes, allez-y, je vous écoute.

— Vous devez cesser de terroriser nos concitoyens. C'est tout. Nous sommes prêts à faire des concessions si vous cessez. Rien de plus.

— C'est qui, putain, ce nous ?

— Ce nous regroupe toutes les personnes susceptibles d'avoir un rôle à jouer dans l'application de tout accord que je pourrais conclure avec vous.

— Et elles consistent en quoi, ces concessions ?

— Nous vous laisserons continuer à gérer vos tables de faro.

— Nos tables de faro ?

— Seulement les tables de faro. Plus de Corbeille, plus de Grande Main, seulement le faro.

— Ça ne me rapporte pas assez pour vivre.

— Ce sont les conditions.

— Et si je refuse ? Si je continue sans rien changer ?

— Alors nous vous opposerons toute la puissance de la police de Denver. Et aussi celle des Pinkerton, si besoin est. Nous vous annihilerons comme les terroristes que vous êtes. Vous pouvez y compter.

Cole tendit le bras devant Ed Chase et prit un de ses cigares dans la boîte.

— Je vais y réfléchir.

— Réfléchissez vite.

— Je l'ai déjà vu, dis-je alors que nous sortions du saloon. Ça vient de me revenir. C'était au marché aux légumes. Il aime aller là-bas avec une poignée de pièces. Il en jette aux gosses qui cherchent de quoi manger dans les tas de détritus.

— Ça ne ressemble pas du tout à Ed Chase, dit Cole.

— C'est pas de la charité, dis-je. Il les jette une à la fois. Pour pouvoir nous regarder nous battre pour chacune d'elles.

— Bon, on a secoué le cocotier, les gars. On a secoué le cocotier, mais ils sont pas encore tous tombés. On va le secouer encore un peu.

18

SAM EXPLIQUE PLUSIEURS CHOSES
À GOODNIGHT

CE SOIR-LÀ, Goodnight revint s'installer sur le toit de l'Usine. Il reprit sa place dans son petit cabanon, occupant le centre du toit comme s'il n'était jamais parti. Les petits commencèrent par éloigner tous leurs couchages à l'autre bout du toit, comme par respect pour lui. Mais sa présence les calmait. Ça se voyait à la façon dont ils cessèrent de remuer et de crier dans leur sommeil.

J'avais envie de leur dire de ne pas dormir si bien. De leur dire que Goodnight ne les protégeait de rien.

Et puis, quelques nuits plus tard, je trouvai le petit Watson juste à côté du cabanon de Goodnight, sans le moindre couchage, en train de suçoter son os de poulet dans son sommeil. La nuit suivante, Commodore et Lottie l'imitèrent. Puis tous les orphelins les rejoignirent, leurs couchages disposés autour de lui en cercles concentriques. Ils dormaient presque nus et sans défense dans la chaleur de juillet.

La seule qui ne se rapprocha pas était Rena. Mais elle ne venait presque plus dormir sur le toit. On ne la voyait pour ainsi dire jamais.

Nous fûmes les deux derniers, Cora et moi. Seulement pour être avec les petits. Et nous dormions le long du mur côté Denver.

Je savais que Goodnight n'aurait absolument rien pu faire pour empêcher Jimmy de tomber du toit s'il avait été là. Mais ce n'était pas l'impression que ça donnait. Et je sentais que Cora éprouvait la même chose. Elle n'accordait pas plus d'attention à Goodnight que vous n'en accorderiez à une égratignure.

Goodnight, lui, ne remarquait rien de tout ça. Il restait assis là toute la journée, à boire son laudanum en gardant un œil sur l'horizon brisé des toits de Denver, comme si la ville risquait de nous attaquer par surprise. Comme s'il n'était jamais parti. Comme s'il était chez lui. C'était un fils de pute bouffi d'autosatisfaction.

Puis nous fîmes un autre festin. La petite Offie aux dents de cheval s'était débrouillée je ne sais comment pour voler tout un demi-cochon, plus une brouette pour le rapporter jusqu'aux Bottoms. Nous étions tous en train de manger notre plat de porc dans la lumière d'été qui déclinait, quand Rena apparut, sa silhouette découpée au-dessus du rebord du toit, ses cheveux comme une ultime explosion de soleil, pieds nus. Elle se dirigea vers nous en titubant, tellement défoncée que son corps semblait presque transparent.

Cora se sépara des petits et alla à sa rencontre vers le milieu du toit. Elles parlèrent brièvement, et Rena donna à Cora l'argent qu'elle avait gagné. Puis Rena vit Goodnight; son visage se tordit; elle repartit tout droit vers l'escalier et disparut.

Goodnight lâcha son assiette émaillée en faisant un grand bruit et se leva. Les enfants s'écartèrent de son chemin comme des épis de blé tandis qu'il se dirigeait vers Cora d'un pas lourd.

— Sam, dit Cora en me faisant signe de la rejoindre. Alors? dit-elle à Goodnight.

Goodnight était déjà en train de griffonner.

Je lus son mot: *C'était quoi, cet argent?*

— Quel argent? dit Cora.

Il pointa du doigt la poche dans laquelle elle avait mis ce que Rena lui avait donné.

— C'est pas votre question la plus fine, Goodnight, dit Cora. Vous vous êtes peut-être laissé berner par le festin de ce soir, mais la plupart du temps, on crève lentement de faim. Vous pensiez qu'on le gagnait comment, l'argent?

Il donna un petit coup de menton dans ma direction.

— Vous pensiez qu'on se nourrissait tous avec ça, hein?

Goodnight plongea la main dans une de ses poches et en sortit vingt-deux dollars. Il les lui tendit avec insistance.

— Vous en aurez besoin pour votre laudanum.

Elle s'éloigna et se dirigea vers le groupe des petits.

Goodnight posa sa main sur mon bras.

— Qu'est-ce que tu veux? dis-je.

Il serra mon bras si fort que je crus qu'il allait le casser. Je sentis mes genoux faiblir. Sa main continuait à me serrer. Quelque chose tomba dans le fond de mon crâne, comme une dent d'engrenage qui se serait brisée. Je plongeai ma main libre dans ma poche et sortis mon couteau.

— Lâche-moi, dis-je.

Il lâcha mon bras et écrivit: *Qu'est-ce qu'il y a que j'ignore?*

J'étais en train de me masser le bras qu'il avait serré. La voix claire de Watson retentit derrière nous. Il chantait *John Brown's Body*. Le son de la voix de Watson en train de chanter me fit l'effet qu'il me faisait toujours. Il me donna envie de ramper sur quinze kilomètres de charbons ardents pour rejoindre une maison que je n'avais jamais eue.

— Qu'est-ce que tu veux dire? dis-je.

Il tapota sur son message avec son gros index gourd.

Je me massais toujours le bras.

— Ne me pose pas de questions dont tu devrais connaître les réponses.

Il tapota de nouveau sur son message.

— Tu sais.

Tap tap.

Il était impossible d'interpréter les expressions de son visage, mais il semblait authentiquement ne pas savoir.

— Jimmy?

Sous l'effet de la réflexion, le côté minéral de son visage fut pris d'un rictus, et l'autre côté se tordit. Puis il secoua la tête.

— Il était plus vieux que moi. Il était avec nous quand on t'a porté jusqu'ici.

Rien.

— Celui qu'était amoureux de Rena.

Un air de reconnaissance s'empara de son visage. Il regarda partout autour de lui, sur le toit. Mais il ne vit pas Jimmy.

— Il est mort, dis-je. Commodore l'a trouvé par terre en bas du mur.

Il écrivit : *Quand ?*

— La nuit où tu as jeté Rena hors de ton lit.

Il écrivit : *Pourquoi ne m'avoir rien dit ?*

Watson avait fini de chanter.

— T'étais pas là, dis-je. T'étais dans un box, assommé par l'opium.

Le visage de Goodnight était devenu dur et sombre.

— On comptait sur toi, dis-je. (Je n'aimais pas du tout le son de ma voix, comme une voix de voyou, mais je ne pus m'arrêter.) On comptait sur toi, et t'étais pas là.

Goodnight grogna du plus profond de sa gorge.

— Inutile de te torturer en faisant comme si tu en avais quelque chose à foutre, dis-je.

La main de Goodnight se leva d'un coup comme pour me frapper. J'entendis un chien s'armer et Cora était là, son pistolet braqué sur lui.

— N'y pensez même pas, dit-elle. Y a pas grand-chose que je donnerais pas pour vous coller une balle.

Il laissa sa main retomber, mais le pistolet ne trembla pas dans la main de Cora. L'espace d'une seconde, je crus qu'elle allait quand même l'abattre.

Mais non. Et Goodnight recula en s'accroupissant pour rentrer dans son cabanon.

19

SAM RENCONTRE DES MONDAINS
EN CHAIR ET EN OS

Si ed chase avait eu l'intention d'intimider Cole, il s'y était pris comme un manche. La seule chose qu'il avait réussi à faire était de convaincre Cole de frapper encore plus fort. Cole savait qu'il ne pouvait pas vivre juste avec le faro, et ce n'était pas uniquement pour des questions d'argent. Ça le rayerait de la carte de Denver. Il ne serait guère plus qu'un vulgaire escroc aux jeux de cartes à la petite semaine, et ça, Cole ne pouvait le tolérer.

"On va les secouer encore un coup", voilà ce qu'il répétait. "On va les secouer encore un coup. On va leur faire bouffer leurs putains de cœurs."

Mais comment est-ce qu'on leur fait bouffer leurs cœurs ? Certainement pas en leur démolissant leurs tables de faro. C'était minable. Cole bouillonnait. Il restait assis à fixer des plans de Denver. Il cessa même de boire de la bière le matin pour se consacrer à la question.

Il lui fallut cinq jours de réflexion, mais son idée était géniale.

Géniale comme une charge de cavalerie contre des mitrailleuses.

Parce que c'est comme ça que ça marche. Vous commencez par un mauvais choix. Un petit. Vous ignorez peut-être même qu'il est mauvais au moment où vous le faites. Mais une fois que vous l'avez fait, il vous amène à un choix pire. Alors vous faites ce choix. Vous prenez l'option la moins mauvaise. Et elle vous mène à un autre choix. Et avant que vous ayez le temps de vous en rendre compte, tous vos choix sont mauvais. Et vous n'avez plus de choix du tout.

Cole nous emmena dans une autre fumerie de Hop Alley, où je n'avais jamais mis les pieds. L'équipe était de nouveau au complet. Moi, Goodnight, Eat 'Em Up Jake et Magpie Ned. Nous entrâmes dans le salon. Une Chinoise se leva d'un sofa vert en soie froissée. Elle était mince, vêtue d'une robe de thé noire.

— Pas d'hommes, dit-elle. Hommes pas admis ici.

— Il y en a deux juste là, dit Cole.

C'étaient deux Noirs. L'un d'eux se tenait appuyé contre la rambarde d'un grand escalier qui menait à l'étage, l'autre contre le mur près de la porte. Ils portaient tous les deux des costumes de cocher en toile noire tout simples. Celui contre la rambarde avait la main posée sur le pistolet fixé à sa ceinture.

— Eux cochers, dit la femme. Seulement cochers admis. Et pas dans le salon.

— Nous aussi, on est des cochers, dit Cole. On est venu chercher trois donzelles, et on va tirer leurs jolis petits culs rouges de ce lieu de débauche pour les emmener tout droit à la cabine de police la plus proche.

— Non. Pas besoin. Ici, très sûr.

Le Noir au pistolet tenait maintenant son arme par la crosse.

— Que voulez-vous ? lui dit Cole.

— Vous pouvez pas entrer ici, dit-il.

— Y a des jeunes dames qu'ont rien à faire ici, dit Cole.

— Personne a besoin de votre aide, ici, dit le Noir.

Jake croisa ses bras sur son immense torse plat et fixa les deux Noirs. Son menton allait et venait de droite à gauche comme s'il était un jouet mécanique au ressort cassé.

La main du Noir se resserra sur la crosse de son arme.

John Henry Goodnight sortit son Thunderer, arma le chien. D'un geste vif, Ned sortit son pistolet de sous son manteau.

— Je réfléchirais, messieurs, dit Cole. J'emmène ces femmes avec moi. Vous pouvez laisser tomber tout de suite, ou, si votre sens de la loyauté malavisé vous pousse à soutenir ces petites garces, vous pouvez nous accompagner à la cabine de police la plus proche. Mais je les emmène avec moi.

— Je pourrai garder mon arme ? dit le Noir.

— Tant qu'elle ne sort pas de son étui.

Le regard que le Noir adressa à Cole était si amer que les lampes vacillèrent. Mais il fit oui de la tête.

— Allons-y, messieurs, nous dit Cole.

C'était une grande pièce. Un canapé, un divan et plusieurs méridiennes, tous ornés de franges et luxueusement capitonnés. Les meubles étaient orientés vers le milieu de la pièce, où trônait une statue de femme africaine à genoux, bras tendus vers le haut, tenant une tablette marquetée de fleurs de pavot. Et, dessus, un plateau à opium. Pipes, pots orientaux et ustensiles de cuivre mystérieux.

— Cole !

C'était une fille aux cheveux noirs, qui ne devait pas avoir plus de seize ans.

— Silverheels, ma petite beauté d'amour, dit Cole. Tu m'as demandé de venir ?

Elle tendit la main.

— L'argent d'abord.

Cole lui donna trois billets, pliés.

— Merci, Cole, dit-elle. La prochaine sera offerte par la maison.

— Tu es un ange, dit Cole. J'imagine que c'est elles ?

Il y avait trois femmes inconscientes étendues sur les méridiennes. Ce n'étaient pas des putes, ça se voyait. Propres et pimpantes, complètement nues en dehors d'un léger vernis de sueur, toutes les trois blanches comme des carcasses dans la prairie.

Je chancelais sous l'effet de la fumée et de la chaleur. Je sentais mon visage devenir moite. La sueur qui coulait le long de mes flancs était froide.

La Chinoise poussa un petit cri aigu dans notre dos.

— Et où sont passés leurs vêtements et leurs bijoux, Silverheels ? dit Cole.

— Leurs vêtements et leurs bijoux ?

— Tu veux qu'on les emmène toutes nues à la cabine de police ?

— Ça m'est déjà arrivé, dit Silverheels. Si ces salopes veulent s'encanailler, on devrait pas les empêcher de vivre ça jusqu'au bout.

— T'es un amour, dit Cole. (Il secoua une des femmes nues du bout du pied.) T'as pas empoisonné ces garces, dis-moi ?

— On leur a peut-être servi un verre ou deux. Pour s'assurer qu'elles aillent nulle part.

— J'espérais plus ou moins qu'elles seraient capables de marcher par leurs propres moyens, dit Cole.

— Suffit de leur donner des baffes assez fortes. (Les yeux de Silverheel brûlaient.) Si vous vous sentez trop gentleman pour ça, je peux m'en charger.

Même après quelques claques bien senties administrées par Silverheel, les filles n'étaient toujours pas vraiment en état de marcher. Mais elles marchèrent. Cole et les gars s'en assurèrent, les rassemblant toutes les trois et les soutenant pour les emmener dans le salon.

Les cochers noirs étaient engagés dans une conversation animée. Celui qui avait le pistolet s'interposa devant Cole.

— Vous les emmenez comme ça ? dit le Noir.

— On n'a pas le choix, j'en ai peur. Elles ont égaré leurs fringues.

— On va accepter votre proposition, dans ce cas.

— Quelle proposition ?

— On va partir tout de suite.

— Ah, dit Cole. Je crois que c'est ce que vous avez de mieux à faire.

Les Noirs se tournèrent vers la porte. Puis s'arrêtèrent.

— Vous savez ce qui va nous arriver ? Une fois que vous les aurez traînées comme ça nues dans la rue ?

— Je certifierai que vous les avez protégées de votre mieux.

— J'ai une femme et des enfants, dit-il. Nous avons une maison. Je l'ai construite moi-même.

— C'est pas moi qui ai créé ce monde, mon gars, dit Cole.

— Non, dit le Noir. Mais bon sang, vous faites tout ce qu'il faut pour qu'il vous appartienne, pas vrai ?

Les trottoirs grouillaient de monde, les rues étaient bondées. Avec la guerre contre le vice, les tables de faro étaient devenues difficiles à trouver, mais pas les bordels ni les saloons. Goodnight et Cole marchaient devant, les femmes juste derrière eux. Moi, Magpie Ned et Eat 'Em Up Jake fermions le cortège. On connaissait suffisamment The Line pour protéger correctement les femmes. Je faisais moi-même des efforts pour ne pas les regarder en bavant. Et pour ne pas penser à Cora alors que je ne voulais que ça.

J'entendis le brouhaha monter. Monter et s'intensifier tandis que nous marchions vers la cabine de police qui se trouvait au croisement de la 19e et de Market. Ça me donnait la chair de poule. Il devait bien y avoir cinquante personnes qui nous suivaient. Une procession de putes, de gosses, de cow-boys et de joueurs avançant comme un seul homme pris d'un effroi émerveillé. Ils savaient tous qu'ils étaient en train de voir une chose qu'ils ne reverraient jamais, le cul nu d'une femme d'une certaine classe.

Nous arrivâmes à la cabine. Ce n'était qu'une cage en acier, juste assez grande pour que trois hommes adultes puissent s'y tenir debout. Elle était surmontée d'une lampe électrique verte que l'on pouvait allumer depuis le poste de police, pour faire savoir aux flics patrouillant dans le coin qu'ils devaient s'y rendre tout de suite. Quand on fermait la porte, ça envoyait un message télégraphique qui demandait l'envoi d'un chariot de police.

Cole s'arrêta devant la cabine et se tourna vers la foule de plus en plus nombreuse.

— Je vous demande de vous conduire en gentlemen, espèces de gros pervers. Ces femmes sont sous notre protection.

Les cris et sifflements que la foule renvoya n'étaient pas vraiment dignes de gentlemen.

Jusque-là, les femmes avaient toutes les trois marché dans un état de somnolence, mais l'une d'elles était en train de se réveiller. C'était la plus petite des trois, aux cheveux coiffés en un chignon lâche et furieusement ébouriffé. Ses yeux papillonnaient comme si elle venait d'entrer dans une pièce sombre et qu'elle essayait de s'accoutumer à l'obscurité.

Puis elle se regarda.

Puis elle regarda la foule.

Et elle se mit à sangloter doucement.

— Vous voyez ce que vous avez fait, espèces de fils de pute ? dit Cole. (La foule répondit par des huées.) Silence, bande de bâtards. (Nouvelle huée.) Silence, répéta-t-il. On n'est pas là pour humilier ces créatures.

La fille frissonna. Au premier rang de la foule, un des cow-boys baissa son pantalon et commença à se tirer le jonc. Les yeux de la fille s'écarquillèrent d'horreur ; un long filet de salive pendait entre sa lèvre inférieure et sa clavicule nue.

Goodnight s'avança et donna un coup de pied dans l'entrejambe du cow-boy. Le cow-boy se plia en deux en poussant un grognement, comme un arbre qui se brise, et la foule éclata de rire.

— Nous sommes ici pour leur rappeler qu'elles doivent obéir elles aussi aux lois que leurs pères nous ont fait avaler de force, dit Cole, le regard toujours fixé sur la fille.

Je vis la bouche de Cole se serrer, et la fille le vit aussi. Ses épaules se convulsèrent dans l'attente de la claque.

Puis quelqu'un cria :

— Cole Stikeleather.

C'était Third Degree Delaney. Il fendait la foule, suivi par deux policiers. Leurs boutons de cuivre et leurs insignes faisaient comme des taches ternes sur leurs manteaux. L'un des deux autres policiers était Sledgehammer Jack.

— Qu'est-ce que vous fabriquez, bordel ? dit Delaney, livide.

— On rend ces filles au monde qui est le leur, dit Cole.

Le regard de Delaney laissa les filles pour se tourner vers Cole. Puis, comme machinalement, il plongea une main dans sa poche et en sortit un cornet de popcorn. Puis il regarda le cornet, le froissa et le jeta par terre.

— Pas d'appétit ? dit Cole.

— Vous savez pourquoi je mange ces saloperies ? dit Delaney.

— Aucune idée.

— Pour ne pas prendre de tabac. Ma femme aime pas l'odeur.

— Il y a plein de choses que ma femme aime pas, dit Cole. Je vois ça comme des leçons sur les vertus de la tempérance.

— C'est bien le foutu problème, dit Delaney. Maintenant, elle aime plus l'odeur du beurre.

— Êtes-vous en train d'essayer de me dire quelque chose ? dit Cole.

Delaney avait la moustache pleine de sueur.

— Vous avez du tabac ?

— Roule-lui-en une, dit Cole à Ned. (Puis il se tourna vers Delaney.) Vous les ramènerez auprès de leurs pères ?

— Oui, dit Delaney. Je vais les emmener au poste de police le plus proche. Puis je demanderai à leurs pères de venir les chercher. Je suis pas certain d'y survivre, mais c'est ce que je vais faire.

Il enleva son manteau et il en enveloppa la fille qui sanglotait, puis il fit signe à Jack et à l'autre flic de couvrir les autres filles avec leurs manteaux, ce qu'ils firent. Puis il prit à Ned la cigarette et une allumette, et il se l'alluma.

— C'est Démosthène que je vous conseillerais de lire, dit-il à Cole. Pour ce qu'il dit sur l'hybris.

— Bah, dit Cole. Le monde est fait que de choses que l'on aimerait avoir, et que l'on n'a jamais.

— Tous ces discours, dit Jack. Ça me donne envie de défoncer des putains de crânes.

— Attention, dit Cole à Delaney. Si votre gars met le mien en rogne, je pourrai pas le maîtriser.

— Bon Dieu, dit Delaney. C'est comme de parler à une souche.

Et sans ajouter un mot, il fit un signe aux flics, et ils partirent avec les filles.

Cole se frotta les mains.

— Qu'ils se débrouillent avec ça.

— Je songe à prendre des vacances, dit Ned. J'aimerais voir l'Alaska.

— Tu ne bouges pas d'ici, dit Cole. (Puis tout son corps fut pris d'un tremblement, comme s'il venait de toucher une ligne électrique.) Bon sang. (Il redressa le torse, nous adressa à tous un grand sourire, les yeux humides.) Allons boire un coup, les gars. C'est moi qui régale.

20

SAM AFFRONTE GOODNIGHT
EN COMBAT À MAINS NUES

Mais il n'y avait rien à fêter. Pour aucun d'entre nous. Cole était au bar, il y allait dur sur la bouteille ; lui, ce qu'il cherchait, c'était l'autodestruction. Magpie Ned et Eat 'Em Up Jake réussirent tous les deux à boire un verre, mais après ils restèrent juste là debout comme ça à se regarder dans le miroir du bar, le visage malade et pincé comme s'ils essayaient d'avaler une chaussure.

Ça n'allait pas se guérir.

Au bout d'un long moment, Goodnight sortit.

Et je le suivis.

Je ne saurais pas vous dire pourquoi, mais je le suivis.

La nuit n'avait pas du tout rafraîchi les choses. La chaleur collait mes vêtements à ma peau. C'était la fournaise partout. L'air brûlant me vrillait les poumons. Il se mit à pleuvoir, et même la pluie était chaude.

Goodnight remonta le col de son manteau et partit d'un pas lent sur le trottoir en direction de Union Station. Le beffroi dominait la ville, ses lucarnes et ses arches luisant d'une lumière électrique verdâtre et vacillante, sa grande girouette tourbillonnant au sommet de sa flèche. Il le dépassa et continua à marcher vers les rails de chemin de fer. Ses brodequins décatis s'enfonçaient, s'engluaient dans la boue.

Ma tête enfla. Le monde entier vira au rouge. Si j'avais eu une arme, j'aurais abattu ce fils de pute.

Il se tire. Il sait ce que Cole a fait et il se tire. Il nous laisse. Le lâche.

Mais Goodnight s'arrêta. Il venait de passer devant un tas d'ordures des abattoirs. Il y avait des enfants qui fourrageaient dans les boîtes de conserve mises au rebut, plongeant leurs doigts à l'intérieur pour racler des bouts de viande et de graisse. Il prit une fiole de laudanum dans sa poche et la but tout entière, puis il la jeta par terre.

Et il tourna de nouveau.

Il se dirigeait vers le pont de la 14ᵉ Rue. Vers l'Usine.

Alors que nous approchions de l'entrée, je vis trois vagues silhouettes tassées contre le mur près du pont.

Des opiomanes?

Ils se détachèrent du mur. Ils avaient des matraques et portaient des taies d'oreiller sur la tête.

Goodnight sortit son revolver, chancela, et fit feu en visant la poitrine de l'homme du milieu. Il loupa son tir. Les hommes s'avancèrent vers lui. Esquivant la matraque du premier homme, Goodnight glissa sur le côté et mit un genou à terre. Puis il se fit soulever par une matraque tenue serrée sous son menton. Il donna un coup de pied vers l'arrière, dans le vide.

Je les regardai le tabasser. Au bout de deux minutes, Goodnight cessa de riposter. Il s'affaissa, c'est tout. Un liquide rouge brunâtre semblable au laudanum coulait de sa tête dans la boue, et les coups continuaient de pleuvoir.

Il ne veut pas se battre, me dis-je. C'est comme avec Amos.

Puis les hommes le laissèrent s'enfoncer dans la boue et lui firent les poches, n'y trouvant qu'une autre fiole de laudanum, et le carnet. Il en aurait fallu plus pour les impressionner. Ils lui donnèrent quelques coups de pied, jetèrent le carnet dans la boue, et s'en allèrent avec le laudanum.

Je m'accroupis et attendis.

Cela prit environ dix minutes. Puis il se réveilla en sursaut.

J'avais vu la façon qu'il avait de protéger son cou quand il se battait. La façon qu'il avait de caler son menton sur la droite et de rentrer la tête dans les épaules. Je l'avais vu à l'œuvre.

Alors, de toutes mes forces, je lui assénai un coup de poing sur le côté droit de son cou.

Il gargouilla. Son haleine sentait les pommes aigres.

Je lui donnai un autre coup de poing.

L'arcade sourcilière de son côté non scarifié se mit à pisser le sang. Il cligna des yeux.

Et puis après je le cognai sans pouvoir m'arrêter.

Je le cognai de mes deux poings.

Je le cognai jusqu'à ce que ses yeux se mettent à rouler dans leurs orbites comme les yeux d'un cheval.

Je le cognai jusqu'à ce que mes poings me fassent l'effet d'être des nœuds de bois.

Et il n'essaya jamais de m'arrêter. Il me laissa le cogner jusqu'à ce que j'aie fini. Et quand j'eus trop mal aux poings, je me levai et lui donnai des coups de pied dans le ventre avec la pointe de ma chaussure. C'était comme donner des coups de pied dans une pastèque pourrie. Il roula sur le côté. Je lui donnai un coup de pied dans les dents. C'était pourri pareil.

Puis j'en eus vraiment fini. Et au bout de quelques minutes, Goodnight renifla le caillot de boue et de sang qu'il avait dans le nez, se leva, puis le cracha. Et il se mit en marche. Vers l'Usine. Je le suivis d'un pas traînant. C'était comme si mes jambes avaient perdu leurs os et s'étaient remplies de sang.

21

SAM SE RÉVEILLE D'UN RÊVE

GOODNIGHT GAGNA son cabanon en titubant, la tête courbée, laissant derrière lui une traînée de gouttes de sang.

Je me glissai dans mon couchage et y restai, éveillé, à regarder la lune tenter de se frayer un passage dans les fumées de Denver. Mes mains palpitaient de douleur, et mes phalanges à nu me lançaient terriblement. Je fermai les yeux et écoutai la respiration et les ronflements des orphelins autour de moi. Je me tournai et me retournai. Je pensais ne jamais trouver le sommeil.

Et puis je m'endormis.

Je rêvai de Cora. Dans ce rêve, elle me lisait une liste de choses à faire dans le campement. Des centaines de choses. Tellement de choses que je savais que j'avais autant de chances de pouvoir toutes les faire qu'un chat en cire en avait de survivre en enfer. Et ça me faisait pleurer comme un con, de savoir que je n'y arriverais pas. Mais elle, elle continuait à lire.

Et puis elle me secouait. En me disant: "Sam, t'as intérêt à le faire. On compte tous sur toi, Sam."

Et puis quelqu'un me secouait vraiment. Mais ce n'était pas elle, et les mots étaient: "Réveille-toi, Sam. Réveille-toi."

C'était Jefferson, le petit chiffonnier noir. Ses larmes formaient une flaque sur son menton.

— Qu'est-ce qu'y a? dis-je en clignant les yeux.

Le soleil avait largement passé le midi et il me cognait dessus. Le ciel était d'un bleu furieux.

J'étais trempé de sueur. Je tâtonnai autour de mon couchage et trouvai un petit bout de bois. Je le lui donnai.

— Tiens.

Jefferson prit le bout de bois d'une main et tapota la paume de son autre main avec. Puis il le tordit jusqu'à ce qu'il craque juste un petit peu. Puis il le fit rouler entre ses mains. Pendant qu'il jouait avec le bout de bois, sa voix lui revint.

— C'est Cora qui m'envoie, dit-il.

Il n'y avait que nous deux sur le toit.

— Elle est où?

Jefferson ouvrit la bouche pour répondre, puis il la referma. Avec son bout de bois, il traça une ligne dans la poussière du toit; ses larmes mouchetaient le sol comme une petite averse.

— C'est bon, dis-je. C'est bon. (Je donnai des coups de pied dans mon drap pour trouver mes vêtements.) Tu peux me mener à elle?

Il fit non de la tête.

— Pourquoi non?

— Je peux plus marcher, dit-il.

— Elle est où? demandai-je de nouveau.

— Dans Hop Alley.

— Hop Alley, dis-je. Attends-moi ici.

— Sam.

Jefferson sanglota, puis s'étouffa.

— Qu'est-ce qu'y a ?

— Tu peux pas me laisser tout seul ici, Sam.

Je fermai les yeux, les tins fermés, puis les ouvris.

— C'est bon, Jefferson. Monte sur mon dos.

Je marchai aussi vite que possible. Avec Jefferson sur le dos, son corps collant au mien dans la chaleur. Mais quand j'arrivai dans Hop Alley et que je trouvai Cora, je sus que j'étais loin d'avoir fait assez vite.

Cora se tenait tout près d'un mur de brique, son pistolet braqué sur deux Asiatiques. Commodore s'accrochait à sa jambe, tremblant si fort dans son sac à farine qu'il en vibrait. Les Asiatiques baragouinaient des choses incompréhensibles en faisant de grands gestes.

— Fichez le camp d'ici, dit-elle. Foutez-lui la paix.

Je laissai Jefferson glisser à terre.

— Cora, dis-je.

Elle pivota vers moi.

— Pose ton arme, dis-je.

— Fais-les partir d'ici. (Son visage était morne et tiré, il menaçait de se déchirer en deux.) Je sais pas ce qu'ils veulent. Faut qu'ils s'en aillent, Sam.

Hop Alley était encombrée de détritus, avec de l'eau rance qui coulait en dessous. Je ramassai une planche de bois cassée et la jetai devant leurs pieds.

— Filez, dis-je.

Ça déclencha une frénésie de gestes et de charabia. Je lançai un autre morceau de bois, et cette fois j'en touchai un au tibia. L'Asiatique hurla, et je ramassai encore un morceau de bois, gros comme ma tête, celui-là. Il fit l'affaire. Ils détalèrent et disparurent dans une laverie.

Cora laissa le pistolet pendre au bout de son bras ballant. Jefferson courut vers elle et elle le prit sous son autre bras. Les restes des orphelins, tous autant qu'ils étaient, sortirent de l'ombre et s'amassèrent contre elle. Et puis, sans dire un mot, Cora s'écarta pour que je puisse voir.

Chiffonné contre le mur, entouré de détritus, gisait le corps de Hope. Le profil de ce qui était son visage reposait sur un coussin de sang coagulé.

Tous les muscles de mon corps se liquéfièrent.

Il n'en existait pas de plus douce ni de plus nécessaire que Hope. Elle était à peine plus jeune que Cora. Rendue orpheline par la phtisie d'un côté, et par la maladie du sang de l'autre. Elle s'était occupée de ses deux parents jusqu'à leur mort, après quoi elle avait apporté son talent pour le soin à Cora.

Qui comptait sur elle comme elle ne comptait sur personne.

— On n'arrive pas à la bouger. (La voix de Cora se brisa.) Faut qu'on la sorte d'ici. Ils font des choses avec les corps.

Je pris Hope sous les aisselles et tentai de la soulever. Rien à faire. Sa tête restait fixée au sol comme si quelqu'un l'y avait clouée.

Non, pas clouée.

Collée.

Collée dans son propre sang et le liquide qui suppurait des détritus.

Je la lâchai et m'éloignai pour vomir. Je m'essuyai la bouche au revers de ma manche.

— Où est Goodnight? dis-je.

— Comment veux-tu que je le sache? dit Cora. C'est quoi, ça, comme question?

— Bouge pas d'ici, dis-je.

Je courus vers l'Abattoir aussi vite que je le pus.

Goodnight.

Goodnight.

Goodnight.

Chaque rude respiration était comme une prière.

Goodnight.

Parce que je continuais à vouloir qu'il nous sauve.

Et je voulais que Cora sache qu'il le pouvait encore.

Je le trouvai alors qu'il s'apprêtait à entrer à l'Abattoir, une pile de journaux sous le bras. Il se figea et me regarda d'un air éberlué.

Je me pliai en deux, les mains sur les genoux.

Il vit tout sur mon visage. Il laissa tomber ses journaux et me fit un geste du menton pour me dire de le guider.

Si la vue du cadavre de Hope eut un effet quelconque sur Goodnight, personne ne le remarqua. Il la prit sous les bras et tenta de la soulever, mais sans plus de succès que nous. Alors il la laissa retomber sans aucune cérémonie, puis il s'agenouilla près de sa tête démolie.

Lorsqu'il sortit son couteau, je sentis Cora serrer mon bras. Et lorsqu'il se servit de son couteau pour creuser dans le mélange de sang coagulé et de détritus qui collait son crâne au sol, je sentis une odeur d'urine s'échapper d'elle.

Puis Goodnight se leva. Il prit Hope sous les bras et tira. C'était comme essayer de soulever une traverse de chemin de fer à mains nues. Dos courbé, ses bras grinçaient contre ses omoplates. Puis il prit une grande et bruyante respiration et il donna tout ce qu'il avait. Il y eut un bruit de déchirure et la tête de Hope se libéra d'un coup, et Goodnight tomba à la renverse dans la rue, la fillette bascula sur lui, leurs têtes se heurtèrent.

La peau du côté gauche de son visage avait été complètement arrachée. Il n'y avait plus que des plaques de muscles tendus sur les os, et une suppuration huileuse à la place de son œil.

Et nous nous figeâmes.

Tous.

Parce que, c'était aussi imperceptible qu'indubitable, nous venions de voir qu'elle respirait.

22

SAM ET GOODNIGHT VONT VOIR
LE PASTEUR TOM

Gun wa avait fermé boutique et vidé la fumerie d'opium. Cora, Goodnight et moi nous tenions près de la porte du box, et regardions le pasteur Tom s'occuper de Hope. Tous les petits étaient assemblés là avec eux. Ulysses tenait Fawn, la petite albinos, sur ses genoux, et lui parlait doucement en langue cheyenne. Jefferson, Offie et Lottie étaient collés les uns contre les autres, frissonnants et défaits. Commodore et Watson se serraient l'un contre l'autre et gigotaient des pieds comme pour une danse. Rena leur parlait gentiment. Leur expliquait qu'ils étaient en sécurité. Elle montra Goodnight du doigt et leur dit qu'il ne laisserait personne leur faire ce qu'on avait fait à Hope.

— C'est vrai que jusqu'ici, il a fait un boulot titanesque, dit Hiram. (C'était le seul qui ne pleurait pas.) Je vois pas pourquoi on lui ferait pas confiance.

Sur ce, Goodnight entra et prit Commodore sous un bras, Watson sous l'autre. Il fit un petit signe de tête à l'attention de Rena, puis les porta dehors. Rena resta pour rassurer le reste des enfants.

Le pasteur Tom pansait le visage de Hope avec un torchon et une bassine. Lorsqu'il l'eut bien nettoyé, il s'arrêta.

— Avez-vous une idée de qui a bien pu faire ça ? dit-il.

— Vous connaissez quelqu'un qu'en a quelque chose à foutre ? dit Cora.

— Oui, moi, dit le pasteur Tom d'une voix qui ne semblait pas parfaitement pastorale.

— C'est vous tous, dit Cora.

J'avais l'impression d'être pris dans une sorte d'ambre noire. Je ne voyais que de vagues formes grises. Il y avait une chose qu'il fallait que je dise. Juste une. Mais je n'arrivais pas à faire bouger mes lèvres.

— Venez chez moi. (La voix du pasteur était grave.) Venez chez moi, et je m'occuperai de vous.

— Occupez-vous des vôtres, dit Cora, et on n'aura pas besoin de venir chez vous.

— J'arriverai peut-être à la maintenir en vie quelque temps, dit-il. J'en doute, mais je peux essayer. Elle ne sera pas bonne à grand-chose si je le fais.

J'étais toujours incapable de parler. Je savais exactement ce que je devais dire, mais je n'y arrivais pas.

Puis Cora le dit pour moi.

— Combien de morphine avez-vous ?

Le pasteur Tom lui administra la morphine, s'assura qu'elle avait l'effet escompté, puis s'en alla.

Cora et moi étions assis sur la couchette élimée. Tout près du corps. La peau de Hope était si blanche qu'elle en était translucide. Les trous qu'elle avait à la place de son œil, de son oreille et de son nez semblaient se contracter, et une minuscule flaque de sang luisait à l'intérieur de chacun. Les planches qui obstruaient la fenêtre du box anesthésiaient la nuit.

— Comment est-elle arrivée ici? dis-je.

— Elle a marché dans son sommeil, dit Cora. Rena l'a trouvée en rentrant.

Puis Cora sortit son revolver de sa robe et ouvrit le barillet. Chargé.

— T'as pas la moindre idée de qui a pu faire ça, dis-je. Ça pourrait être n'importe quel cow-boy ou chinetoque de The Line.

Son pistolet se mit à trembler.

— Reste assise, Cora, dis-je. (Je posai ma main sur sa cuisse.) Reste assise, s'il te plaît.

Elle resta assise. Et s'effondra. Je la soutins.

J'avais l'impression de suffoquer. Je savais ce que c'était. Cette lourdeur qui entravait mes mouvements et ma parole, qui envahissait mes poumons. Je savais ce que c'était. Parce que je savais une chose que je ne dirais jamais à Cora.

L'Usine n'était plus un refuge. C'était une réserve de gibier.

Et, en cet instant précis, je compris que Cora le savait elle aussi, et que si elle venait de vérifier que son arme était chargée, ce n'était pour s'en servir contre personne d'autre qu'elle-même.

J'étais encore en train de lui caresser les cheveux lorsqu'elle se réveilla.

Le pasteur Tom obtint une autre tombe pour Hope au cimetière de Riverside, et il y eut presque autant de monde qu'aux obsèques de Jimmy. Mais personne ne chanta. Watson était incapable de faire autre chose que sangloter. Alors le pasteur fit un discours que personne n'écouta, et nous partîmes. Mais pas non plus pour une réception au Tabernacle du peuple. Pas cette fois. On est allés droit à l'Usine.

Cora était dans la calèche funéraire, avec Hiram, Lottie, Commodore et Watson serrés contre elle. Goodnight et moi marchions avec le reste des orphelins. Le visage figé, lugubre, Ulysses ne pouvait même pas nous regarder tandis qu'il tenait la main de Fawn. Il en allait de même pour Offie, notre petite voleuse à taches de rousseur, et pour Jefferson, notre chiffonnier, qui marchaient au côté de Rena.

Puis Goodnight s'arrêta. Il posa sa main sur mon épaule et fit un signe de tête en direction de la ville.

— Faut qu'on reste avec eux, dis-je.

Il sortit son carnet et écrivit : *Tabernacle.*

— Non, dis-je.

Il pivota et se mit à marcher en direction du Tabernacle.

— Merde, dis-je. Attends, merde.

En chemin, il reprit son carnet et écrivit : *Qu'est-ce qu'ils disent ?*

— Cora s'en veut. Voilà ce qu'elle dit.

Il traça un rond dans l'air avec son doigt.

— Les autres ?

Il fit oui de la tête.

— Ils t'en veulent à toi. Ils disent que toi et Cole avez déclenché une guerre. Ils disent que vous avez fait des choses aux riches, en ville, et qu'ils se vengent en nous tuant. Voilà ce qu'ils disent.

Il ne fit rien qui laissât penser qu'il m'avait entendu.

— Je sais que c'est faux, dis-je. J'ai déjà vu ce qu'ils peuvent nous faire sans la moindre raison.

Le pasteur Tom était assis à son bureau, en train d'écrire dans son registre. Son bureau se trouvait au sous-sol de l'église. Il n'était guère plus grand qu'un placard à balais. Les murs étaient couverts de livres, et il y avait aussi des livres empilés sur le sol. Et un tas de peaux de lièvres. Le pasteur Tom était prêt à tout pour nourrir ceux qui en avaient besoin, et quand l'argent des dons ne suffisait pas, il organisait des chasses au lièvre à Lamar et rapportait la viande.

— Il a quelque chose à vous demander, dis-je depuis la porte.

Le pasteur Tom nous regarda en plissant les yeux derrière une paire de lunettes à monture en acier.

— J'écoute.

— Il veut savoir ce que vous ferez si elle vient chez vous.

— Rien. Elle sera chez nous, c'est tout. J'aimerais qu'elle n'ait pas à lutter tous les jours pour nourrir une douzaine d'orphelins.

— Et comment ferez-vous pour assurer sa sécurité ? Les pires spécimens sont chez vous.

Le pasteur Tom enleva ses lunettes et les replia.

— Ils comptaient sur vous, dit-il à Goodnight. Vous le savez ?

J'avais posé toutes les questions que Goodnight m'avait demandé de poser. Mais il était déjà en train d'écrire. *Nous pouvons tous décevoir.*

— Vous les décevez, dit le pasteur Tom. Ils pensent que le monde est plus sûr quand vous êtes avec eux. Mais vous et moi nous savons tous les deux que vous ne pouvez pas les protéger. (Il déplia ses lunettes et souffla sur les verres. Puis il se figea et regarda la buée s'évaporer.) Vous ne pouvez pas les protéger parce que vous êtes ce contre quoi ils ont besoin qu'on les protège.

La tête de Goodnight vibra. J'eus peur pour la vie du pasteur.

— Vous ne le faites pas exprès, dit le pasteur Tom. Mais rien qu'en essayant de les protéger, vous les infectez. (Il me désigna d'un petit geste de la tête.) Et vous avez embarqué Sam dans cette vie-là. Vous l'avez déjà infecté.

— Je peux prendre soin de moi, dis-je.

Le pasteur Tom me regarda, puis regarda Goodnight.

— Et voilà, dit-il. Vous leur faites croire que la vie qu'ils vivent est une chose à laquelle il est possible de survivre.

— C'est ce qu'on fait. On survit, dis-je.

Le pasteur Tom ne releva pas.

— S'ils viennent ici une fois adultes, il ne restera plus rien d'eux, dit-il à Goodnight. Ce seront des putes et des voleurs. Je peux vous le garantir.

Goodnight écrivit : *Que pouvez-vous faire ?*

— Je peux leur donner une éducation. Je peux les aider à trouver des métiers. Je ne leur promettrai rien, mais je leur donnerai une chance. Là, ils n'en ont aucune.

Les mots du pasteur me faisaient tourner la tête.

— Allez au diable, dis-je.

Ce fut tout ce que je trouvai à dire.

— Regarde bien Cora, dit le pasteur Tom en s'adressant maintenant à moi. La seule chose dont je sois sûr, c'est que je peux la libérer de son fardeau. Regarde-la, et vois comme ça lui pèse, de s'occuper de tous ses orphelins. Le monde est en train de la briser, jour après jour.

23

SAM SE CAUSE UN MAL DE CRÂNE

LE PASTEUR TOM m'avait mis de mauvaise humeur, sur le chemin de retour vers l'Usine. Il le faisait toujours. C'était comme s'il m'avait enfoncé un entonnoir dans le gosier et qu'il m'avait farci le ventre de plombs de carabine, avec tout son discours sur ce dont Cora avait besoin.

Et ça me met encore en colère d'y repenser. C'est une sensation qui ne m'a jamais quitté.

Est-ce qu'il avait raison?

Oui, ça pesait sur Cora, d'être responsable de tous ces petits. Tout le monde pouvait le voir.

Et je mentirais si je disais que je ne voulais pas avoir son attention rien que pour moi. Je sais à quel point c'était égoïste de ma part. Je sais que j'étais incapable d'y voir clair dans tout ça parce que tout ce que je voulais, c'était l'avoir pour moi.

Mais les perdre eux?

Comment cela aurait-il pu ne pas être pire?

Goodnight aussi était de mauvaise humeur. Quand un chariot d'arrosage de la ville de Denver passa pour

humidifier la terre battue de la rue et que des éclaboussures touchèrent le bas de son pantalon noir, il lança au
chariot un regard dont on aurait juré qu'il le fit un peu
trembler sur ses essieux. Ce genre d'humeur. Les groupes
de jeunes gangsters qui sifflaient les filles sur le trottoir
s'écartaient de son passage. Les flics aussi. Quatre de ces
enfoirés de poulets étaient en train d'emmener de force
une ribambelle d'ivrognes vers un gros chariot de police à
roues rouges, et même eux s'écartèrent du passage de
Goodnight.

Puis nous arrivâmes à l'Hôtel Windsor et je vous assure
que le soleil vacilla. Le Windsor était ce que The Line
avait de mieux à offrir en matière de grand style. Il accueil-
lait surtout des étrangers de passage amateurs de jeux
d'argent et réfractaires à la marche à pied. De jour comme
de nuit, c'était un défilé constant de calèches, toutes pilo-
tées par des cochers à favoris et casquettes à cocarde.

Il y avait un flic posté près de la porte. Le Windsor
était le seul établissement de The Line qui avait droit à
une protection policière permanente. C'est comme ça
que la police travaille depuis que la police existe. Ce
flic-là était en train de boire une bière en bouteille quand
nous passâmes devant lui. Il ne vit pas Goodnight. Il ne
bougea pas.

Alors Goodnight lui donna un coup de poing sur le
côté du cou, puis l'attrapa par les cheveux et lui fracassa la
tête contre le mur du Windsor. Tout se passa si vite que le
flic n'eut même pas le temps de lâcher sa bouteille. Elle
explosa entre son visage et la brique. Goodnight ne s'arrêta pas. Il cogna et cogna la tête du flic comme un bélier
contre le mur. Avec chaque fois un bruit de fracture et un

peu plus de mou au moment de l'impact, laissant une empreinte de visage sanguinolente sur la brique.

Puis des mains saisirent Goodnight de tous côtés. Le séparèrent du flic, qui s'effondra comme une grosse outre de sang sur le trottoir.

Goodnight s'ébroua, se libéra. Continua à marcher.

Je le suivais. Content de ce qui venait de se passer. En ce qui me concernait, j'aurais voulu le voir faire la même chose à tous les flics de Denver.

Alors que nous arrivions dans les Bottoms, Goodnight était comme une casserole qui fume au-dessus du feu. On pouvait voir les pensées qu'il y avait à l'intérieur de lui. Des pensées de nitroglycérine. Des pensées qui faisaient sauter la ville entière, un bâtiment après l'autre. Des pensées de dynamiteur.

Et puis il s'arrêta juste avant le bout du pont ; la silhouette lugubre de la tour de Walker Castle s'élevait au-dessus de nous. Il posa un regard noir sur le bidonville tout au fond des Bottoms. Il sortit son carnet et écrivit : *Les clochards qui vous ont attaqués ?*

— C'est ça, c'est eux, dis-je.

Goodnight se dirigea vers le campement des vagabonds. C'étaient des appentis délabrés faits de planches entoilées tenues en place et étayées par des traverses de chemin de fer et des caisses de transport. Au centre se trouvait la cuisine, avec une vieille porte posée sur deux rondins en guise de table. Elle était encombrée d'ustensiles de cuisine de vagabonds. Boîtes de tomates aplaties au marteau en guise d'assiettes, bouts de bois taillés au couteau en guise de cuillères.

Au-dessus d'un feu, un géant touillait une marmite de quelque chose qui sentait comme un mélange de viande avariée et d'herbe. Il était chauve, n'était vêtu que d'une salopette et suait de partout. Il touillait la marmite avec une branche d'arbre. Assis sur des rondins non loin de lui se trouvaient deux autres hommes, un Noir et un basané, en train de jouer aux cartes sur un rondin plus gros.

Le géant porta deux doigts à sa bouche et siffla. Trois notes aiguës et brèves, deux notes longues et graves. L'imitation parfaite du cri de la mésange de Gambel. Une douzaine d'hommes sortirent la tête des tentes et cabanons, et quatre arrivèrent en courant de la rivière.

— T'es le gars qui vit avec les orphelins, dit le géant. (Il sortit la branche d'arbre, dégoulinante, de la marmite, et la pointa vers Goodnight.) T'es le gars qui vit là-haut avec eux.

— Il vit avec nous, dis-je. C'est pour ça qu'il est ici.

— C'est pour ça que t'es ici ? dit le géant à Goodnight. (Il se tourna vers les hommes.) C'est pour ça qu'il est ici.

Ça me plaisait. Je me léchai les lèvres, en attendant que ça vienne.

— Pourquoi est-ce que vous gardez cette Usine immense rien que pour vous ? (Le géant replongea la branche dans la marmite et lui fit faire un tour complet.) Y a assez de place pour nous tous. On pourrait vous aider. On pourrait vous protéger. (Il touilla de nouveau, un autre tour complet.) On pourrait vous aider pour la cuisine.

— Votre aide ne nous intéresse pas, dis-je.

Le géant porta un doigt à son visage.

— Un de vos hameçons s'est pris dans ma joue juste là. Il a loupé mon œil d'un rien.

— Certains d'entre nous ont perdus des yeux, dit le Noir. Certains se sont retrouvés dans un état bien pire après s'être fait cueillir par cette espèce d'énorme enfoiré repoussant.

Il y eut un murmure d'approbation générale.

L'air se carbonisa autour de Goodnight. Il n'était que colère.

— T'es un immonde fils de pute, dit le géant.

Il s'approcha de Goodnight. On voyait qu'il ne lui faisait pas peur du tout.

Goodnight sortit sa matraque de sa poche. Le géant brandit sa branche. Trop tard. Goodnight le frappa en pleine tempe. Du sang gicla du cuir chevelu tailladé du géant. Il essaya de lever les bras pour assurer sa garde comme un boxeur, mais fut trop lent. Goodnight lui asséna encore deux coups. Le géant tenta de le frapper, un stupide swing trop large. Goodnight bloqua son bras et le fit violemment basculer en arrière. Puis il attrapa le rebord de la marmite et lui versa le contenu bouillant sur la tête. La peau du géant se détacha de son crâne et s'en alla, fondue dans l'eau saumâtre.

Goodnight regarda autour de lui pour voir si tout le monde avait compris.

— On y remettra jamais les pieds, dit le Noir. Jamais.

Il y eut des bruits d'approbation. Des bruits frénétiques.

Goodnight remit sa matraque dans sa poche et sortit son Thunderer. Il arma le chien et abattit le géant d'une balle dans le front, puis rengaina son arme.

Des têtes sortirent des cabanons et des tentes au bruit du coup de feu. Des petites têtes. Des têtes d'enfants.

Eux aussi, ils avaient des petits.

J'entendis les voix des mères. Elles tirèrent les enfants à l'intérieur.

Et je compris ce que je n'avais pas encore compris. Ce géant, ces hommes, ils protégeaient aussi les leurs. Ils n'étaient pas différents de nous, sauf qu'ils n'avaient pas de Goodnight.

Tout ce qu'ils avaient, c'était ce géant.

Mais ils ne l'avaient plus.

Ma tête se mit à palpiter de noir tant ce monde était immense, disjoint et vide.

24

SAM RENCONTRE UN PINKERTON

Je ne dormis pas la nuit où Goodnight avait tué le géant. Pas même une minute. La douleur dans ma tête ne me le permit pas. Chaque fois que je fermais les yeux, je voyais Hope collée au sol dans Hop Alley. Je voyais Cora en train de vérifier que son pistolet était chargé. Je voyais la marque de visage sanguinolente que le flic avait laissée sur le mur de brique. Je voyais la peau du géant se dissoudre sur son crâne.

Goodnight était un portier posté devant l'entrée du Monde des Crânes de Nœud. Un grand portier laid posé là comme une masse. Qui barrait le passage, nous protégeait de ce qu'il y avait de l'autre côté. Mais sans même le vouloir, il nous faisait aussi signe de le rejoindre. Il me racolait pour que j'y entre.

Même en tuant le géant, dans la manière dont Goodnight s'était occupé de lui. Les hommes comme Goodnight et Cole n'avaient peur de rien. Je n'imaginais même pas comment ça pouvait être, de savoir que vous étiez capable de tout affronter. Que vous n'aviez à redouter personne sur cette terre. Que vous n'auriez jamais faim, parce que si vous aviez besoin d'argent ou de nourriture, vous n'aviez qu'à les prendre. Que même un géant, ça n'était rien pour vous.

J'avais compris ce que Goodnight était dès que je l'avais vu la première fois. Mais j'avais sous-estimé l'écart qu'il y avait entre le Monde des Crânes de Nœud et le nôtre. Je croyais que je serais capable de danser de l'un à l'autre. Mais une fois que vous avez passé cette porte, vous ne revenez jamais vraiment. L'écart est trop grand, et de l'autre côté, il n'y a que du vide. Une fois que vous y tombez, il n'y a rien pour enrayer votre chute.

L'aube arriva comme une convulsion. Je repoussai mon couchage d'un coup de pied et je m'assis. Et, regardant du côté du cabanon de Goodnight, je le vis assis les bras sur les jambes, en train de me regarder. Et je compris qu'il n'avait pas dormi non plus. Alors je ne bougeai pas, je restai juste là assis à soutenir son regard.

Puis il y eut du mouvement à côté de moi ; c'était Commodore qui se tortillait pour monter sur mes genoux, flottant dans son sac à farine. J'enfouis mon visage dans ses longs cheveux blonds et le serrai contre moi. Puis j'entendis un bruit de succion, et Watson vint se tapir contre moi, faisant passer son os de poulet d'un coin à l'autre de sa bouche rouge. Puis ce fut Lottie qui arriva par devant, ses yeux marron grandissant à mesure qu'elle s'approchait, jusqu'à ce qu'il n'y ait rien d'autre que ses yeux, et qu'elle se soit pelotonnée contre le flanc de Commodore. Et puis Offie, toute en taches de rousseur et dentition de cheval, qui joua des épaules pour se nicher de l'autre côté de Watson.

Je serrai les petits. L'odeur qu'ils dégageaient était profonde et poussiéreuse, avec une légère touche d'urine. Je sentis le sommeil me gagner. Je m'évanouis en eux. Mes yeux se fermèrent sur Goodnight, immobile, qui me regardait toujours. Et puis, juste avant que mes yeux se ferment complètement, je le vis me faire un signe de tête. La plus petite chose au monde.

D'un monstre à un autre monstre.

Ce fut une botte qui me réveilla. La botte de Yank. Goodnight se tenait debout à côté de lui, me masquant le soleil. Tous les petits étaient partis, et l'ombre des hommes était longue comme dans l'après-midi.

— On y va, dit Yank.

— Y aller ? dis-je. Mais où ?

— Tout de suite, dit Yank.

Il n'y avait pas la moindre trace d'humour dans sa voix.

Yank frappa à la porte de derrière de l'Abattoir selon un code précis, et Cole l'ouvrit. Il portait un pantalon rayé noir et gris ; son torse et son ventre étaient immenses et glabres.

— Bon sang, dit-il à Goodnight. (Il était en train de se sécher les mains avec une serviette.) T'en as mis du temps.

Je déglutis difficilement. Juste dans le dos de Cole, je voyais quelque chose bouger derrière la table en chêne. Quelque chose comme un nid de serpents qui ondulaient, la tête coupée.

Mais ce n'étaient pas des serpents.

C'était une main d'homme dont tous les doigts avaient été tranchés à la première phalange, mais qui continuait à tâtonner dans le vide comme s'ils étaient encore là.

— Va dans la salle et assure-toi que personne ne vienne nous déranger, dit Cole à Yank. (Puis il s'écarta légèrement pour nous laisser entrer, Goodnight et moi.) Il faut qu'on se débarrasse de celui-là.

Il ferma la porte derrière nous.

— Qui c'est ? dis-je.

Pour toute réponse, Cole cala un pied sur son bureau et le fit glisser sur le plancher, dévoilant les restes de l'homme. Il était nu, son corps livide était taché de sang, de cendre et de traces de semelles noires. Il y avait un tisonnier brûlant près de lui, et aussi un bâton de bois de chauffage avec du sang pris dans ses fibres. La masse de chair brisée à l'endroit où aurait dû se trouver la tête de l'homme faisait des bruits comme en font les petits poussins, tandis qu'un trou s'ouvrait et grandissait dans le carnage.

C'est sa bouche, compris-je.

Je sentis la raison commencer à me quitter.

C'est son visage.

Cole ramassa quelque chose par terre. C'était une veste. La veste de l'homme. Cole plongea sa main dans une poche et en sortit quelque chose. C'était un bout de papier. Rien d'autre. Je le fixai.

— Je suis arrivé ici hier soir, tard, dit Cole. Et y avait ce type au bar. Amos l'a surpris en train de verser un truc dans mon verre.

Cole retourna le bout de papier dans sa main. Et dans ce mouvement, il prit forme.

C'était un cornet.

Le genre dans lequel on vous vend le popcorn.

— Tu saisis mon dilemme, dit Cole.

Le trou sanglant s'ouvrit de nouveau dans le masque de chair meurtrie de l'homme et il poussa un gémissement.

— Ferme ta putain de gueule, lui dit Cole en rugissant, et il lui donna un coup de pied dans ce qu'il lui restait de tête, se mettant plein de sang sur la chaussure.

Puis il se tourna vers nous.

— Ce suceur de bites travaillait pour Delaney. On commence à les atteindre, les gars.

Il souriait.

Je regardai la pièce. L'armoire à fusils en noyer, le bureau, la boîte à cigare portative. Tout plutôt que ce visage qui n'en était pas un. Je savais que je ne pourrais pas le regarder de nouveau sans m'évanouir. Mais mes yeux se posèrent sur la chemise ensanglantée de Cole pendue au rebord du lavabo, et il ne me fut plus possible de ne pas regarder le visage, alors je le regardai. Et lorsque je détournai de nouveau les yeux, ce fut pour regarder Goodnight, qui m'observait.

Je m'assis par terre. C'était soit ça, soit m'évanouir. La masse de chair sanguinolente frissonna.

— Toute la nuit, elle m'a houspillé, dit Cole.

Nous le regardâmes sans rien dire.

— Vous avez pas idée de ce que c'est que de passer sa vie avec la mauvaise femme.

Nous restâmes muets. Cole soupira.

— On va le jeter dans la Platte dès qu'il fera nuit. (Il ramassa une flasque et y but une gorgée, puis il l'agita à l'attention de Goodnight.) Tu pourras officier, si tu veux.

Goodnight s'agrippa au rebord du bureau pour assurer son équilibre, leva son pied, et enfonça violemment son talon dans la tête de l'homme, écrasant son crâne comme une motte de terre. Il fit claquer plusieurs fois son talon puis le frotta sur le sol, laissant une traînée de sang sur le plancher.

Je fermai les yeux. Les silhouettes floues de Cole et de Goodnight enveloppèrent le corps dans je ne sais quoi. Toutes mes pensées tambourinaient dans ma tête.

Mon Dieu, faites que ce soit un rêve.

Mon Dieu, dites-moi que ce n'est pas ce que je pense.

Et puis je ne pus plus lutter contre la vague noire qui se fracassait sur moi.

Elle me balaya. Je disparus.

Cole portait un sac plein de pots et de poêles en fonte ; je portais la corde ; Goodnight portait le corps sur son épaule, enveloppé dans une toile. Tout au long de The Line, jusqu'à la rive de la Platte. Goodnight se servait des pieds du corps comme d'un bélier pour se frayer un passage entre les grappes de cow-boys ivres et les sales garces des ligues de tempérance. Personne ne s'intéressait à nous le moins du monde.

Cole avait pris une bouteille de whiskey à l'Abattoir, et il en but la moitié en chemin. Sur la rive, Goodnight accrocha le sac de pots en fonte au corps, saucissonna le tout bien comme il faut, remit le paquet sur son épaule, s'avança jusqu'à ce que le niveau de l'eau arrive à hauteur de son nez, puis il largua le paquet. L'eau se referma autour de lui comme de la boue qui se fige et l'aspira au fond.

Cole finit la bouteille sur le chemin du retour. Se parlant fort à lui-même. "Ils veulent la guerre, ces salopards", et "Je brûlerai cette ville jusqu'à ce qu'il en reste plus rien", et "Ils ne savent pas ce que c'est qu'une guerre, mais je vais leur montrer", et "Mon Dieu, qu'est-ce que j'ai fait?"

Puis nous fûmes à l'Abattoir, et Cole faisait les cent pas dans le bar en traînant les pieds et en baragouinant des choses incompréhensibles. Puis il était debout le front contre le mur, à vomir sur ses pieds. C'est là que Good-night le prit sur son épaule, exactement comme il avait porté le corps, et l'emmena à l'arrêt du tramway qui assurait le service de nuit.

Quand nous arrivâmes dans l'allée, Betty était assise sur le perron de la terrasse. Elle prit une taffe de sa cigarette.

— Comme des frères, dit-elle.

Goodnight laissa tomber Cole. Il atterrit dans la poussière en faisant un bruit mat et en lâchant un ronflement.

— Qu'est-ce qu'il a encore fait? dit-elle. Il est bien dans la merde, c'est sûr.

Goodnight ne bougeait pas, ahanait légèrement. Cole était un homme imposant.

— Et toi aussi, tu te vautres là-dedans avec lui, dit-elle à Goodnight. Espèce de sale bouffeur d'opium.

Elle avait une bouteille de vin posée entre ses jambes, et la robe remontée à mi-cuisses.

Goodnight s'accroupit à deux ou trois mètres d'elle, le souffle toujours court.

— Je sais ce qui se passe quand il se met dans cet état, dit-elle. Il a fait des conneries, pas vrai? Il me dira pas quelles conneries il a faites, mais il a fait des putains de grosses conneries.

Le regard de Goodnight se fixa sur la bouteille entre ses jambes.

— C'est sûr. (Ses lèvres faisaient un sourire narquois autour de sa cigarette. Puis le sourire cessa. Elle était triste.) Mon pauvre petit bout, me dit-elle. Voilà ce qu'ils font, tous les deux. Ils ont fait des conneries, et maintenant ils vont te bousiller. C'est trop tard pour toi. Ils sont tellement tordus. Et ils le savent, qu'ils te bousillent. Mais ils s'en foutent.

Le regard de Goodnight se fixa de nouveau sur la bouteille. Sa surface verte et argentée, réfractée sur les cuisses de Betty.

— Vas-y, sers-toi, lui dit-elle. Bourre-toi la gueule. Vois si ça peut te vider la tête de tout ça.

Goodnight prit la bouteille par le goulot. Elle referma ses cuisses dessus, tenta de la garder. Il l'arracha, la déboucha, et but une longue gorgée.

— Moi qui croyais que c'était juste ton visage qu'était tout bousillé, dit-elle.

Il claqua le bouchon dans le goulot d'un coup de paume, et jeta la bouteille par terre devant elle. Puis il hissa Cole sur son épaule et se dirigea vers la porte d'entrée.

— Putain, où est-ce que tu vas comme ça ?

Il referma la porte derrière lui d'un coup de pied, et disparut.

— C'est bien la dernière fois que j'essaie d'avoir de la pitié pour lui, me dit-elle.

— C'est faux, dis-je.

Goodnight ressortit et nous prîmes le tramway pour rentrer à Denver. Sur le trajet du retour, je pensais à Betty et à Cole et à ce qui avait fait d'eux ce qu'ils étaient.

25

SAM JOUE AVEC UNE MOUCHE

Il était bien après minuit à notre retour dans les Bottoms. Goodnight gagna son cabanon d'un pas pesant et y ronfla très vite. Mais pas moi. Pas moyen. Je n'étais pas sûr de jamais pouvoir dormir de nouveau. Je m'assis en haut de l'escalier. Presque aucune lumière ne brûlait dans Denver, et la ville s'étendait comme une flaque de cendre étalée sur la plaine. Je n'étais pas stupide au point de pleurer la mort d'un flic, mais rien ne vous humanise un homme comme de voir sa cervelle en dehors de son crâne. Les orphelins bruissaient sous leurs couvertures de grosse toile. Un courant d'air rance remontait de l'Usine, en bas. Tout ça me donnait envie de vomir.

Puis Cora était là près de moi, elle s'allumait une cigarette à la flamme d'une lanterne qu'elle portait.

— Qu'est-ce que tu fais encore debout ? dis-je.

Elle s'assit sur les marches et posa la lanterne entre nous.

— Je dors pas mieux que toi, Sam. (Elle me dévisagea.) T'as vraiment une sale mine. Où est-ce qu'ils t'ont emmené ?

Il y avait une mouche prisonnière dans le globe de la lanterne. Je la regardai tenter de s'échapper.

— À la rivière.

— La Platte ?

— La Platte.

Son nez se fronça.

— À l'odeur, je dirais que tu t'y es baigné. Pourquoi ?

J'attrapai la lanterne, fasciné par la mouche.

— Pour y jeter un corps.

— Essaie pas de m'impressionner. (Elle tira une taffe de sa cigarette.) J'en ai ma claque de ces conneries.

J'enfonçai mon index et mon majeur dans le globe aussi loin que je pus, pour essayer d'attraper les ailes de la mouche. Puis je les retirai vivement et les mis dans ma bouche, brûlés.

— C'était pour de vrai ? dit-elle.

— C'était pour de vrai.

— Le corps de qui ?

La mouche s'approcha de la flamme et s'embrasa brièvement. Je posai la lanterne derrière nous.

— Un flic, je crois. (Je sentis une bulle de honte creuse se former dans ma gorge.) J'ai merdé.

— T'as merdé ? En tuant un flic ?

Je hochai misérablement la tête. Puis je la secouai.

— Pas moi.

— Mais tu étais présent ?

Je hochai de nouveau la tête.

— Ça a dû être quelque chose, dit-elle. C'est vrai, quoi, j'ai toujours eu envie de voir un flic se faire tuer.

— C'est pas aussi joli que tu crois.

— Ouais. Rien n'est aussi joli qu'on croit, dans la vraie vie.

Je ne dis rien.

— Je suis désolée, Sam, dit-elle.

— Je sais que ça devrait pas me tracasser, dis-je. Mais c'est plus fort que moi.

Elle rit. Puis elle fuma, et puis elle rit encore.

— Désolée, dit-elle. J'arrive pas à être triste.

— T'étais pas avec nous, dis-je.

Elle rit de plus belle.

— C'était absurde. Ça n'avait aucun sens.

— T'étais avec Goodnight?

— Et Cole.

— Et Cole, dit-elle. La voilà, ta réponse. Ni l'un ni l'autre n'a le moindre sens. C'est le Monde des Crânes de Nœud. (Elle ne riait plus.) J'aurais jamais dû te laisser commencer à travailler pour Cole. D'y penser, ça m'empêche de dormir.

— Je suis pas un gosse. T'as pas à me dire quoi faire.

— Arrête, Sam.

— Bah. Ça n'a rien à voir avec toi.

— C'est pas ce que je dis.

Un petit soupçon d'aube s'amassait tout là-bas, derrière Denver. Dans le noir, la ville était miteuse et mystérieuse, mais maintenant elle n'était plus que petite et grise.

— Je sais, dis-je.

— C'est à cause de leurs conneries?

— C'est pour ça qu'ils ont dû le tuer.

— Les abrutis de fils de pute.

— Parce qu'ils vont mettre les riches en rogne?

— Parce que les riches vont leur tomber dessus comme une tonne de boulets de canon. Et pas pour avoir fait fermer leurs putes et leurs tables de jeu. Pour avoir fait valoir qu'ils devaient eux aussi obéir aux mêmes lois que nous autres. (Elle cracha sa fumée.) Merde, Sam, si je le pouvais, je construirais une muraille autour de cette Usine et j'abattrais tous ceux d'entre eux qui s'en approchent.

Je ne voulais pas dire ce que je dis ensuite, mais le vide que je sentais dans ma gorge ne me laissa pas le choix.

— C'est toi qui as fait entrer Goodnight chez nous.

Je sentis le regard de Cora rester sur moi pendant un long moment après ça.

— Tu le connais, leur secret ? dit-elle enfin.

— Le secret de qui ?

— De Goodnight, de Cole, de tous les autres. La chose qui fait qu'on a envie de les laisser entrer, mais qu'on peut pas ? La chose qui fait qu'on peut jamais vraiment les empêcher d'entrer, même si on essaye ? Tu sais ce que c'est ?

— Non, dis-je. Je sais rien à rien.

— Le secret, c'est qu'il n'y a pas de secret. Ils sont exactement aussi stupides qu'ils en ont l'air. Ils seraient même pas foutus de planter des clous dans une congère. Y a pas une seule chose qu'ils savent qu'on ne sache pas nous-mêmes. Ils ont juste eu plus de temps pour s'embrouiller la tête. C'est ça qui les rend dangereux.

— Et nous ? dis-je. On sera comment, quand on sera des Crânes de Nœud ? T'y penses, à ça ?

Elle me regarda longuement.

— J'y pense jamais. Quand je commence à penser à ça, je tire sur mes doigts jusqu'à ce que j'aie l'impression qu'ils vont se détacher. C'est comme ça que je m'empêche de penser à ça.

— Moi, quand j'y pense, ça me donne envie de vomir.

— C'est pas pour maintenant, dit-elle. C'est tout ce qu'on peut dire.

— J'aurais pas dû commencer à travailler pour Cole, dis-je.

— Non, t'aurais pas dû.

Je sentis mes yeux brûler. Puis je les sentis sombrer.

— Il faut que t'y ailles. Ils ont merdé. Ils ont salement merdé, et j'étais avec eux. Il faut que tu ailles chez le pasteur Tom.

— Certainement pas, Sam, dit-elle. On bouge pas d'où on est.

— J'ai salement merdé, dis-je.

— Je sais, dit-elle. Ça m'a mise en colère, mais je le suis plus. Tu vas juste devoir te démerder de ça.

— Comment ? dis-je.

— Ça, je peux pas te dire, dit-elle. Mais ce que je peux te dire, c'est à quel point je suis contente que tu sois rentré en un seul morceau.

Elle mit son bras sur mes épaules.

Je glissai ma main sur sa hanche.

— Alors, à quel point ?

— Merde, dit-elle. (Elle jeta sa cigarette dans l'escalier et la regarda voleter en brûlant jusqu'au sol.) Je suis contente de voir qu'un flic mort te déprime pas au point de t'empêcher de surmonter tout ça.

Mais la tristesse de son visage me fit craquer. La bulle creuse éclata dans ma gorge, et je sentis les larmes couler.

— Ça faisait longtemps, pas vrai ? dit-elle.

Les larmes ne cessaient pas.

Elle me prit par la main.

— Viens, Sam, dit-elle, et elle m'emmena à son couchage. Son ombre était fragile et filiforme et tellement délicate sous le clair de lune qui s'estompait.

26

SAM PARTICIPE À UN LYNCHAGE

IL EST BEAUCOUP plus simple de foirer un truc que de le défoirer. C'est ce que je n'arrêtais pas de penser. Il y a un million de manières de foirer un truc, mais seulement une de le défoirer. Je passais en revue des idées dans ma tête. Tout ce qui pouvait me traverser l'esprit. Quoi que je dise, Cora n'emmènerait pas les petits chez le pasteur Tom. Et nous n'avions pas d'autre endroit où vivre que l'Usine, où tous les Crânes de Nœud de Denver savaient que nous nous trouvions.

Nous ne pouvions pas nous cacher et nous ne pouvions pas fuir.

Il ne restait qu'une chose à faire.

Je passai tous les jours de la semaine à l'Abattoir avec Goodnight et Cole, à espérer qu'ils soient dans le même état d'esprit que moi. À attendre que Cole fasse autre chose que se détruire à l'alcool.

Et puis lorsqu'il le fit, je regrettai de l'avoir espéré.

L'Abattoir était bondé d'esseulés nocturnes et de nouveaux ruinés, et nous y étions tous. Moi, Goodnight, Yank et Cole, en train de manger des hot-dogs achetés à un vendeur de rue. Aucun d'entre nous n'allait nulle part tout seul, désormais. Cole s'était même mis à dormir dans le bureau, la nuit, avec Eat 'Em Up Jake qui montait la garde devant la porte.

Puis Magpie Ned entra et murmura quelque chose à l'oreille de Cole et Cole se raidit comme un piquet de clôture. Il lâcha son hot-dog sur le bar et pointa Amos du doigt. Amos sortit le fusil à double canon de sous le bar et le lui donna.

— Allons-y, les gars, dit Cole. Suivez-moi. (Il était déjà en train de partir.) On va s'occuper de ça, dit-il dehors dans le noir comme s'il s'adressait à tous les habitants de Denver.

The Line était en pleine effervescence. Cow-boys ivres qui entraient et sortaient des saloons en titubant, s'amassaient autour des chariots des vendeurs d'huîtres et de viande fumée. Cole ne ralentissait pas le pas, il traçait son chemin à travers la foule. Nous marchions tellement vite que je crus que mon cœur allait exploser. Je devais presque courir pour ne pas me laisser distancer. Je ne savais pas du tout où nous allions.

Puis nous arrivâmes à la Maison des Miroirs de Mattie Silks. Je n'y avais jamais mis les pieds, mais je la reconnus dès que je la vis. C'était un des bordels les plus connus de Denver. Celui où la mère de Cora s'était retrouvée à son arrivée. Je me dis que nous allions peut-être l'incendier, et ce fut comme une bouffée d'espoir.

— Restez ici, dit Cole à Ned et Yank. Vous savez ce que vous avez à faire.

Il se dirigea vers la grande porte sculptée, et Goodnight le suivit.

Le portier noir de deux tonnes tenta de s'interposer. Goodnight ouvrit la bouche pour dire quelque chose. Il y était allé fort sur le laudanum toute la journée, et c'était comme s'il en avait oublié qu'il ne pouvait pas parler. Constatant son incapacité, il sortit son Thunderer et tira une balle dans le genou du Noir. La jambe du portier se brisa vers l'arrière et céda sous la masse désormais trop pesante de son corps ; Cole et Goodnight l'enjambèrent et entrèrent avec fracas.

Je ne les suivis pas tout de suite. Je regardai le Noir. Il se tenait la jambe, bouche ouverte, visage ruisselant de larmes. J'eus même un petit mouvement pour me rapprocher de lui, mais j'ignore dans quel but.

Puis je me rappelai pourquoi j'étais venu. Et je l'enjambai comme s'il n'avait même pas existé.

L'odeur de vin rance et de parfum encore plus rance me fit tousser. Tout se reflétait à l'infini dans les miroirs qui couvraient les murs et le plafond de la pièce. Des hommes à favoris étaient assis autour des tables de jeu, à fumer des cigares et boire des vins du Rhin. Il y avait un piano à queue avec dessus un cornet de phonographe pour les pourboires, et un petit panonceau disant POUR LA MUSIQUE. Et il y avait Mattie Silks, assise sur une ottomane pourpre juste en dessous du lustre du salon, en train de brosser ses longs cheveux blond gris. Un pot de poudre et une houppette rose étaient posés sur la table à côté d'elle, et ses putes roucoulaient un peu partout.

— Qu'est-ce que tu veux ? dit-elle à Cole.

— Third Degree Delaney, dit Cole.

Elle ressemblait à une poupée de porcelaine craquelée sous sa gangue de poudre figée par la sueur.

— Bon sang, Cole, qu'est-ce que vous croyez faire, là ?

— J'en ai ma claque, dit Cole.

— Et vous croyez que vous allez mettre un terme à tout ça en déclarant la guerre à la police ?

— J'ai vu Delaney taillader la chatte d'une pute avec un bout de bouteille cassée, dit Cole. Vous voudriez le protéger ?

— Ça signera votre arrêt de mort, dit Mattie. Ils vous traqueront et vous tueront comme des coyotes.

— Delaney.

— Il est pas là.

— Ah. (Cole arma un des chiens de son fusil.) On m'a dit que si.

— Je me fous de ce qu'on a pu vous dire, espèce de sale escroc de merde.

— On m'a aussi dit que vous interdisiez à vos putes de prendre des pauses pour pisser, dit Cole. Et que comme vous les faites boire toute la nuit, tout le monde ici porte des couches.

— Vous êtes un putain de menteur, dit-elle.

Cole braqua le fusil sur un des miroirs du mur et le fit exploser. Le brusque éclat de lumière réfractée fila de miroir en miroir, et dans cet espace confiné le coup de feu tonna comme deux trains se heurtant de plein fouet. À travers la fumée et les fragments de miroir, Cole adressa un sourire à Mattie Silks.

— Vous vous êtes construit un bordel de verre, dit-il.

Un gros homme à barbe grise repoussa une fille à peine pubère de ses genoux et jaillit hors du buisson de putes.

— Je crois que vous en avez fini ici, Cole Stikeleather.

— Asseyez-vous, Byers, dit Cole. J'ai vu ce que vous écrivez à mon sujet dans votre torchon.

Byers ouvrit la bouche pour répliquer, mais Goodnight fit un geste sur le côté et lui écrasa le nez avec la crosse de son pistolet. Byers glapit et se détourna en pivotant sur place, portant ses mains à son visage. Goodnight lui tira une balle dans le mollet gauche et sa jambe céda sous lui. Les putes se mirent à crier.

— Stop, dit une voix.

C'était un petit homme aux cheveux noirs clairsemés soigneusement étalés sur le crâne. Ses vêtements étaient juste un petit peu trop grands pour qu'il y soit à l'aise. C'était le chef de police Armstrong, et il était accompagné d'un flic en uniforme portant une moustache en guidon.

— Ah, bonjour, chef, dit Cole. On est à la recherche de l'un des vôtres.

— Venez me voir au poste si vous avez besoin de quelque chose, monsieur Stikeleather.

— Les vieilles putes protègent les vieilles putes, dit Cole.

— Faites attention à ce que vous dites, dit Mattie.

— Je fais appliquer la loi conformément à la volonté du peuple, dit le chef.

— Vous faites appliquer la loi conformément à la volonté des portefeuilles de votre putain de grosse femme et de vos putains d'enfants encore plus gros, dit Cole.

— J'ai dit faites attention à ce que vous dites.

La voix de Mattie était basse.

— Et du gouverneur Waite, dit Cole. Je n'oublie pas le gouverneur Waite.

— Passez au poste et déposez une plainte.

— Espèce de sale enfoiré, dit Cole. Vous fermez nos tables de faro et vous passez vos nuits en compagnie de cette chose, la pute la plus laide qui ait jamais bavé sur un braquemart. Je préférerais qu'on m'enferme dans la cabane d'un nègre mort.

Mattie sortit un pistolet à crosse nacrée vraiment très gros et vraiment très lourd.

— Ça suffit.

Cole éclata de rire.

— Combien de temps croyez-vous que vous allez pouvoir tenir ce truc droit ?

— C'est Wild Bill Hickok lui-même qui m'a offert ce pistolet. Il m'a aussi appris à m'en servir.

— Quand est-ce qu'Hickok s'est fait descendre ? dit Cole. C'était en 76, non ?

Le visage de Mattie devint blême. Elle pressa la détente. Le pistolet tonna. Les putes virevoltèrent en un tourbillon de jupons. Le flic à moustache en guidon tomba de côté sur le tapis, mains serrées sur son cou.

Cole s'accroupit. Du sang bouillonnait aux coins des lèvres du flic, dégoulinait sur ses doigts.

— Je crois qu'il est touché, dit Cole.

Ses yeux remontèrent du cou de l'agent vers Mattie Silks, qui battait des paupières comme une myope dans la fumée du tir.

— Écartez-vous de lui, dit le chef Armstrong.

Cole souleva la main avec laquelle le flic couvrait sa plaie et enfonça son index d'une phalange dans le trou.

— Il est touché, ça ne fait aucun doute, dit Cole.

Il poussa son doigt, l'enfonça d'une deuxième phalange. Les yeux de l'agent se mirent à pleurer frénétiquement, sa langue sanguinolente s'agita contre ses lèvres.

— Je veux juste voir si je peux vous trouver cette balle, dit Cole.

Il farfouilla dans la chair et le sang. L'agent tenta de crier, mais ne put que gargouiller. Ses paupières papillonnèrent et ses yeux se révulsèrent.

— Je crois qu'il a besoin d'un docteur, dit Cole. Il est temps qu'on s'en aille, et vous venez avec nous, Armstrong.

— Hors de question que je vous suive où que ce soit, dit le chef Armstrong avec toute la dignité qu'il réussit à rassembler.

Goodnight tapota sa jambe avec son pistolet.

— Si j'étais vous, je le pousserais pas à bout, dit Cole en faisant un signe de tête en direction de Goodnight. C'est un grand amoureux de la liberté, et à ce titre rien ne lui ferait plus plaisir que de descendre un flic.

— Je vous donne dix minutes, dit Armstrong.

Goodnight l'attrapa par la tête et le tira vers la porte de derrière.

Les murs de la ruelle étaient encombrés des ordures des bordels. Restes de nourriture, bouteilles de sherry, vêtements et draps déchirés, trop sales pour qu'on les lave. Ça puait la pourriture et le parfum. La pluie avait rincé et concentré tout ça en une boue mouchetée de flaques nauséabondes. Goodnight propulsa violemment le chef Armstrong contre le mur de brique de l'autre côté de la ruelle.

— Réfléchissez bien à ce que vous vous apprêtez à faire, fils, dit le chef Armstrong en rajustant sa veste. Ici, c'est ma ville.

— Je veux Third Degree Delaney, dit Cole. Cet enfoiré m'a vu jouer avec deux ou trois donzelles riches l'autre soir et il a tenté de me faire tuer.

— Je ne sais rien à ce sujet.

— Je vous crois, dit Cole. Delaney est du genre à aimer prendre les choses en main tout seul. Vous ne faites que ce qu'on vous dit de faire.

— Qu'est-ce que je devrais faire d'autre, Stikeleather ? Vous croyez que je pourrais convaincre le maire d'arrêter de faire fermer vos jeux ? Ou notre nouveau Département de la Santé et de la Sûreté publiques ? J'étais dans un saloon hier et il y avait un groupe de cow-boys qui tenaient une jeune fille de douze ans par les chevilles pour la fesser à tour de rôle. Avant de la livrer à un chien. J'ai déjà assez de mal comme ça à conserver mon poste de chef.

Un sifflement bref retentit côté grande rue.

— C'est nous, dit Cole.

Devant le bordel, Yank tenait son revolver étincelant vaguement braqué sur Third Degree Delaney, que Ned tenait lui aussi en respect avec son pistolet beaucoup plus sale et beaucoup plus vieux. Delaney était en train de se peigner les cheveux avec les doigts, et il avait le pantalon maculé de gadoue marron jusqu'à hauteur des cuisses.

— Ah, merde, Delaney, dit Mattie Silks. Pourquoi vous vous êtes pas barré ?

— Il a tenté, dit Cole.

— Il est sorti par une fenêtre, dit Ned. J'ai attrapé ce sale enfoiré alors qu'il essayait de grimper dans les chiottes.

— Alors c'est ça, ce qu'il a sur lui, dit Cole. Foutue puanteur, y a pas à dire.

— En partie, dit Ned. Je suis à peu près sûr qu'il s'est aussi chié dessus quand je l'ai jeté dans le trou.

— Vous auriez une cigarette? dit Delaney.

— Roule-lui une cigarette, dit Cole à Ned.

Ned roula une cigarette, l'alluma et la tendit à Delaney. Delaney fuma.

— Vous avez intérêt à avoir une bonne raison pour faire ce que vous faites, dit-il.

Goodnight déroula une corde fixée à sa ceinture.

— Vous me lynchez parce que j'étais dans un bordel?

Corde à la main, Goodnight ne bougeait pas.

— Vous avez aucun sens de la mesure, dit Delaney. Je l'ai envoyé parlementer avec vous. C'était qu'un sédatif. J'essayais de vous sauver la vie.

— Avance ton cul là-bas au pied de cet arbre, dit Cole.

L'arbre se trouvait devant le bordel de Mattie Silks. Un des derniers encore debout sur Market Street.

— C'est un hêtre, dit Delaney.

— J'en ai rien à foutre, dit Cole.

— Ça m'étonne pas de vous, dit Delaney. Vous savez d'où il vient?

Cole ne répondit pas.

— Du bois de Jefferson. (Delaney souffla sur la braise de sa cigarette.) Il appartient à Mattie. Elle l'a fait venir ici par le chemin de fer. Elle est jamais allée à Monticello. Elle sait rien sur Jefferson, à part qu'il a été président. Et qu'elle a un de ses arbres, là, juste devant son bordel. Elle trouve que ça lui donne de la classe. Tout le monde se moque d'elle pour ça. Dans son dos, bien sûr. Mais tout le monde se moque.

— Personne se moque de moi, espèce d'étron, dit Mattie.

— Y a pas une seule foutue âme dans cette ville qui vaille d'être sauvée, je vous le dis, dit Delaney à Cole d'une voix qui se voulait confiante.

— Bah, ce sera bientôt fini, dit Cole.

— C'était fini avant que ça commence. (Delaney tira une taffe puis exhala la fumée.) Cette ville.

Puis il prit une longue inspiration et se dirigea vers l'arbre.

Goodnight le pendit de la manière lente. D'abord, il passa le nœud autour de son cou, puis il lança la corde au-dessus d'une haute branche du hêtre, puis il le hissa à la main, doucement, le laissant gigoter et suffoquer. Les yeux de Delaney s'exorbitèrent et virèrent au violet, ses mains griffaient la corde tandis que son corps dansait la gigue de la strangulation. Armes sorties, Cole, Ned et Yank faisaient face à la foule de badauds qui s'amassait, mais restait calme. Il y a peu de choses au monde qui risquent moins de se faire interrompre par un accès de violence aveugle qu'un lynchage.

— Donnez-moi une bouteille, dit Cole en rugissant à l'adresse de la foule une fois que Delaney fut mort. Donnez-moi la pire de vos bouteilles d'immonde casse-pattes de tord-boyaux que vous pourrez trouver. (Il plongea une main dans sa poche et jeta des pièces à la foule.) Donnez-moi une bouteille, espèces de sales voyeurs. Une bouteille et un violoniste.

Un jeune garçon apporta une bouteille à Cole, et un homme commença à jouer du violon. Goodnight noua la corde, alla chercher deux lampes à pétrole dans le bordel de Mattie Silks, et mit le feu au corps.

À ce moment-là, Mattie avait déjà reçu une dose de drogue et ses putes l'avaient ramenée à l'intérieur. La foule s'animait. L'homme au violon jouait avec beaucoup d'entrain. Des hommes et des putes dansaient dans la lumière des flammes. Et tout le monde chanta en chœur un hymne des ligues de tempérance.

Il y a un esprit noble et il y a un esprit vil,
Il y a l'esprit de l'amour et l'esprit de la bile.
L'esprit noble, c'est l'esprit divin,
L'esprit vil, c'est l'esprit du vin.

Le feu rongea le chanvre, et le corps embrasé s'écrasa sur le sol en projetant une pluie d'étincelles.

Deux policiers s'approchèrent jusqu'au coin du carrefour le plus proche, mais pas plus. Il y a peu de choses au monde qui risquent moins de se faire interrompre par les forces de l'ordre qu'un lynchage.

Je regardais le corps se calciner. Le corps entier. Et lorsqu'il eut fini de brûler et qu'il se fut refroidi, Cole posa sa main sur mon épaule.

— La prochaine fois, ils y réfléchiront à deux fois avant de nous attaquer bille en tête, dit-il. Soit ils négocient, soit on les tue tous. L'un après l'autre.

Et mon cœur se gonfla de joie. Je croyais en ce qu'il venait de dire.

27

SAM REMARQUE LES CYCLES
DE LA PLATTE

JE CROYAIS COLE parce que j'avais envie de le croire.
Vous avez envie de croire qu'ils savent ce qu'ils font. Qu'ils
ont un peu de maîtrise sur les choses. Cole et Goodnight
paradaient dans le Monde des Crânes de Nœud comme
s'ils l'avaient construit eux-mêmes. Comme s'il n'y avait
pas un seul morceau de ce monde qu'ils ne pourraient pas
s'approprier. Et vous avez envie de croire que c'est possible. Parce que ça voudrait dire qu'il existe un moyen
pour grandir et entrer dans le Monde des Crânes de
Nœud sans devenir un Crâne de Nœud soi-même.

Mais il n'en existe pas.

Ce fut quelques jours plus tard que tout partit en
vrille. Le soleil venait de se coucher. Moi, Goodnight et
Hiram étions partis chercher de l'eau à la rivière. On la
portait dans des baquets en chêne cerclés de fer, et puis
on la filtrait avec le filtre que le pasteur Tom nous avait
donné pour enlever un peu de la merde qu'elle contenait. Denver n'était qu'une vaste brume chargée de

poussière, et la rivière était basse dans la chaleur de l'été. C'était un mélange poisseux d'eau des égouts et de sang des abattoirs, qui s'écoulait à peine. Les rares étoiles du soir qui parvenaient à percer la fumée des feux de charbon et des cheminées d'usines se désintégraient à la surface des langues de courant entremêlées de la Platte.

— Là, c'est le meilleur moment de la journée pour venir chercher de l'eau, dit Hiram.

Il était vêtu de son costume noir usé, ses cheveux étaient parfaitement peignés sur le côté, et il portait son baquet d'eau à deux mains.

— Bon sang, mais qu'est-ce que tu racontes, Hiram ? dis-je.

Goodnight portait deux baquets dans chaque main. Il traçait son chemin sans se soucier de nous.

— Les excréments dans la rivière, dit Hiram. À cette heure-ci, y en a moins.

Je me retournai vers la rivière, et nom de Dieu, je me dis qu'il disait vrai, même si je ne l'avais jamais remarqué avant.

— Je crois que c'est parce que c'est juste le crépuscule. Tout le monde rentre pour dîner et personne ne salope les eaux.

— C'est dingue, dis-je.

— À l'heure de pointe de la défécation, tu peux marcher dans la rivière, tu marches jamais deux fois dans la même merde, dit Hiram.

Puis il partit d'un petit rire aigu.

Le filtre se trouvait juste derrière la porte d'entrée de l'Usine. Cora se tenait là, vêtue d'un bermuda de garçon en velours et d'une chemise en flanelle grise, ses cheveux rentrés sous une casquette d'ouvrier.

Goodnight posa ses quatre baquets à côté d'elle. Moi et Hiram peinâmes pour poser chacun le nôtre sans faire d'éclaboussures.

Puis la main de Goodnight s'abattit sur mon épaule.

Je savais ce qui allait suivre. Le gros fils de pute immonde.

Il avait déjà sorti son carnet et me montrait une phrase qu'il avait écrite.

Je pris une grande respiration avant de parler.

— Goodnight demande si tu as réfléchi à l'idée d'y aller, dis-je à Cora.

Elle sortit son petit sac de la poche de sa chemise et mit une pincée de tabac dans une feuille de papier à cigarette.

— Y aller où ?

— Tu sais bien où, dis-je. Chez le pasteur Tom.

Elle lécha la feuille.

— Pourquoi je ferais ça ?

Goodnight tapota son carnet pour me montrer la phrase d'après.

— Il a de la nourriture, de l'eau potable, des livres.

Elle craqua une allumette et alluma sa cigarette. De la fumée se faufila vers le bas au coin de sa bouche tordue.

— Et en échange, il posera ses exigences.

Goodnight écrivit : *Quelles exigences ?*

— Il exigera que nous vivions selon ses principes.

Vous seriez en sécurité.

Je crus qu'elle allait cracher, mais non.

— J'ai rien vu qui puisse me convaincre de ça, dit-elle. (Puis elle se détourna de Goodnight et regarda la porte.) Vous êtes qui, nom de Dieu ?

C'étaient deux hommes en costume de flanelle gris et chapeaux de feutre noirs, debout dans l'embrasure de la porte.

Je repensai à la rivière et ça me submergea d'un coup. L'odeur de la rivière. La lenteur de son cours visqueux.

— Va-t'en d'ici, Hiram, dis-je, et pour une fois il ne discuta pas.

— Vous êtes en chasse ? Vous cherchez quelque chose ? dit Cora.

L'un d'eux avait un visage comme du papier de cire moulé sur un squelette.

— Je crois que je l'ai trouvé, dit-il. (Il regardait Goodnight.) Votre arme.

Goodnight sortit son Thunderer de son holster et le lâcha par terre.

— Emmenez-le, dit Cora. Bonne chance.

— Mon cul, oui, dis-je.

Les deux hommes avaient les mains plongées quelque part dans leur manteau.

— Qu'est-ce que vous préférez ? dit Papier de Cire à Goodnight. On peut faire ça ici devant eux, ou vous pouvez nous suivre.

Goodnight hocha la tête une fois.

— Bon choix, dit Papier de Cire. Ils ont pas besoin de voir ça. (Il se tut une longue seconde. Puis il dit :) Il parle pas ?

— Il fait pas grand-chose, dit Cora.

Ça fit sourire Papier de Cire.

— T'es une vraie petite dure, hein ?

— Emmenez-le loin d'ici, c'est tout, dit-elle.

— Après vous, dit Papier de Cire à Goodnight. On est juste derrière vous.

Cora se remit à s'occuper du filtre à eau.

Ils sortirent de l'usine. L'immense silhouette pataude de Goodnight se fondait dans la pénombre, mais les deux hommes en costume de flanelle se découpaient encore nettement sur l'horizon.

Je pensai à mon couteau. Je pensai à des cailloux. Je pensai à leur courir après et à sauter sur le dos de l'un d'eux.

— Donne-moi le pistolet, dis-je à Cora.

Mais elle ne leva pas les yeux de son travail.

Ils se souciaient tellement peu de nous qu'ils ne s'imaginaient même pas que nous pourrions tenter de les arrêter. Tout ce temps que j'avais passé à regretter de m'être aventuré trop loin dans le Monde des Crânes de Nœud, et je ne valais même pas un regard en arrière. Ni de leur part ni de celle de Goodnight. Je valais si peu que ça.

Puis Cora sortit de l'Usine, tira son pistolet de ses vêtements, arma le chien. Elle stabilisa l'arme en la tenant à deux mains, visa, et pressa la détente.

À l'intérieur de l'Usine, le bruit ne fut vraiment pas fort. Comme un claquement de fouet. Mais l'homme qui marchait sur la gauche de Goodnight sauta comme s'il avait été touché et se mit à se tâter partout à la recherche de la plaie, pendant que l'autre homme s'était déjà retourné. Papier de Cire. Il avait dégainé son arme et il visait Cora.

Cesser de tenir Goodnight à l'œil n'est jamais une bonne idée. Il fit un pas de côté et frappa le sauteur à la tempe, l'étendant sur le sol comme un gros sac de sable. Puis, lorsque Papier de Cire comprit l'erreur qu'il avait faite et tenta de braquer son pistolet sur Goodnight, Goodnight saisit son avant-bras et tira dessus si fort vers le haut qu'on le vit se déboîter de sa cavité. Le pistolet tomba de ses doigts, et il se tint le bras en hurlant pendant que Goodnight ramassait l'arme.

Goodnight abattit Papier de Cire à une distance si faible que de la fumée jaillit de ses cheveux, puis il se pencha et abattit exactement de la même manière l'homme qu'il avait déjà étendu raide.

Lorsqu'il revint vers nous, il articula un mot à mon attention, sans produire aucun son.

— Cole.

Il ramassa son Thunderer et le glissa dans son holster.

Cora comprit.

— Allez-y, dit-elle. Vous avez obtenu ce que vous vouliez de moi. Tous les deux.

28

SAM MONTE À CHEVAL

Nous filâmes à travers les Bottoms. Goodnight menait la marche à son allure rapide et ample, simiesque, quasiment quadrupède, chacun de ses pas en valant au moins deux des miens. Mes poumons me brûlaient, j'avais de la bile qui remontait dans ma gorge, je traînais ma jambe gauche, tiraillée par des crampes. Mais je le suivis. Et nous arrivâmes dans le centre-ville. Goodnight prit le premier fiacre qu'il vit, sautant à bord avant que le cocher ait le temps de protester.

— À Broadway, hors la ville, grommelai-je.

Nous nous enfonçâmes tous les deux dans les banquettes de cuir rouge sombre, suffisamment pour que nos têtes ne soient pas visibles.

— Pas sans argent, dit le cocher.

Goodnight plongea une main dans sa poche et lui jeta une pièce d'or.

Le cocher glissa la pièce dans sa poche de poitrine et fit claquer son fouet.

On fonçait dans les rues de Denver. Chalands, hommes d'affaires et cow-boys déguerpissaient de notre passage.

On était dans Broadway, juste à la sortie de la ville, quand je criai :

— Stop.

Le cocher tira fort sur les rênes, le fiacre tangua sur la chaussée.

C'était Cole, assis dans le fossé. Sa bicyclette en tas à côté de lui, roue avant hors du cadre, pliée en deux.

— Montez, dis-je.

— Il est cassé, dit Cole d'une voix pâteuse.

— Montez, répétai-je.

Les yeux de Cole luttèrent contre l'alcool, se concentrèrent.

— Qu'est-ce qui vous est arrivé, à tous les deux ?

— Montez dans le fiacre.

— Je peux pas laisser ma bicyclette.

— Les Pinkerton, dis-je.

Cole se leva et monta immédiatement.

— Fouette, espèce de fils de pute, dit-il.

Le cocher refit claquer son fouet. Le fiacre filait à toute allure. Il cahotait et cliquetait. Je m'agrippai, espérant que les vibrations ne le mettraient pas en pièces avant qu'on atteigne la maison de Cole.

Puis nous y fûmes.

Cole sauta du fiacre et se rua vers le brasier. Sa maison tout entière. Goodnight le suivit, courant tout aussi vite. Il rattrapa Cole, lui fit une clé au cou et l'éloigna violemment des flammes. Cole trébucha, tomba comme une masse à plat dos. Il se dépêcha de se relever et courut de

239

nouveau vers le feu. Goodnight l'attrapa par le col et le jeta à terre.

— Laisse-moi. (Cole tenta de se relever.) Espèce de fils de pute.

Goodnight pressa sa semelle sur sa poitrine.

La chaleur me traversait, plus abrasive que du papier de verre.

— Elle est pas à l'intérieur, dis-je.

— T'en sais rien, dit Cole.

Je montrai un coin de pelouse un peu à l'écart des flammes. Goodnight souleva son pied de la poitrine de Cole et Cole rampa jusqu'à l'endroit où le corps fumant de Betty gisait dans l'herbe. J'avais senti son odeur depuis le fiacre, l'odeur douce de la viande bien persillée. Elle était entièrement noire. L'air ondulait au-dessus de son corps.

Goodnight et moi laissâmes Cole et fîmes le tour de la maison. Rien. Nous allâmes voir la grange. Rien. Au bord du ruisseau, Goodnight s'accroupit. Des traces dans la terre meuble.

Cole parlait à Betty, caressait sa joue carbonisée. La chaleur lui brûlait la main, y faisait des ampoules. Il ne le remarquait pas. Ses yeux reflétaient l'holocauste.

Goodnight montra dix doigts.

— Ils sont partis depuis dix minutes, dis-je.

Goodnight tendit l'index.

— Ils sont partis à pied vers Denver en longeant le ruisseau.

Goodnight fit un geste circulaire puis il montra la route.

— Ils ont déjà fait le tour et ils sont sur la route.

Cole se leva et alla dans la grange. Les flammes de sa maison s'élevaient en tournoyant dans le ciel matinal.

Cole ressortit de la grange. Il menait ses deux chevaux d'attelage, non sellés. Et il portait un fusil à bisons de calibre 45-70.

Cole galopait devant, se balançant sur sa selle. J'étais avec Goodnight sur l'autre cheval. Je les vis à travers le nuage de poussière de Cole. Trois hommes marchant de front sur la route pleine d'ornières qui menait à Denver. Costumes gris et chapeaux de feutre sombres. Deux d'entre eux avaient un revolver à la main, mais le troisième ne portait rien. Ils paradaient presque. Marchaient d'un pas presque joyeux.

Ils n'entendirent Cole que lorsqu'il fut sur eux, tellement il fut rapide. Celui de droite entendit le galop, regarda par-dessus son épaule, et Cole fit feu sur lui. La cartouche pour gros gibier ne laissa rien de sa tête sinon un frêle échafaudage de sang et d'os qui s'effondra sur lui-même, projetant des petites éclaboussures lorsque le corps heurta le sol. Cole actionna le levier de sous-garde pour engager une nouvelle cartouche dans la chambre et fit un trou dans le dos de celui du milieu avant même qu'il ait le temps de tourner la tête pour regarder le premier tomber.

Le troisième homme, celui qui ne tenait pas d'arme, s'emmêla dans sa veste en essayant de dégainer son revolver. Cole fit pivoter le cheval avec ses genoux, retourna le .45-70 dans ses mains, et donna un violent coup de crosse dans la tempe de l'homme. Puis il sauta à terre.

Goodnight arrêta notre monture juste à côté d'eux.

Les yeux de Cole luisaient encore du brasier de sa maison.

— On n'a pas fait exprès, dit le détective.

Son feutre était tombé à ses pieds, à l'envers, sali par la poussière soulevée par Cole. L'homme était blond et avait un visage de jeune garçon boudeur.

Cole arma le fusil.

— Elle était ivre, poursuivit le détective. C'est elle qui a mis le feu à la maison. C'est pas du tout ce qu'on voulait faire. On n'avait même pas de chevaux. Vous croyez qu'on serait venus en tram si on avait voulu tout cramer chez vous ?

— Traîne-moi ce type sur la route, dit Cole à Good-night. Traîne-le-moi bien longtemps.

— Je veux voir ça, dis-je.

Mais Goodnight ne m'écouta pas.

Il n'existait pas de mot pour décrire l'expression de Cole lorsqu'il nous rejoignit. La flamme brûlante qui vacillait derrière ses yeux, le rictus au coin gauche de sa bouche. Il arrêta son cheval devant nous et resta silencieux une minute.

— Vous devriez rentrer à l'Usine, dit-il.

J'attendis que Goodnight réagisse. Je ne savais pas ce que j'attendais, mais je savais que ça viendrait de lui. Que le choix qu'il ferait serait aussi mon choix. Je leur avais déjà abandonné tant de mes choix qu'il m'était désormais impossible de les identifier, et il n'y avait aucune chance que je puisse en faire un différent maintenant.

Goodnight fit non de la tête.

Cole grimaça et il fut évident qu'il ne serait pas capable de dire quoi que ce soit d'autre avant quelques minutes. Lorsqu'il le fut, il dit :

— On a besoin d'argent.

29

SAM APPREND UNE THÉORIE VÉRIFIÉE
SUR LA NATURE HUMAINE

— Qu'est-ce qu'on fait là ? dis-je.

Nous étions au Red Light Saloon. Il n'y avait pas de bagarre en cours, mais l'endroit était encore bondé. Je suivais Goodnight et Cole, et m'efforçais de ne pas les perdre dans la cohue et la fumée. Ils communiquaient par coups d'œil et grognements.

— C'est quoi, le plan ? dis-je.

— On n'a aucune limite, petit, dit Cole.

— Aucune limite ? dis-je.

Puis je vis la porte du bureau d'Ed Chase. Et Sledge-hammer Jack posté devant. Il n'avait pas sa masse à la main. Elle était posée contre le mur à côté de lui. Il tenait un fusil.

— Je vous attendais, dit-il à Goodnight.

Goodnight pressa le pas. Jack fut surpris. Il essaya de lever son fusil comme il aurait levé sa masse. Ce n'était pas une grosse erreur, mais ce fut une erreur. Goodnight attrapa le canon et le secoua violemment. Le coup partit, dans le plafond. Une poussière de plâtre les recouvrit. Goodnight saisit la masse de son autre main et abattit sa tête de huit kilos sur le pied de Jack.

Jack poussa un cri aigu et lâcha le fusil. Goodnight cueillit Jack sous le menton d'un coup vif avec le bout du manche de la masse. Les dents de Jack explosèrent dans sa bouche. Goodnight fit tournoyer la masse dans sa main comme si elle ne pesait rien, et fracassa la tête de Jack d'un joli swing. Le crâne de Jack s'enfonça sous l'impact comme s'il était de glaise. Goodnight lâcha la masse, Jack s'effondra devant la porte.

Cole ramassa le fusil et tira un nouveau coup dans le plafond.

— Le bar est fermé, cria-t-il.

Les clients se ruèrent vers la porte.

Ed Chase était assis à son bureau, une bouteille de vin rouge débouchée posée devant lui sur l'habillage de cuir. Il sortit son cigare de sa bouche en gloussant.

— Messieurs, dit-il. Je suis un peu étonné de vous voir venir à moi de votre plein gré.

— D'ici qu'on ait fini, vous êtes pas au bout de vos surprises, dit Cole.

— J'en doute très fortement, dit Ed.

Dans sa cage, Chien, le singe, poussa un glapissement.

— Ne faites rien de bête avec vos mains. (Cole ferma la porte derrière nous.) Je suis prêt à prendre le premier prétexte que vous me donnerez pour vous abattre.

— Il s'est passé quelque chose.

À la façon dont Ed dit ça, on aurait cru qu'il commentait le temps qu'il faisait.

Cole donna son fusil à Goodnight.

— Il s'est passé quelque chose, y a aucun doute là-dessus, dit-il.

— On vous avait prévenu, et malgré cela vous avez continué, dit Ed. Je vous l'ai dit on ne peut plus clairement, mais vous, vous avez continué. Et maintenant vous voulez du sang.

— Et j'en aurai. (Cole sortit son couteau Bowie.) De quoi couvrir ces putains de murs.

— C'est vous qui avez fait ce choix. Vous seul. Moi, j'ai seulement essayé de jouer les intermédiaires. J'ai négocié pour vous, Cole. Je vous ai obtenu le meilleur arrangement que je pouvais. Tout ce que vous aviez à faire, c'était de vous arrêter.

— Continuez à m'expliquer que tout est de ma faute, dit Cole. Allez-y, continuez. Pendant ce temps, je réfléchirai à la question de savoir qui de vous ou du singe je tuerai en premier.

— Je vais dire les choses différemment, dit Ed. Vous croyiez qu'il se passerait quoi ? Le premier choix que vous avez fait, le choix de vous en prendre à eux, est le seul qui ait compté. Ça ne pouvait pas se terminer autrement. L'arrangement que je vous ai présenté a toujours été votre seule chance.

— Ouais, dit Cole. J'ai fait des choix. Mais d'autres que moi en ont fait eux aussi. Maintenant, à eux de voir ce que donnent les leurs.

— Je ne peux pas retourner leur parler, dit Ed. Je ne peux pas vous promettre grand-chose. De rester vivant, peut-être, si vous quittez la ville. Si on ne vous revoit plus.

— Ils ont brûlé ma maison, dit Cole. Ils ont tué ma femme.

— Qui ça ?

— Les Pinkerton.

Ed resta de marbre.

— Et vous croyez que j'ai quelque chose à voir là-dedans ?

— La dernière fois que nous nous sommes vus ici, vous m'avez dit que vous crameriez tout ce qui m'appartient. C'est mot pour mot ce que vous m'avez dit.

— Vos souvenirs vous trompent, dit Ed. Je vous ai dit que je lancerais la police de Denver contre vous. Ça n'avait rien à voir avec moi.

Les doigts de Cole s'ouvraient et se fermaient sur son couteau.

— Où est votre coffre ?

— C'est un cambriolage ?

— Absolument.

Ed se leva et haussa les épaules. Il ne semblait pas du tout inquiet. Mais de la cendre tomba de son cigare sur l'habillage en cuir de son bureau et il ne le remarqua pas.

— Où est-ce qu'on met toujours les coffres ?

— Derrière un tableau, dit Cole. Ou sous le bureau.

Ed poussa le bureau avec son pied. Il était grand et lourd, mais il bougea facilement, glissant sur un tapis prévu à cet effet. Et, pas d'erreur, il y avait là une petite trappe, aux jointures presque invisibles.

— Vous allez me forcer à l'ouvrir ?

Goodnight arma les deux chiens du fusil.

Ed souleva la trappe et actionna les molettes du coffre à combinaison. Il en sortit une liasse de billets et la jeta par terre, puis il en sortit une autre.

— Il y a combien, là ? dit Cole.

— Trois mille dollars. C'est tout l'argent que j'ai ici.

— Ça ira.

Goodnight fourra les liasses dans les poches de sa veste noire élimée.

— Je savais ce que vous étiez, dit Ed. Je l'ai su dès que je vous ai vu.

— Et qu'est-ce que je suis ?

— Vous ne pouvez pas plus vous empêcher de commettre des crimes qu'un nègre peut s'empêcher d'être demeuré, dit-il. J'ai une théorie sur le comportement humain. Une seule.

— Je vous écoute, dit Cole.

— Un homme peut vous dire ce qu'il veut. Mais ce qui compte, ce n'est jamais ce qu'il vous dit. Ce qu'il veut se cache dans ce que vous le voyez faire. Et pas ailleurs. Le reste n'est que du bavardage. Vous, par exemple, vous avez déclenché une guerre contre l'homme le plus puissant de Denver. Vous êtes parti en guerre contre lui et les siens en laissant votre femme seule. Jour après jour, nuit après nuit. Vous vouliez quoi, à votre avis ?

Cole cessa de respirer si parfaitement qu'il avait l'air d'avoir cessé de vivre. Puis il dit :

— Vous avez peut-être raison.

Et d'un geste ample et vif, il planta son couteau Bowie dans le cou d'Ed. Ed tenta de reculer, son sang jaillit de la plaie. Cole libéra la lame et la lui enfonça dans le ventre jusqu'à la garde. Ed gargouilla et s'effondra, saignant abondamment.

— Aucune limite, dit Cole.

Et pour une raison très étrange, Ed Chase essaya de le dire lui aussi. Comme si c'était la dernière chose qui remuait à l'intérieur de sa boîte crânienne.

— Aucune limite, essaya-t-il de dire.

Mais c'était surtout du gargouillis et du crachat.

Cole posa son pied sur le sternum de l'homme et reprit son couteau. Il essuya la lame sur le tissu de son pantalon.

On frappa à la porte. Il n'y eut aucune réaction en dehors du staccato des aboiements du singe, qui se tenait debout et arborait fièrement son scrotum bleu et son pénis rouge. Lorsque Goodnight fit feu, ça étala tout le singe sur les barreaux de la cage.

30

SAM SE FAIT SERMONNER

Lorsque nous quittâmes le Red Light Saloon, il se mit à pleuvoir. D'abord, ce furent de grosses gouttes grasses et rares qui heurtaient la poussière et se vaporisaient. Puis ça tomba plus fort, plus dru, et la rue se changea en un ruisseau chargé de grappes de crottin glissant vers les caniveaux. Nous prîmes une chambre dans un bordel pour nous mettre à l'abri.

J'étais nerveux, anxieux. Cole m'avait expliqué le plan. Nous allions quitter la ville. Et, me dit-il, je partais avec eux. Je n'avais pas le choix. Juste là, j'étais la dernière chose dont Cora avait besoin. Si je restais, les Pinkerton se feraient un plaisir de nous tuer tous pour se venger de lui et Goodnight.

Et je savais que Cole avait raison. Tout comme je savais qu'il fallait que je prévienne Cora que je partais.

Elle devait savoir.

J'étais allongé par terre dans la chambre du bordel, sur une paillasse que je m'étais faite avec une couverture.

— Je vois pas pourquoi je pourrais pas juste aller lui parler, dis-je. Dix petites putains de minutes.

Cole était assis dans le seul fauteuil, il regardait par la fenêtre.

— T'es plus futé que ça, petit.

— J'ai personne à mes trousses, dis-je. Et elle non plus.

— Les deux cadavres de Pinkerton devant l'Usine ? dit Cole. Ils risquent de se poser des questions, tu crois pas ?

Je fis un petit geste de la tête en direction de Goodnight, qui s'était mis sur le lit.

— C'est lui qui a fait ça.

— Tu la reverras, dit Cole. Quand tout sera fini, tu la reverras.

Puis il se remit à regarder par la fenêtre.

Quelques heures plus tard, ils dormaient tous les deux. Cole dans le fauteuil, bouche ouverte ; Goodnight sur le lit, comme une dalle de pierre.

Je traversai la chambre pieds nus, mes chaussures à la main, et sortis. Je m'abritai de la pluie en rasant le mur du bordel, enfilai mes chaussures, puis marchai aussi vite que je le pus, me mettant à courir en arrivant dans les Bottoms. La pluie fouettait sous un angle vicieux, le ciel bouillonnait de noir. J'avançai dans la boue.

J'arrivais au bord de la jungle de tentes quand quelque chose bougea à la marge de mon champ de vision. Je m'arrêtai en dérapant dans la boue et m'accroupis. Au même instant, les flics apparurent, se matérialisant en demi-cercle hors de la fumée et du brouillard. Certains avaient des matraques, d'autres des fusils, et tous portaient des capes en toile cirée pour se protéger de la pluie. Je m'aplatis sur le ventre, un œil au-dessus des herbes hautes.

Un garçon, âgé de guère plus de quinze ans, sortit du camp pour aller pisser et se cogna à eux en titubant comme un ivrogne. Un de ces bâtards le remit d'aplomb d'un revers de matraque et, d'un second coup, il fit cesser son cri étouffé par la boue. Puis les quatre flics furent sur lui, le couvrant comme une grande toile cirée tout agitée de coups.

— Tirez-vous tous, hurla une voix depuis la jungle des vagabonds.

— Tout le monde décampe, hurla une autre.

Les clochards jaillirent hors des tentes et des cabanons pour filer dans la nuit. Ça ne servit à rien. Les plus rapides furent cisaillés par les tirs de fusils, puis laissés là à glapir dans la boue ; les plus lents se firent matraquer.

En quelques minutes, tout fut fini. Il n'y avait plus que des gémissements qui sortaient de la boue et le bruit mat des coups de bâtons contre des corps inertes. Puis les flics renversèrent d'un coup de pied un brasero que les clochards avaient installé sous une toile tendue pour y faire la cuisine, et ils se mirent à jeter les tentes dans les flammes.

— Faut y foutre toutes les tentes, cria un des flics. On veut plus voir un seul clodo dans les Bottoms.

Je courus à l'Usine. Je gravis quatre à quatre les marches grinçantes de l'escalier de métal et arrivai sur le toit.

Où Cora devait être.

Où Cora n'était pas.

Il n'y avait personne.

Le toit avait été nettoyé de toute trace de tout le monde.

Les lumières vives de Denver brûlaient et tourbillonnaient au-dessus du parapet.

Il pleut, espèce d'idiot. Descends.

Mais ils n'étaient pas en bas.

J'allai voir dans le trou.

Il était vide.

Ils n'étaient nulle part.

Et puis je sus exactement où ils étaient. Et ce que Cora avait en tête lorsqu'elle nous avait dit cette dernière chose, à Goodnight et à moi. Comme quoi nous avions obtenu ce nous voulions d'elle.

Le pasteur Tom était à son bureau, en train d'écrire dans un registre. Lorsqu'il me vit dégoulinant de pluie sur le seuil de sa porte, sa main qui tenait le crayon se posa sur la page en un geste étudié, comme abaissée par une grue très lente.

— Raconte-moi, dit-il. J'ai hâte de t'entendre me raconter un peu tout ça.

— Je suis juste venu voir Cora, dis-je.

Son visage enfla et devint aussi violet qu'une aubergine, mais il parvint à contenir la rage qui avait causé ça.

— Réfléchis bien à ce que tu fais, fils.

— Je réfléchis très bien.

— Non. Tu ne réfléchis pas du tout. Tu crois que je ne sais pas où tu étais ? Ce que tu as fait ? Tu as déclenché une guerre contre tous les puissants de Denver, et maintenant, tu la rapportes ici ? Tout droit jusqu'à Cora ?

— J'ai rien déclenché du tout.

— Je t'avais prévenu. Tu t'es mis avec eux. Chaque coup stupide qu'ils jouent est maintenant aussi le tien. Tu es infecté, et tu vas transmettre cette infection à Cora.

— Putain de merde, dis-je. Putain de vous.

— Je sais, dit le pasteur Tom. Je sais, fils.

Je vibrais. Je sentais les larmes monter. Je savais qu'une fois qu'elles sortiraient, je ne pourrais plus les arrêter.

— Vous savez rien du tout.

— Si, je sais. Et je sais que ça ne change rien.

Puis je pleurais. Debout, là, frissonnant comme si j'avais de la fièvre, le visage ruisselant de larmes.

Il attendit que je me reprenne. Puis il dit :

— Sais-tu comment je l'ai rencontrée ? Cora ?

Sa voix était presque douce.

— Je veux juste la voir, dis-je.

— Je comprends ça. J'essaie de te dire pourquoi tu ne devrais pas.

— Vous me convaincrez pas, dis-je.

— Je marchais le long de la voie ferrée, dit-il. Il faisait nuit. Je traquais les vagabonds pour les inviter à venir dans l'église. Je l'ai vue, avec deux de ses orphelins, qui marchaient dans l'autre sens. Ils portaient des sacs de victuailles. Ils étaient montés dans un train de marchandises plein de boîtes de conserve et de produits alimentaires, et quand le train s'était mis en branle, ils avaient ouvert la porte et balancé tout ce qu'ils avaient pu. J'ai entrevu son visage à la lueur de ma lanterne, et puis je n'ai plus vu que les talons noirs de ses chaussures. Mais tu connais ce visage.

Ma gorge palpita, saturée.

— Vous l'avez traquée.

— Pas ce soir-là. Je savais qu'une fois qu'ils auraient atteint les Bottoms, je ne les retrouverais plus. Mais je savais aussi qu'ils ne pouvaient pas venir de très loin. Alors, après ce soir-là, nuit après nuit, j'ai arpenté les berges de la rivière. De campement en campement. Et puis, comme ça, je suis tombé sur un des enfants que j'avais vus avec elle. Il a tenté de s'enfuir, mais je l'ai attrapé par le col. Et il m'a emmené à l'Usine. Ils étaient sur le toit. Tu sais ce qu'il y avait, en bas ?

— Je sais même pas pourquoi vous parlez.

— Des clochards. Des dizaines de clochards, qui rôdaient dans la nuit. Ils étaient comme des chiens sauvages. Sur le toit, Cora touillait quelque chose dans une marmite, sur un feu. Elle ne devait pas avoir neuf ans, et il n'y avait que trois petits avec elle, tous plus jeunes. "Ça sent bon", je lui ai dit.

"Elle a failli renverser la marmite en entendant ma voix. Elle s'est reprise, et s'est lissé une mèche de cheveux derrière l'oreille. C'était la première fois que je voyais vraiment ses yeux. 'Vous êtes qui, putain ?' elle a dit.

"'Je suis venu vous faire sortir de cette Usine', j'ai dit. 'Vous tous, autant que vous êtes.'

"Elle a ri.

"'Je ne disais pas ça pour rire', j'ai dit. 'Prenez ce que vous avez à prendre. Vous venez avec moi.'

"'On va nulle part', a dit un des garçons.

"Je n'ai pas pris la peine de lui répondre. C'est à Cora que je parlais. 'C'est quand, la dernière fois qu'ils sont venus jusqu'ici, sur le toit ? Les hommes qui rôdent en bas ?'

"Elle a frémi. C'était imperceptible, mais elle a frémi. Puis elle s'est remise à touiller sa marmite sans me répondre.

"'Ils sont comme des chiens qui tournent autour d'une chienne en chaleur', j'ai dit. 'Vous allez devoir payer un loyer pour garder votre toit, si ce n'est pas déjà le cas. Et toi, tu n'as qu'une seule monnaie d'échange.'

"'On peut la protéger', a dit le garçon.

"'Non, vous ne pouvez pas.' Je me suis approché d'elle. 'Prenez ce qui vous appartient. Ou ne prenez rien du tout. On a des vêtements. De la nourriture. Des livres.'

"Elle a refait son petit geste avec sa mèche, mais ça n'a pas marché. La mèche n'est pas restée coincée derrière l'oreille.

"'Et après c'est à vous que je devrai payer le loyer?' elle a dit.

"J'ai fait encore un pas vers elle. J'ai repoussé sa mèche pour elle. 'Je ne loue pas', j'ai dit.

"'Tirez-vous de mon toit', elle a dit.

"Alors je suis parti. Je l'ai laissée. Mais le soir suivant j'ai pris dix des hommes les plus forts parmi ceux que je nourris, et on est descendus dans les Bottoms. J'ai fait savoir à tout le monde que s'il arrivait le moindre mal aux gamins qui vivaient sur le toit de l'Usine, les responsables auraient affaire à moi.

Ma poitrine était fine et vide.

— Ils nous ont quand même attaqués, dis-je. Ils ont quand même voulu nous prendre l'Usine.

Il hocha la tête.

— Les nouveaux arrivants, oui, de temps en temps. Mais ils ne le faisaient jamais deux fois. Vos ruses et vos pièges ne les auraient pas bernés deux fois. Tu ne t'es jamais demandé pourquoi? Ni pourquoi ils n'étaient pas plus nombreux que ça? Cette Usine, ce n'est pas toi qui l'as gardée, Sam. Ce n'est pas Cora non plus. C'est moi qui l'ai gardée pour vous.

— Alors pourquoi vous arrêter ? dis-je. Pourquoi ne pas les laisser vivre là-bas ?

— Tu connais la réponse à cette question. (Son visage n'était plus en colère.) Ce que tu as rapporté là-bas avec toi, c'est au-delà de ce contre quoi je peux vous protéger. Aussi sûrement que Joseph était l'ombre de notre Seigneur.

— Alors c'est votre Dieu qui les tue, dis-je. Je connais cette histoire.

— Ils n'ont plus besoin que quelqu'un les protège, dit-il. Ils ont besoin que quelqu'un les vaccine. Ce que tu as rapporté se transmet comme une maladie. C'est ça que tu n'arrives pas à voir. Il faut qu'on leur apprenne à vivre une vie vraiment vivable.

— Je crois qu'Ulysses trouverait à y redire, dis-je. Je crois qu'après avoir grandi dans une de vos écoles et reçu votre vaccin, il pourrait bien ne pas être d'accord.

— Je sais ce qu'il a subi, dit le pasteur Tom. Et je sais combien sa vie risque d'être brève s'il n'apprend pas à s'intégrer dans le monde des Blancs. C'est la même vie qui attend tous les autres, tu peux en être sûr.

— Il y a d'autres façons de vivre.

— C'est ce que tu crois, mais tu te trompes. (Il se replongea dans son registre.) Elle est dans la cuisine.

Je trouvai Cora assise sur un tabouret, en train de peler des pommes de terre avec un long couteau de cuisine qui avait tellement été aiguisé que le fil de sa lame était concave. Lottie était avec elle, et travaillait avec un couteau à fruits tout aussi usé.

— Je t'avais dit que j'étais prête à tout pour les protéger, dit Cora en faisant glisser la lame de son couteau autour de sa pomme de terre.

J'eus l'impression que mes jambes allaient s'évaporer sous moi.

— Je sais.

— Allez, va, dit Cora à Lottie. Va dans l'autre pièce avec Rena.

Lottie posa son couteau et fit ce qu'on lui demandait.

— Ils ont tué la femme de Cole, dis-je. Ils l'ont rôtie vivante.

Cora donna un petit coup de couteau et la pelure tomba sur le tas à ses pieds.

— Vous les avez poussés à le faire. Toi, Cole, Goodnight.

Un caillot dans ma gorge m'empêchait de parler. Il me fallut une minute avant de pouvoir sortir un mot.

— C'était pas moi, dis-je.

— T'as pas d'excuses, dit-elle.

— C'est juste des choses qui se sont enchaînées, dis-je.

Elle trancha un bout pourri de la pomme de terre aussi nettement qu'on tranche le faux col de mousse d'un verre de bière.

— Tu crois que ça te rend différent de tous les autres ? (Nouveau tranchage très vif, nouveau bout noir de pomme de terre qui tombe.) C'est toi. C'est toi qui les as fait entrer.

31

SAM PREND UN TRAIN

VOUS POUVEZ PASSER votre vie entière à chercher le mensonge qui a fait de votre vie ce qu'elle est. Presque tous ceux qui atteignent mon âge le cherchent. Mais moi je sais ce que c'est. Je connais le mensonge à l'origine de chaque mensonge que j'ai pu entendre tout au long de ma vie. Y a pas grand monde qui peut en dire autant.

Je sais ce que c'était, et je sais qui me l'a dit. Et Cora aussi, elle le savait. Elle fut la première à reconnaître le mensonge du pasteur Tom pour ce qu'il était. Quand il disait que si nous le rejoignions, il pourrait nous apprendre comment vivre dans le monde. Que c'était possible d'apprendre ça.

Tu les enseigneras à tes enfants, et tu leur en parleras quand tu seras dans ta maison, quand tu iras en voyage, quand tu te coucheras et quand tu te lèveras. Le cheminement d'un enfant vers l'âge adulte, vers le Monde des Crânes de Nœud. Le cheminement moral d'un homme. Le pasteur Tom pouvait parler de ça jusqu'à ce que votre cervelle vous sorte par les oreilles.

Cora ne s'y est jamais fait prendre.

Moi si.

Je ne crois pas que Cora ait fait confiance à qui que ce soit pour ce qui était des petits. Jamais. Elle leur donnait sa vie à pleines pelletées. Moi aussi. J'avais été de ceux qui barbotaient dans la bouillasse de fruits pourris au bord de la Platte. J'avais onze ans, et j'étais déjà tellement carbonisé et tellement épuisé que je n'avais plus de forme, je me fondais dans la bouillie. Et là, j'avais senti une main se poser sur mon bras ; c'était la main de Jimmy. Il m'avait extirpé du tas d'ordures puis il m'avait guidé jusqu'à l'Usine.

Cora était en train de plumer un poulet.

— Salut, avait-elle dit.

Ses yeux sans fond, la façon dont sa bouche se changeait en sourire. Ce sourire. En cette infime seconde, elle venait d'évider un espace dans mon cœur et d'y emménager.

Il n'y a jamais eu d'autre fille comme Cora, et il n'y en aura jamais. Je ne peux pas imaginer un monde dans lequel personne ne pense à elle, et je suis le dernier à pouvoir le faire. Le dernier à savoir ce que ça fait de la regarder rouler une cigarette. La façon qu'elle avait de la fumer jusqu'à se brûler les doigts, puis de la jeter, où qu'elle soit, à l'intérieur, à l'extérieur, et d'écraser la braise du bout du pied.

Parce que le pasteur Tom peut aller se faire foutre.

Je le hais comme je n'ai jamais haï personne.

Il y a des gens qui aiment penser que le monde est devenu meilleur pour telle ou telle raison, mais ça ne vous renseigne pas sur le monde, ça vous renseigne seulement sur eux. La somme des souffrances dans le monde ne varie

pas. Je ne pense même pas qu'elle connaisse de marées.
Rien ne change sinon les circonstances.

Ni Goodnight ni Cole ne remarqua que je m'étais éclipsé
pour aller voir Cora. Alors le lendemain matin nous
prîmes un tramway pour traverser Denver, descendant à sa
frontière sud. Nous marchâmes sous la pluie. Au bout de
trois ou quatre kilomètres, nous arrivâmes à une petite
épicerie. Il y avait trois ouvriers du rail assis sur le perron
affaissé, qui fumaient des cigarettes en regardant les
grosses gouttes s'abattre sur la piste de terre.

Nous tapâmes nos chaussures contre le seuil pour faire
tomber la boue, puis nous entrâmes, Goodnight en premier. Derrière le comptoir, une grosse femme blonde fixa
Goodnight avec des yeux qui suppuraient comme des
pustules. Elle essaya de dire quelque chose à quatre ou
cinq reprises, mais n'y parvint jamais.

Au comptoir, Cole attendait qu'elle ait fini de gargouiller.

— Vous avez des sardines ? dit-il.

— On a des sardines, dit-elle.

— Donnez-moi deux boîtes de sardines et des biscuits
salés.

Elle alla lui chercher les sardines et les biscuits. Sans
jamais cesser de fixer Goodnight. Ça semblait plus fort
qu'elle. Elle posa les sardines et les biscuits sur le comptoir, toujours en le fixant.

— Vous savez à quoi vous ressemblez, à le reluquer
comme ça ? lui dis-je.

Elle secoua la tête. Son menton tremblota comme de la
graisse de boucherie.

— Vous ressemblez à un poisson. Un poisson-chat. Un de ces gros poissons qui se nourrissent sur les fonds. Voilà à quoi vous ressemblez, à le reluquer comme une débile.

Quelque chose se produisit dans la gorge de Goodnight. On aurait dit un ricanement.

— Ah oui ? dit-elle. Ah oui ? (Elle gargouilla de nouveau.) Et lui, vous savez à quoi il ressemble ?

— Il sait à quoi il ressemble, dis-je.

Nous sortîmes de l'épicerie et marchâmes jusqu'à ce que nous trouvions une voie de chemin de fer, et puis nous la suivîmes. Goodnight traquait quelque chose. Une chose qu'il finit par trouver. La fumée d'un feu de bois s'élevant en fines volutes sous la pluie. Nous nous frayâmes un chemin dans les fourrés jusqu'à une clairière, et un abri de fortune fait en traverses de rails. Trois murs, un toit couvert de plaques de tôle. Goodnight se pencha et entra.

— Y a de la place pour deux de plus ? dit Cole en le suivant, pénétrant dans le noir.

— Ça oui, répondit une voix. Et vous êtes les bienvenus.

L'air était lourd de l'odeur des vagabonds, de leurs couvertures et de leurs chaussures. Deux silhouettes informes se tenaient pelotonnées contre un mur, et un troisième homme dormait. Au milieu du sol en terre battue brûlait un lumignon fait d'une tasse en fer-blanc remplie de graisse de bacon et d'une mèche en chiffon. Elle fournissait fort peu de lumière et pas du tout de chaleur, mais beaucoup de fumée. Je me faufilai entre les hommes dans le petit abri jusqu'à trouver un coin à l'écart des fuites d'eau.

— Tenez, dit le clochard qui nous avait accueillis. (Il fit claquer une cruche dans les mains de Goodnight.) C'est de la gnôle.

Il portait un gilet noir élimé sous une veste grise en grosse toile, et il parlait d'une voix fluette, avec un accent de Nouvelle-Angleterre.

Goodnight but et me passa la cruche. Je bus. L'alcool descendit dans mon gosier en bouillonnant puis fit une petite flaque au fond de mon ventre. Je penchai la tête en arrière et laissai la pluie tomber sur mon visage entre les traverses de rails. Puis je bus une autre gorgée, plus longue. Cole me prit la cruche avant que je puisse en boire plus.

— Vous allez où ? demanda un des autres clochards.

Il avait l'accent de l'Ohio et fumait une petite pipe courte.

— Frisco, dit Cole.

— Frisco, répéta Ohio. Faites attention. Z'aurez pas mal de vilaine route, d'ici Frisco.

— De la vilaine route ?

— De la vilaine route.

J'essayais d'extraire une sardine de la boîte avec mes doigts.

— Ça veut dire quoi, de la vilaine route ?

— Ça veut dire le genre de truc qu'on lit dans les journaux à propos de clochards qui s'endorment et qui passent sous les roues d'un train, dit Nouvelle-Angleterre.

— Parce qu'ils tombent du wagon ? dis-je.

— Parce qu'y a un garde de la compagnie de chemin de fer qui les surprend alors que le train roule et qu'ils peuvent pas sauter. Parce que le vigile attache une broche d'attelage à un bout de corde de cloche et jette la broche sur la voie. À cent kilomètres-heure, la broche ricoche sur les traverses comme une balle de fusil. Ce qu'il reste du clochard glisse sur les rails et se fait broyer par les roues. Voilà.

Il se tut. Tout le monde se tut.

Je laissai l'alcool faire son effet. Je fermai les yeux et pensai à Cora. J'écoutais la pluie ; elle faiblit puis cessa, et il n'y eut plus que le lent flic-floc des gouttes tombant des peupliers. Puis une chouette me tira de ma rêverie, poussant son cri. *Ouh-ouh, où mangez-vous, où mangez-vous, ouh ?* Autour de moi, les clochards ronflaient tous. Puis je m'endormis.

Puis j'étais éveillé.

Une main calleuse se pressait contre ma bouche, et on me tirait à reculons hors de l'abri. L'homme parla tout contre mon oreille.

— Fais un seul bruit et je te tranche ta putain de gorge.

C'était Ohio.

Il me traîna sous les arbres. Je n'arrivais pas à tenir sur mes pieds. Ils glissaient dans la boue.

— Je suis pas votre putain de danseuse, dis-je.

— Ferme ta gueule, dit-il.

Il me colla contre un arbre. Il avait un couteau. Il était plus laid que je l'aurais cru possible. C'est toujours laid, les trucs de l'Ohio. Il allait dire autre chose. Mais il vit mon visage et il se tut.

Goodnight avait déjà sorti sa matraque. Elle s'abattit sur le crâne du clochard en faisant un bruit sec répugnant.

Le clochard tituba, ne tomba pas. Goodnight lui asséna deux autres coups de matraque, les deux sur la tempe droite. L'œil droit de l'homme était injecté de sang ; il s'effondra, mettant un genou à terre. Goodnight attrapa la main dans laquelle il tenait le couteau et la tordit jusqu'à ce que des os se brisent. Puis il sortit son pistolet et tira une balle dans la mâchoire de l'homme. La bouche du canon ripa contre la chair sous l'effet de la secousse.

— Putain de merde, dis-je. Putain de merde.

Les autres clochards sortaient de la cabane. Ils nous regardèrent d'un air éberlué, sans rien faire d'autre.

— Qu'est-ce que c'est que ce bordel ? dit Cole.

Goodnight ne répondit pas. Il était en train de fouiller les poches de l'homme.

Le danger était partout. Ma tête n'était qu'un grand chaos.

Goodnight trouva un carnet. Il l'ouvrit, y jeta un coup d'œil, puis le jeta en direction des autres clochards.

Et là je compris.

— C'est un Pinkerton, dis-je.

— Évidemment, dit Cole.

Goodnight pencha la tête comme un petit chien.

— Qu'est-ce qu'il y a ? dis-je.

Puis je le sentis aussi. Un grondement dans la terre, qui me remontait dans le ventre, où il resta, piégé, s'intensifiant.

Goodnight tendit le doigt.

Ce fut d'abord une petite lueur fugace, comme une étincelle dans le lointain. Puis comme une braise de cigarette. Puis comme une lanterne.

Goodnight me donna une tape sur le bras pour que je le suive et partit en courant vers la voie de chemin de fer.

Le train siffla. La lumière était maintenant une explosion. Le train roulait lentement dans l'ascension de la côte sur laquelle se trouvait le campement des vagabonds. Le moteur peinait terriblement. C'était exactement pour cette raison que le campement des vagabonds se trouvait là.

Goodnight laissa passer la locomotive, puis il attrapa Cole presque à bras le corps et, tout imposant que Cole était, il le jeta dans l'espace noir entre elle et le tender. J'étais toujours en train de courir, luttant pour ne pas trébucher. Goodnight m'attrapa par le bras et me hissa à bord, me cala contre la locomotive et m'y maintint en place en faisant écran avec son corps. Il m'enleva ma casquette par-derrière et la fourra dans ma chemise.

Les cendres, les escarbilles, la fumée de charbon rugissaient au-dessus de nous. La rouille s'enfonçait dans la chair de mes mains. Le train arriva au sommet de la côte, puis dévala la pente ; le vent puissant faisait claquer nos vêtements. Le train fonçait dans la nuit en hurlant ; dans le ciel, une gigantesque masse de nuages gris bouillonnants ressemblait au reflet torturé des plaines ondoyantes du Colorado sur lesquelles nous roulions. La campagne filait de part et d'autre en un paysage halluciné. De temps à autre, on percevait un bref éclat de lumière lâché par une maison fantôme. Étincelle dans le néant, aussitôt disparue. Signaux de détresse avortés lancés par les foyers.

La fumée de charbon m'abrasait les yeux et la gorge. Les escarbilles me faisaient des trous dans le visage, se nichaient encore brûlantes dans mes vêtements, dans mes cheveux. Et tandis que le train filait à toute vitesse, je voyais que Goodnight souriait. Et moi aussi, je souriais.

32

SAM DÎNE AVEC SALT CHUNK MARY

POCATELLO ÉTAIT une ville de chemin de fer prise sur les terres de la réserve indienne de Fort Hall dans le seul but de desservir l'Oregon Short Line Railway Company. Ce qui en faisait le repaire naturel de tous les détrousseurs de train et de tous les hors-la-loi à l'ouest du Mississippi. Les trains les y menaient, et la réserve leur offrait un endroit où s'enfuir. Et tout s'y déroulait sous la férule de Salt Chunk Mary. Elle dirigeait la ville entière. C'était le genre de chose que même des orphelins de Denver savaient.

Dans le train, à mesure que nous approchions, la bonne humeur de Goodnight se volatilisait comme la fumée dans le vent, et lorsque nous sautâmes à terre à Pocatello, elle avait complètement viré au noir. Mais ça ne ressemblait pas tout à fait à son humeur noire habituelle. Il n'avait pas l'air prêt à attaquer le monde à la carotide. Son chapeau mou tiré bas sur la tête, il parcourait des yeux tous les coins de la gare. Il paraissait anxieux.

Les rues en terre battue venaient de se faire rincer par la pluie, et les habitants de Pocatello commençaient à s'ébrouer dans la lumière du matin. Lorsque nous arrivâmes au Board of Trade Hotel & Bar, nous n'entrâmes pas dans la lumière alcoolisée du saloon, mais fîmes le tour par une petite ruelle, puis traversâmes une cour basse et boueuse sur une série de planches. Nous arrivâmes devant une porte contre laquelle Goodnight frappa un code rapide.

— C'est ouvert, dit une femme.

On entra. D'abord Goodnight, puis Cole, et enfin moi.

C'était une cuisine. Il y avait une cuisinière à bois noircie de fumée, sur laquelle bouillonnait une grosse marmite graisseuse. Et une femme imposante, assise à la table, en train de lire un journal, ses cheveux gris et marron tirés en arrière et sévèrement maintenus par un garrot de ficelle. Elle était habillée comme une mennonite.

Goodnight ôta ses chaussures et sa veste sales, nous faisant signe à Cole et moi de l'imiter. Il accrocha sa veste à une patère.

Nous restâmes là debout sans vestes ni chaussures et la laissâmes nous observer.

— Il te reste une moitié de visage, dit-elle. (Sa voix était sèche comme une vieille cigarette.) Asseyez-vous.

Nous nous assîmes. Goodnight sortit son carnet et son crayon.

— Ça t'a aussi bousillé la langue, dit Mary. (Ce n'était pas une question.) C'est qui, ton ami ?

— Cole Stikeleather, dit Cole. Vous êtes un modèle pour nous tous, madame.

— J'ai entendu parler de vous, dit Mary. Et le garçon ?

— Lui, c'est personne, dit Cole. Bonne nuit, petit.

— Les gosses aussi peuvent être de la flicaille.

— Pas lui. Il s'appelle Sam.

— Il y a un bouton sous cette table. (Elle parlait à Goodnight.) Il est relié à une cloche dans le bar. Si je l'actionne, trente hommes déboulent ici avant que vous ayez le temps de dire bouh. Compris ?

Goodnight fit oui de la tête.

— Ça fait un an que je ne t'attends plus, dit-elle à Goodnight. (Puis à Cole :) Il était avec vous, tout ce temps-là ?

— Non, madame, dit Cole. Il a refait surface à Denver il y a quelques mois de ça.

— À Denver ? dit-elle.

— Il a atterri dans les Bottoms, dit Cole. C'est là que je l'ai trouvé.

— Dans les Bottoms, dit-elle. Goodnight.

Goodnight ouvrit son carnet, mais il n'écrivit rien.

— Tu t'attendais à la trouver ici ? dit-elle à Goodnight. Tu étais avec elle, Goodnight.

Goodnight n'écrivait toujours rien.

— Lève-toi, dit Mary.

Goodnight se leva. Il avait l'air d'être comme nu, de son côté meurtri.

— On ne vous demande rien qu'on ne puisse pas payer, dit Cole.

— La ferme, lui dit Mary. Ça a sauté alors que t'étais pas prêt ? dit-elle à Goodnight.

Goodnight fit oui de la tête.

— Elle était entre toi et le coffre ?

Goodnight fit oui de la tête.

— Ce côté-là. (Mary montra du doigt son côté non meurtri, le bon côté.) Elle se tenait de ce côté-là ?

Goodnight fit oui de la tête.

— Assieds-toi, dit Mary.

Il s'assit.

— Tu aurais dû venir me voir quand ils t'ont libéré d'Old Lonesome. (Elle avait toujours une main sous la table.) C'est ça que t'aurais dû faire. Tu avais une dette envers moi, Goodnight.

Il refit oui de la tête.

— Alors dis-moi, bon sang, où est-ce que t'es allé, pendant toute cette année ?

Il écrivit. Son crayon grinçait sur le papier. J'eus l'impression que ça lui prit très longtemps. Son mot disait : *Dans des endroits où elle est allée.*

— Tu es un idiot.

La tête de Mary vibrait de façon étrange, comme quelque chose sur le point de bouillir. Puis ça se calma. Elle sortit sa main de sous la table.

— Tu as faim, petit ? me dit-elle.

— Ça va, dis-je. (Et Goodnight me donna un coup de pied sous la table, alors je poursuivis :) Mais je veux bien manger quand même.

Elle se leva et servit trois grands bols de haricots au lard qui mijotaient dans la marmite. Elle en posa un devant chacun de nous, puis commença à servir du café d'une cafetière en porcelaine bleue.

— Vous êtes venus pour affaires ? dit-elle.

Goodnight écrivit : *On a besoin d'une chambre.*

— Ils sont vraiment très gros, les ennuis que vous avez ? dit-elle.

— Si c'était de la caillasse, faudrait plus qu'un wagon pour les charrier, dit Cole.

Elle nous donna chacun une tasse de café et s'assit à table avec nous.

— J'ai des oreilles partout. Ils l'avaient mérité ?

— C'étaient des Pinkerton.

Elle sirota son café. Elle ne prenait ni lait ni sucre et n'en proposa pas.

Goodnight écrivit : *On a besoin de repos. On paiera.*

— Oui, vous paierez, dit-elle. Quoi d'autre ?

Goodnight écrivit : *Nitroglycérine.*

Elle le regarda. Puis elle tourna la tête et regarda le mur, les yeux pleins de tristesse. Puis elle le regarda de nouveau.

Goodnight tapota sur ce qu'il venait d'écrire.

— Combien ? dit-elle.

Il écrivit quelque chose et le lui montra.

— Je ne pourrai pas t'en avoir autant, dit-elle. Pas avec tous les voleurs que je dois fournir. Mais je peux te trouver autant de dynamite que tu veux. Tu sais ce que ça veut dire ?

Il fit oui de la tête.

33

SAM JOUE LES INFIRMIÈRES

Ni Cole ni Goodnight ne voulut me dire ce qu'ils avaient en tête, mais apparemment ça impliquait que Goodnight soit sevré. Alors nous nous terrâmes dans une chambre du Board of Trade, et Goodnight décrocha de l'opium. Moi, je faisais l'infirmière.

D'abord, ce fut la diarrhée. Des jours entiers de diarrhée. Ses tripes qui explosaient, faisaient branler le lit à cadre en fer. Moi qui changeais les draps, vidais les pots de chambre, lavais le sol quand ça éclaboussait. De temps à autre, il essayait de me sourire, mais c'était une grimace de mort. Ça devint tellement dur que j'en vins à lui demander s'il ne voulait pas prendre un peu de laudanum. Juste pour que la diarrhée cesse, bon sang. Il ne me répondit pas en écrivant. Il se contenta de lever la main droite, tremblant comme s'il avait une maladie nerveuse. Je ne lui demandai pas deux fois.

Puis ce fut la fièvre. La chair de poule sur tout le corps. Il ne supportait plus que quoi que ce soit le touche. Je le couvrais d'un drap, ça le rendait fou, à frapper dans les murs à grands coups de pieds. Un matin, alors que j'arrivais avec une bassine pour le laver, il me donna une claque derrière la tête. Je déguerpis et trouvai Salt Chunk Mary dans le couloir.

— Ferme la porte, dit-elle.

Je posai la bassine par terre et je fermai la porte, doucement. Pas assez doucement. Le loquet cliqueta, puis il y eut un grand bruit de casse. Goodnight venait de balancer un truc contre le mur.

— Comment va-t-il? dit-elle.

— Vous l'entendez.

— J'ai entendu, mais comment va-t-il? Est-ce qu'il gagne en sûreté?

— Est-ce qu'il gagne en sûreté? (J'y réfléchis.) Je suis pas trop sûr de savoir.

— Tu sais ce que c'est, la dynamite?

Je m'apprêtais à lui faire oui de la tête, mais c'était ridicule de vouloir même essayer. Alors je lui fis signe que non.

Ses yeux me toisèrent comme des yeux de flic.

— Il va avoir besoin de ton aide pour récupérer ça.

— Je vois pas du tout de quoi vous voulez parler. Et encore moins comment je pourrais l'aider à le récupérer. On me dit jamais rien.

— C'était le meilleur que j'aie jamais vu. Peut-être le meilleur qu'ait jamais existé. Et il a besoin de retrouver ce niveau-là pour faire ce qu'il a prévu de faire.

— Prévu de faire? dis-je. Prévu de faire quoi? Bon sang, j'aimerais vraiment qu'on me dise un peu ce qu'on prévoit de faire. On dirait que vous parlez tous une sorte de code de Crânes de Nœud.

Ses yeux se mirent à danser comme si elle était sur le point de sourire. Mais elle ne sourit pas.

— Crâne de Nœud ?

— C'est juste un truc qu'on dit. C'est comme ça qu'on appelle les adultes.

— C'est bien trouvé, dit-elle. (Puis elle me regarda une minute sans rien dire.) Est-ce que tu sais ce qui lui est arrivé ?

— J'aimerais qu'on me dise les choses.

— Il avait une fille, lui aussi. Comme la tienne.

— La mienne ?

— Comme ta Cora.

Mes yeux se gonflèrent, s'exorbitèrent, je crus qu'ils allaient exploser.

— Putain, mais qui vous a parlé de Cora ?

— Ne va jamais t'imaginer qu'il puisse y avoir des choses que je ne sais pas, dit-elle. Et ne va pas non plus croire que tu es le seul à avoir jamais éprouvé ce que tu éprouves pour une femme.

J'essayai de me figurer Goodnight avec une femme. Je restai bredouille.

— Elle s'appelait Bee, dit Mary. Ils s'occupaient d'un coffre-fort, à Lawrence. Il avait déjà versé toute la nitro-glycérine, la dynamite et la mèche étaient prêtes, et il était en train de reculer pour s'éloigner quand les Pinkerton ont fait irruption dans la pièce en fracassant la porte. Ils ont tous les deux bondi, mais elle, elle a bondi devant lui.

— Et le coffre a explosé ?

— Le coffre a explosé. Il n'avait même pas allumé la mèche. Ça peut arriver, avec la nitroglycérine. Elle était à moitié devant lui. Tu sais à quoi ressemble l'autre moitié.

L'idée remonta lentement le long de ma moelle épinière.

— Ça peut juste arriver, comme ça ?

— Si t'as pas le geste sûr. Ou s'il se produit une chose que tu ne contrôles pas, comme quelqu'un qui déboule en fracassant la porte. La moindre secousse peut déclencher l'explosion, et tu ne peux contrôler que ce que tu peux contrôler. C'est-à-dire pas grand-chose.

J'eus la furieuse envie de peler le haut de mon cuir chevelu pour le rabattre sur mon cou.

— C'est une chose à laquelle il serait bon que tu réfléchisses.

Et elle partit.

Effectivement, j'y réfléchis. Je ne voyais pas du tout ce qu'elle essayait de me dire, mais comment peut-on ne pas réfléchir à quelque chose d'aussi énorme ? Je n'arrivais pas à me le sortir de la tête, pendant que je m'occupais de Goodnight et le voyais souffrir. J'essayai d'imaginer la chose en m'y mettant avec Cora. Tout est prêt pour qu'on fasse sauter le coffre, et la porte s'ouvre avec fracas. Je me lève pour voir ce qui se passe, Cora bondit en avant, vers la porte, entre moi et le coffre.

Et le coffre explose.

Bee était entre Goodnight et le coffre, plus proche de l'explosion que lui. Chaque fragment incrusté dans son corps, chacune de ses cicatrices, chaque seconde de souffrance qu'il avait absorbée, elle les avait pris d'un coup. En une détonation, elle avait pris tout ce qu'il absorbait depuis que je le connaissais.

Et il le savait.

Ça avait dû la cribler de part en part, et de partout, comme un coup de fusil de calibre 10 chargé de pièces de dix cents. Je n'imagine même pas à quoi elle devait ressembler après ça.

Il a fait quoi, ensuite?

Et moi, j'aurais fait quoi?

Est-il tombé à genoux pour essayer de rassembler les bouts disjoints de Bee? Rampant partout à quatre pattes comme pour chercher les pièces d'un puzzle?

Il a dû se retrouver recouvert de son sang, de ses os, de sa cervelle. Il a dû se retrouver entièrement couvert d'elle.

Vous imaginez ça? Qui le pourrait?

Bien sûr qu'il avait honte de la moitié non meurtrie de lui-même. Cette moitié-là était ce qui avait survécu à l'explosion qui l'avait pulvérisée elle.

Goodnight finit par aller mieux. Une fois la fièvre retombée, il n'y avait plus que des larmoiements et des éternuements. La comédie du corps physiologique. Les fluides qui s'en écoulent drainent toute la tragédie. Et, étrangement, la chambre se mit à grandir. J'entendais de nouveau les gens autour de nous. Les hommes qui racontaient leurs blagues dans le couloir, la musique qui montait du bar par les fissures du plancher. Et Goodnight qui se contentait de poser un regard noir sur tout ce qui l'entourait. Il y a une forme de salut dans le fait de haïr la merde qui est à l'extérieur de vous plutôt que la merde qui est à l'intérieur de vous.

Je le surveillais pour ce qui était de la sûreté de ses gestes. Et je commençais à la revoir en lui. J'ignorais quel degré de sûreté il avait besoin d'atteindre, mais lorsque je regardais son crayon tandis qu'il écrivait, ou sa cuillère quand il mangeait sa soupe, je ne décelais pas le moindre tremblement.

Puis il fut capable de sortir de son lit pour aller jusqu'à la cabane de chiottes. Il était même capable de se torcher. Et puis il fut capable de descendre à la cuisine manger des haricots. Et, enfin, il fut capable d'aller au bar du Board of Trade.

Cole y était. Je savais qu'il y serait. Il avait une chambre, mais il avait passé toutes ses journées au bar, de l'ouverture jusqu'à la fermeture.

Goodnight et moi prîmes place de part et d'autre de lui. Salt Chunk Mary avait un des plus jolis bars de l'Ouest. Il était en noyer et courait sur toute la longueur de la salle, orné de chérubins sculptés, et à un bout il y avait un ours brun empaillé avec une bouilloire fissurée posée comme un casque sur sa tête. Deux vieux voleurs qui n'avaient plus ni tous leurs doigts ni toutes leurs dents étaient assis près de l'ours, devant des assiettes de porc aux haricots. Le barman était un homme à visage de lune et à bouche molle ; il mâchouillait un bout de pain de maïs.

Cole avait une bouteille devant lui. À l'évidence, il avait tapé dedans avec assiduité.

— T'as bien tout expulsé de ton organisme ? dit-il à Goodnight.

Goodnight fit oui de la tête.

— Qu'est-ce que tu bois ? dit Cole. Je t'en offre deux.

Goodnight montra la bière.

Cole fit un signe au barman.

— On a besoin de deux bières, ici.

Les semaines passées au bar avaient un peu fait fondre les muscles de son visage. Sa peau pendait.

— Vous avez une sale mine, dis-je.

— FERME TA PUTAIN DE GUEULE, dit Cole en me rugissant au visage. (Puis il se replongea dans son whiskey le plus calmement du monde. Le barman apporta les bières.) On va boire à Betty. (Cole leva son verre en un geste circulaire, à l'attention de tout le monde et de personne.) Maintenant qu'elle est morte et oubliée depuis longtemps, je l'exhumerais volontiers pour la baiser pourrie. (Il but son verre cul sec et le claqua sur le bar.) Je reviens.

Il s'en alla d'un pas chancelant en direction de la porte qui donnait sur les chiottes.

Le barman lécha une miette de pain de maïs sur le bord de sa lèvre.

— Je crois qu'il tient plus trop en place, dit-il à Goodnight.

Goodnight ne fit rien pour laisser croire qu'il avait entendu.

À son retour, Cole s'était un peu calmé. Comme s'il avait pissé une partie de sa colère.

— Tant que t'oublies pas pourquoi on est ici, dit-il. (Il attrapa la bouteille de whiskey qui était devant lui et se servit un autre verre.) L'heure est venue, Goodnight. (Ses yeux étaient des blocs de cendre barbouillés au milieu de son visage.) L'heure est sûrement venue, là. Me force pas à te supplier. J'en peux plus d'attendre.

34

SAM ET LES GARÇONS FONT
DE LA NITROGLYCÉRINE

Nous chargeâmes un chariot à deux chevaux jusqu'à ce que ses flancs ploient. Des caisses de dynamites, de nourriture et de matériel de bivouac. Je ne savais pas du tout à quoi tout ça pouvait bien être destiné. Puis nous partîmes. Pocatello se trouvait à l'entrée ouest du canyon de Portneuf, où commençait la plaine de la Snake River. Les choses qu'ils appelaient des montagnes ne méritaient pas ce nom. Elles faisaient des sortes de tas marron comme les merdes d'un chien qui aurait mangé de l'herbe. Nous passâmes le camp de tipis des bons-Indiens-désireux-de-s'intégrer, puis nous fûmes sur la plaine.

Un troupeau d'antilopes s'égailla nonchalamment à l'approche du chariot. Cole avait déjà commencé à attaquer une bouteille de whiskey. Il braqua son .45-70 sur une des antilopes. Assis à l'autre bout du banc, Goodnight tendit le bras et abaissa son canon de la paume de sa main. Cole but une autre gorgée.

Ça faisait une demi-journée que nous roulions sur la plaine avec le soleil qui nous réchauffait le dos. Un orage d'après-midi s'amassa au-dessus des montagnes et s'abattit sur nous en une vague de pluie glaciale. On continua à avancer, avachis sur le banc. Le vent fouettait nos cirés, traversait nos pantalons de grosse toile. Puis l'orage passa et le soleil du soir réapparut, timide, sur le côté.

— Il m'est arrivé de traverser ces plaines alors qu'y avait rien d'autre à boire que l'eau que tu pouvais trouver dans une empreinte de sabot de cheval, dit Cole. (C'est lui qui tenait les rênes des chevaux.) On devrait être contents.

Goodnight remonta le col de son ciré et tira son chapeau plus bas sur son front. Moi aussi, j'avais déjà entendu cette histoire.

— Vous savez où on va ? dis-je.

— Bon sang, oui, je sais exactement où on va, dit Cole. Pendant qu'il se chiait dessus, moi, j'étudiais les cartes.

— Bon, ça me ferait plaisir que quelqu'un m'informe.

La nuit tomba et nous dressâmes le bivouac près d'un lit de ruisseau humide bordé de buissons. Cole entrava les chevaux pendant que j'installais nos couchages, étalant nos bâches sur le sol, bordant nos couvertures. Nous mangeâmes des sardines et des biscuits salés ; après le dîner, Goodnight resta assis, immobile, le regard perdu dans le noir, et Cole but du whiskey. Je lus des histoires de Jesse James à la lumière du feu en écoutant les oiseaux de nuit.

Je me réveillai en suffoquant. Je donnai des coups de pied. De toutes mes forces. Ma main tâtonna à la recherche d'une pierre, en trouva une, décocha un grand swing. J'étais libre.

— Bordel de merde, dit Cole en tenant sa tête ensanglantée. J'essayais juste de te réveiller sans faire de raffut.

Derrière lui, Goodnight se levait de sa couche.

— Bon, dit Cole. (Il faisait encore nuit, la lune luisait haut dans le ciel. Il déboucha sa bouteille de whiskey et but une longue gorgée.) Mets tes chaussures, me dit-il. J'ai un truc à te montrer.

Nous nous éloignâmes du camp et gravîmes un petit promontoire. En haut, il s'allongea à plat ventre et me fit signe de l'imiter. La plaine était fissurée de zones d'herbes hautes plus sombres luisant de reflets argentés sous le clair de lune. Cole sortit sa longue-vue. Il la mit à son œil et la braqua sur un troupeau de chevaux, puis il me la tendit.

C'étaient des Paint. Des poulains et des pouliches, tous pie, qui s'abreuvaient à un petit ruisseau en compagnie des juments. L'étalon se tenait un peu à l'écart du point d'eau, oreilles dressées dans la brise nocturne.

— Il est impressionnant, non ? dit Cole en me soufflant son whiskey au visage. Il doit bien faire quinze, seize mains de haut.

— Oui, il est impressionnant, dis-je.

— Tu le veux ?

J'éloignai la longue-vue de mon œil.

— Attends-moi là, dit Cole.

Il dévala la pente pour retourner au bivouac.

Les poulains et les juments buvaient, s'ébattaient dans le ruisseau. Mais l'étalon ne s'approcha jamais de l'eau. Il montait la garde, assurait la sûreté du troupeau. Je gardai la longue-vue braquée sur lui. C'était la plus belle chose que j'avais jamais vue.

Puis Cole fut de retour, avec son fusil, deux branches qu'il avait prises dans notre tas de petit bois, et un licol. Il s'accroupit, sortit son couteau, et tailla les branches pour en tirer deux bâtons à peu près droits. Puis il s'agenouilla, et planta les bâtons dans le sol en les tenant ensemble de sa main gauche de façon à ce qu'ils se croisent. Il cala la crosse de son fusil dans l'encoche qu'ils formaient.

— Je vais l'érafler.

— Non, dis-je.

Cole ne détourna pas les yeux de la mire de son fusil.

— Juste lui érafler le cou. Pour l'étourdir.

— Ça marchera pas, dis-je. Ça marchera, Goodnight ?

Goodnight se tenait debout à côté de nous, obstruant les étoiles. Il n'était pas du genre à s'allonger pour qui que ce soit.

— Ça marchera pas, dis-je.

— Ça se fait tout le temps, dit Cole. C'est comme ça qu'ils procèdent.

Il visa. Puis son doigt se contracta. Il l'éloigna de la détente et envoya un gros crachat dans l'herbe. Puis il replaça son doigt sur la détente et se remit à viser. Puis il cracha de nouveau.

Et il pressa la détente.

La détonation ne fut qu'un frêle craquement sur la plaine froide. Mais l'étalon s'effondra comme s'il s'était pris un coup de masse sur la tête, et les autres chevaux se dispersèrent au galop. Cole attrapa le licol et descendit la colline en courant.

Je le suivis, mais sans courir. Je savais parfaitement ce que j'allais trouver.

Cole était accroupi près du cheval, il lui massait le cou. Le licol était en place.

— Bah, dit-il. Ce n'est qu'un cheval. (Il lui enleva le licol.) J'aurais réussi ce tir si j'étais pas bourré.

— Si vous étiez pas bourré, vous auriez pas fait ce tir.

Le deuxième jour, ce fut Goodnight qui prit les rênes. Il suivait les cartes de Cole, et le laissait cuver. Le soir venu, on s'arrêta au bord de la Snake River. Je secouai l'épaule de Cole ; il poussa un ronflement, puis ses yeux s'ouvrirent d'un coup. Il regarda autour de lui.

— On y est, dit-il.

— Où ça ? dis-je.

— Quelque part où personne pourra jamais nous voir, dit Cole. Pas même un putain d'Indien.

— Est-ce que ça veut dire que vous allez m'expliquer ce qu'on est en train de foutre ?

Cole fit un geste en direction du chariot.

— Là-dedans, on a de la dynamite, dit-il. Ce qu'il nous faut, c'est de la nitroglycérine.

Je le regardai sans rien dire.

— On va faire de la nitroglycérine ?

La bonne humeur de Cole avait viré mauvaise sur son visage. Il regardait Goodnight décharger les caisses.

— Vous êtes vraiment prêt à tout pour nous faire tuer, c'est ça ? dis-je.

Le visage de Cole se détourna de Goodnight pour se tourner vers moi. Il était complètement vide. Il n'y avait rien du tout dedans.

— Occupe-toi du bivouac.

J'étalai nos couchages sur le rabbitbrush et la sauge du désert pendant qu'ils se disputaient à propos de la suite des opérations. Cole voulait qu'on dorme toute la nuit et qu'on s'y mette au matin. C'était la chose sensée à faire. Je pensais quant à moi que nous avions tous besoin d'une bonne semaine de repos. Dans un asile de fous, en ce qui concernait Cole. Mais Goodnight ne tenait pas en place, il avait hâte de s'occuper de la dynamite. Maintenant que c'était parti, on ne pouvait plus le retenir.

Alors nous nous mîmes au travail à la lueur d'une lune bleue. Goodnight et Cole creusèrent une rangée de six trous à feu près de la rivière et déballèrent trois marmites en fonte qu'ils posèrent à côté des trois premiers trous. Je ramassai du bois, de quoi chauffer une petite maison pendant trois bonnes semaines. Puis avec mon couteau j'enlevai l'écorce d'un des genévriers de l'Utah et j'en fis du petit bois.

Et Goodnight nous fit signe de nous éloigner.

— Je n'aime pas ça, dit Cole.

Goodnight ne portait plus que son maillot de corps et son pantalon noir.

— Je pourrais aider, dis-je.

D'un regard, Goodnight me fit comprendre que non.

Cole me prit par l'épaule et me ramena au bivouac. Nous nous assîmes.

Il était bien après minuit. Goodnight déballa les bouteilles de verre vides et les posa sur des serviettes. Il sortit la louche, le seau à cendre et les entonnoirs. Il ne déballa pas les caisses de dynamite. Pas dans le noir. Il coupa du bois et fit un feu dans le premier trou, et quand il commença à y avoir des braises, il les porta dans les autres trous avec le seau à cendre, puis il remplit les marmites d'eau de la rivière et les mit à chauffer.

Et lorsque le soleil se leva enfin, Goodnight ouvrit les caisses et plongea un bâton de dynamite dans chaque marmite. Il allait de l'une à l'autre, s'occupait du grand feu, charriait des braises dans le seau à cendre, faisait tourner les marmites de façon à ce qu'elles se trouvent toujours sur des tas de cendres chaudes. Entretenait l'ébullition, plongeait des bâtons de dynamite.

Au milieu de la Snake River, un grand héron observait Goodnight depuis un banc de gravier encombré de bois flotté. Poussait ses *gou-gou-gou* et finissait chaque cri par un braillement strident. Goodnight était gris de fumée. Il se grattait. Il enleva son pantalon, pour ne plus porter que son caleçon de flanelle. Puis il plongea une louche dans une marmite et en sortit les premiers centilitres de nitroglycérine.

C'est là que tout pouvait mal tourner. Un seul faux mouvement, et il ne serait resté de Goodnight plus rien que vous n'auriez pu racler avec un vieux chiffon.

Il procédait par gestes lents et sûrs. Aucune trace des tremblements causés par l'opium. Il était aussi sûr que s'il était abstinent depuis trente ans. À l'aide d'un entonnoir, il versa la nitroglycérine dans une bouteille de verre.

Puis il posa la bouteille, enleva ses chaussures, enleva son caleçon, remit ses chaussures et plongea la louche dans la marmite. Il était massif, une moitié de lui couverte de poils, l'autre moitié rose, glabre, mouchetée. Sa bite ressemblait à une branche noire cassée formant un angle avec sa jambe. Dans les vapeurs des marmites et les volutes du feu de bois, elle avait l'air de fumer.

— Putain de bordel de Dieu, dit Cole. T'as déjà vu un engin pareil ?

J'eus envie de creuser un trou dans la terre et de m'y enfouir tête en avant.

— On pourrait y caler une tête de hache à coups de marteau, dit Cole d'une voix où se mêlaient l'émerveillement et la terreur. Bon sang, on pourrait s'en servir comme traverse de chemin de fer.

Goodnight s'était remis à manier la louche et l'entonnoir, alors nous nous tûmes. Dès qu'il avait rempli une bouteille, il la bouchait et la calait dans une valise après l'avoir emballée avec des chiffons qu'il découpait dans les serviettes à l'aide de son couteau. Ni moi ni Cole ne mangeâmes quoi que ce soit. Nous étions assis sur nos couchages, Cole fumait cigare sur cigare et moi, je respirais sans desserrer les dents. M'attendant à ce que ça saute à chaque geste de Goodnight.

Goodnight ne parut se rendre compte qu'il avait fini qu'une fois qu'il eut fini. C'était bien après le coucher du soleil le lendemain soir. Il tomba à court de dynamite pour la première, puis pour la seconde, puis pour la dernière. Et puis après, il était debout devant deux valises de nitroglycérine, à respirer lentement en faisant gonfler son torse. Il fixait ses bras crasseux et fumants à la lueur du feu.

Et moi je courais vers lui depuis mon couchage. Je ne me rendis pas compte que je le faisais avant de me trouver en train de le faire. Il m'attrapa dans ses bras, contre sa poitrine lourde et massive comme un boulet de canon, et Cole était là lui aussi, à lui donner des tapes dans le dos.

35

LE CŒUR DE SAM SE RÉCHAUFFE
MAIS ÇA NE DURE PAS LONGTEMPS

À NOTRE RETOUR chez Salt Chunk Mary, il y eut beaucoup de discussions pour savoir comment rapporter la nitroglycérine à Denver. Même soigneusement emballées dans les valises, les bouteilles ne supporteraient pas beaucoup de cahots, et les Pinkerton risquaient de nous ramasser à la serpillière. C'était une chose acquise. De ce point de vue là, il était plus sûr de voyager en train.

Mais ce que nous ignorions, c'était s'ils posteraient des Pinkerton à bord des trains qui desservaient Denver. Et je ne voulais plus en voir un seul après celui qu'on avait rencontré dans le campement des clochards. Là-dessus, Cole et Goodnight étaient du même avis que moi.

Alors nous montâmes dans un wagon de marchandise à la sortie de Pocatello. Il arriva au château d'eau en peinant comme un coureur de marathon qu'aurait mal à une jambe, et s'y arrêta en expulsant un souffle de vapeur. Les choses s'annonçaient bien. Cole monta en premier, puis Goodnight lui passa les deux valises, sauta à bord et tendit le bras pour me hisser. Facile.

Le wagon était propre et grand ouvert. Il sentait le bois et la graisse d'essieu. J'en avais la tête qui tournait, tellement c'était bon. Le train se remit à bouger, gagnant en puissance. Et c'est là que je commis l'erreur de passer la tête par la porte.

Au même moment, une autre tête sortit du wagon de queue. Avec un chapeau de feutre.

Mon âme vacilla dans mon corps.

— Il nous a vus, dis-je.

— Mais non, dit Cole. Ils t'ont terrorisé. Maintenant, t'en vois partout.

— Il nous a vus.

— Arrête de te faire de la bile. S'il nous avait vus, on serait déjà plus dans ce train.

— Il nous a vus.

— Il a rien vu du tout, putain.

Cole s'assit contre la paroi, et s'y cala alors que le train se lançait en tressautant dans la descente d'une côte.

Goodnight s'assit en face de lui, les valises sous ses bras. Il abaissa son chapeau sur ses yeux.

— Il nous a vus, répétai-je.

Mais je m'assis aussi.

Je me réveillai en sursaut.

Des bruits de pas sur le toit, partout, comme de la pluie. Les deux portes du wagon qui se ferment en claquant. Des bruits de frottement, puis des coups répétés.

Goodnight s'était déjà rué sur les portes, tirait dessus pour les ouvrir.

Ils essayaient de nous enfermer en les clouant.

J'attrapai la porte sous les mains de Goodnight.

— Cole, criai-je.

Cole nous rejoignit d'un bond. Nous réussîmes à ouvrir la porte ; les clous s'arrachèrent en grinçant. Le train ralentit et s'arrêta après un soubresaut. Nous sautâmes vite hors du wagon, laissant les valises derrière nous.

Un gros chauffeur, un garde-frein et un vigile à chapeau de feutre sautèrent du toit. Tous armés d'une matraque.

Goodnight se dirigea droit vers eux.

— Vont être salement surpris, putain, dit Cole.

Le gros chauffeur frappa sa matraque dans sa main.

— Vas-y, approche un peu, dit-il à Goodnight.

Le garde-frein n'arrêtait pas de sourire.

— C'est un sacré morceau, hein ?

Le garde ne savait pas quoi faire. Il secoua vaguement sa matraque et regarda le gros chauffeur en quête de soutien.

Goodnight sortit son revolver et asséna un violent coup de canon sur le haut du chapeau du garde.

— Merde. (Le garde porta vivement sa main à l'endroit où Goodnight l'avait frappé, faisant tomber le chapeau.) Arrêtez.

Goodnight arma le chien et braqua son arme sur le gros chauffeur. Il portait des bretelles sur une chemise blanche au cou et dessous de bras jaunis et sombres. Goodnight fit un petit geste avec son revolver. Le visage du gros chauffeur se crispa de trois façons différentes à la fois.

— Il veut que tu tabasses l'autre, lui dit Cole.

Le chauffeur regarda le vigile.

— Lui ?

— Lui, dit Cole.

Le gros chauffeur fit un pas hésitant vers le vigile, le front ruisselant de sueur. Il l'essuya d'un revers de manche.

— Sinon, il te collera une balle dans ta putain de grosse tête, dit Cole. Je te le garantis.

Les taches de sueur grandirent sur la chemise blanche du gros chauffeur. Il ferma les yeux, se pencha en avant, et donna un petit coup de matraque sur le haut de la tête du vigile.

— Espèce de gros merdeux, dit Cole. Ouvre tes putains d'yeux et cogne-le pour de vrai.

Le gros chauffeur prit une grande respiration et la bloqua. Son visage rougissait, la sueur tombait de son menton en un *plic-ploc* continu dans la poussière. Puis il se tourna vers le vigile et il hocha la tête.

— T'as pas intérêt, dit le vigile.

Le gros chauffeur fit un grand moulinet avec sa matraque et l'abattit violemment sur le crâne du vigile. Le cuir chevelu du vigile s'ouvrit comme une pelure d'orange et il tomba à genoux, le visage noyé sous un flot de sang.

— Voilà qui est mieux, dit Cole.

Goodnight pointa son arme sur le garde-frein.

— Maintenant tu cognes ce fils de pute, dit Cole. (Il se plia de rire et se frappa le genou. Puis il cessa de rire.) Va chercher les valises, me dit-il.

J'avais le vertige. La tête dix kilomètres au-dessus de la terre. Je ne m'étais jamais senti aussi bien de toute ma vie. Ils pouvaient en envoyer autant qu'ils voulaient, aucun d'entre eux n'aurait jamais le dessus sur Cole ou sur Goodnight. Il n'y avait pas au monde d'autres hommes comme eux.

— Les valises, dit Cole. Arrête de rêvasser.

J'y courus.

Le train que nous attrapâmes ensuite nous mena à Denver. Cole souriait toujours, secouait la tête. Rien ne réchauffe mieux le cœur qu'un bon frappage de tête. Nous descendîmes du train dans la nuit à Union Station et marchâmes jusqu'à The Line en gardant la tête basse. Malgré l'heure tardive, il y avait encore des Polacks assemblés devant les saloons, sous les réverbères fumants, et puis aussi des Noirs, le visage grave, qui jouaient aux dés sans dire un mot. Aucun d'entre eux ne s'intéressa à nous.

Nous entrâmes dans le premier bordel que nous trouvâmes, et prîmes une chambre. Elle empestait de l'odeur des derniers hommes qui y avaient baisé, puait l'urine et la sueur. Je m'appuyai en équilibre précaire contre le rebord de la fenêtre et regardai dehors.

Goodnight se déshabilla, ne gardant que ses sous-vêtements en lambeaux, et s'assit sur le lit le dos contre le cadre métallique. Cole tâta doucement l'intérieur des valises pour s'assurer que tout était bien en place.

— Quand est-ce que je pourrai voir Cora ? dis-je.

Ils me regardèrent tous les deux.

— Pardon ? dit Cole.

— Je peux aller au Tabernacle, dis-je. Leur dire que je suis en ville.

— T'as pris un mauvais coup, dans tout ce bazar ? dit-il. Quelqu'un t'a démoli le cerveau ?

— Non.

— Alors tu ferais mieux de comprendre pourquoi on est là, dit-il. Tu ferais mieux de pas te méprendre là-dessus.

— Je me méprends pas.

— Dans ce cas tu sais que tu verras pas Cora, petit. (Il se concentra de nouveau sur la valise.) Pas avant qu'on en ait fini. Et même alors, faudra que t'attendes un certain temps. Sauf si t'as envie de la voir morte.

Et là je compris.

La seule raison pour laquelle j'avais accepté de suivre leur plan de dingues, c'était parce qu'il me permettait de revenir à Denver. De revoir Cora.

Et ils avaient arraché le cœur de ça comme ils arrachaient toujours le cœur de tout.

Ça me plia presque en deux.

36

SAM SE PROMÈNE
DANS LE QUARTIER DES SLOBS

JE MARCHAIS d'un pas lent dans The Line derrière Good-night et Cole. Nous portions nos couvre-chefs vissés bas sur le crâne pour que personne ne puisse voir nos visages. Nous avancions sur les planches de bois qui couvraient les caniveaux où s'écoulait l'eau des égouts. Passions devant les salles de bowling et les tripots de jeu. Il était tard, mais The Line bouillonnait encore d'animation. J'étais nerveux, effrayé par le bruit des Crânes de Nœud qui se payaient du bon temps. Les ivrognes et les parieurs qui s'aboyaient les uns sur les autres, les joueurs de piano qui pilonnaient le clavier, les filles qui dansaient le cancan sur des airs de mélodéon.

Puis nous avions quitté The Line et marchions vers le nord dans les quartiers résidentiels, maisons de briques massives, blocs sombres sur le fond du ciel nocturne.

Et je sentis l'odeur de Globeville.

La fonderie elle-même ne sentait pas bon. Ni les produits chimiques qu'elle déversait dans les fossés. Et puis il y avait aussi les abattoirs et l'usine d'équarrissage, et les carcasses que les gars balançaient dans les rues. Et la puanteur qui se dégageait des immondes poulaillers des Slobs, et de leurs maisons encore plus immondes, fabriquées de bric et de broc avec des bouts de troncs d'arbre, des peaux de vache et des tuyaux de poêle aplatis à coups de pieds. Et, pire que tout, leurs saloons, l'odeur de whiskey et de velours imprégnée de sueur qui se faufilait par-dessous les portes pour s'en aller mourir en flaque dans la boue et le crottin de cheval. Y avait de quoi vous donner envie de vous amputer de votre nez à coups de couteau à pomme de terre.

Nous étions à la recherche d'un homme du nom de Robert Meldrum. C'était un de ces Slobs, un syndicaliste. Mais il était autre chose, aussi. "J'ai accepté de l'argent de sa part, je sais ce qu'il est", avait dit Cole.

Nous quittâmes la grande rue et prîmes par les ruelles. Nous arrivâmes dans une autre rue, où les saloons étaient moins bruyants, plus sombres. Nous nous arrêtâmes devant l'un d'eux; à l'intérieur, un Graphophone diffusait la voix métallique d'une chanteuse.

Que Dieu leur vienne en aide ce soir en cette heure de souffrance

Alors qu'ils prient pour l'homme qu'ils ne reverront jamais

Entendez les pauvres orphelins narrer leur triste histoire

"Notre père s'est fait tuer par les sbires de Pinkerton."

Le Saloon de Prijatau. Une rhumerie à un étage assez près de la fonderie pour que les ouvriers entendent les coups de sifflet et ne ratent pas la reprise du boulot. On n'y trouvait pas de tables de faro, pas de putes, rien de ce qui faisait la folie des saloons de Denver. Juste des ouvriers buvant des bières à cinq cents et parlant à voix basse, avec un Graphophone qui jouait assez fort pour masquer leurs conversations. Nous nous frayâmes un chemin à travers une file d'hommes au visage dur tenant des boîtes de lard de cinq livres qu'ils faisaient remplir de bière pour emmener au boulot. Des hommes qui savaient que s'il y avait une chose à laquelle on ne pouvait pas se fier à Globeville, c'était bien l'eau.

Cole prit place au bar. Goodnight à côté de lui. J'essayais de rester invisible entre eux deux, écoutant les hommes qui nous entouraient pendant qu'on attendait le barman.

J'en savais déjà un peu. Ce que Cole m'en avait dit. Les patrons de la fonderie voulaient allonger la journée de travail à dix heures tout en baissant le salaire journalier à deux dollars cinquante. Les ouvriers luttaient contre. L'action s'était tendue deux ou trois fois. Les patrons avaient fait venir des briseurs de grève ritals, et les ouvriers avaient réagi en les traînant hors de leurs wagons et en les tabassant à coups de manche de pioche jusqu'à ce que leurs cervelles leur coulent par les oreilles.

Mais ce fut bien leur seule victoire. Les patrons voyaient venir à l'avance toutes les actions que les ouvriers entreprenaient. Le bruit courait que les patrons étaient en train de lever une armée privée. Et puis aussi que le gouverneur Waite pourrait leur envoyer la troupe. Le ton de leur voix était sinistre. Leurs visages avaient l'air d'être des pièces d'usure.

Le barman vint vers nous. Comme les ouvriers, il était vêtu de grosse toile usée et de chaussures à semelles cloutées, et son visage ressemblait à une tête de poisson bouillie.

— Je te connais, l'ami ? dit-il à Cole.

— Ça m'étonnerait.

— Trouve-toi un autre endroit pour boire.

Goodnight tourna la tête, présentant au barman l'intégralité de son visage.

Le barman ne tressaillit même pas.

— C'est mon boulot, dit-il. Je l'ai choisi.

— Je cherche quelqu'un, dit Cole.

— Il est pas là.

— Meldrum. C'est son nom.

— Connais pas.

— C'est personnel. Ça n'a rien à voir avec vos petits complots.

Sur ce, quelqu'un coupa le Graphophone. L'atmosphère se figea, comme si nous étions tous coincés dans un placard. Il n'y eut plus que de tout petits mouvements, le genre qu'on fait pour sortir un couteau ou un revolver.

— Vous savez combien y a de détectives qui viennent ici ? dit le barman.

— Donne-moi cette lampe, dit Cole.

Le barman lui passa la lampe à pétrole et Cole l'approcha du visage de Goodnight.

— T'as déjà vu un Pinkerton avec un visage comme celui-là ?

— J'ai jamais vu personne avec un visage comme celui-là, dit le barman. Mais y a aucune loi qui dit que les Pinkerton peuvent pas être moches.

Quelque chose me frôla l'oreille. Une lame, fine et chantante, qui se trouvait maintenant à un demi-centimètre du cou de Cole, sur le côté.

— Je crois qu'il est temps que vous partiez, monsieur, dit un homme d'une voix douce. Tant que vous avez encore vos deux oreilles.

— Il était casseur de coffres, dit Cole. Il a reçu toutes ces cicatrices en faisant sauter un coffre, et il a fait de la prison à Old Lonesome.

— Moi aussi, j'ai été à Old Lonesome, dit une autre voix.

— Vous avez déjà vu ça, vous, un détective qui sortait d'Old Lonesome ? dit Cole.

— Non. Mais j'en ai entendu mentir sur leur passé.

Goodnight plongea la main au fond de sa poche. Il y eut divers mouvements. Rapides. Des cliquetis de chiens qu'on arme. Goodnight sortit son carnet. Il écrivit deux mots : *Bouteille noire.*

Il y eut un long silence.

— Je sais ce que c'est, la bouteille noire, dit la voix.

— C'est quoi ? dit le barman.

— C'est du poison, dit la voix. À Old Lonesome, si vous êtes vraiment très malade, vous avez droit à une visite nocturne de la part des gardiens. Si vous avez de la chance, ils vous donnent une cuillérée de la bouteille noire, pour que vous libériez votre lit. Si vous avez pas de chance, ils vous emmènent à l'infirmerie, où les docteurs vous font une piqûre pour vous rendre malade d'une façon différente, histoire de pouvoir vous étudier. On survit ni à l'une ni à l'autre, mais on passe sacrément plus de temps à pas survivre à la piqûre.

Goodnight fit oui de la tête.

Il y eut des bruits de chiens qu'on désarme. Des frottements de choses dégainées qui se font rengainer.

— Demandez au videur, dit le barman en faisant un petit geste du menton en direction d'un Slob baraqué accoudé tout au bout du bar. Il connaît tout le monde.

Les hommes nous laissèrent le passage pour aller jusqu'à lui. Le videur avait roulé les manches de son maillot de corps et les muscles de son torse avaient l'air de pouvoir faire sauter ses bretelles.

— Je cherche quelqu'un, lui dit Cole.

Le Slob tendit la main.

— Nom ?

Cole y lâcha une pièce.

— Meldrum.

Le Slob fit un geste de la main. Il voulait plus de pièces.

— Dis-moi d'abord où il est.

Le Slob fit un petit geste du menton. Cole le suivit des yeux. Puis lâcha le reste de ses pièces dans la main du Slob.

Meldrum était tout avachi sur lui-même, et bavait de la bière sur sa chemise. Bourré comme un coing. Goodnight lui donna un coup de pied dans le tibia. Ses yeux s'ouvrirent d'un coup, il hurla en se tenant la jambe. Goodnight l'attrapa par ses cheveux crasseux.

— On a à te parler, mon gars, dit Cole.

— Lâchez-moi, dit-il.

Goodnight le poussa à terre tête la première. Il pressa sa semelle sur sa nuque. Les oreilles de Meldrum enflèrent, virèrent au rouge, au violet.

Des hommes commençaient à s'attrouper autour de nous.

Cole approcha son visage tout contre l'oreille de Meldrum.

— Ça va être pire d'ici que ça s'améliore.

— Ah merde. Qu'est-ce que vous voulez ?

— Juste parler un peu.

— C'est bon. Merde. Parlons. Mais me donnez plus de coups de pied, hein.

Je fermai les yeux quand Goodnight abattit sa semelle sur la jambe de l'homme. Mais je l'entendis quand même se briser.

Cole me tapota l'épaule.

— On voudrait pas qu'il se carapate, pas vrai ? (Il se pencha tout près du visage de Meldrum.) Comment s'appelle ton agent, espèce d'enfoiré de sale balance.

Au mot de balance, les hommes autour de nous resserrèrent leur cercle.

Meldrum était étendu sur le flanc, sa main papillonnait au-dessus de sa jambe cassée. Je voyais l'os qui sortait. Ça ressemblait à une branche de céleri brisée, avec les fils et tout.

— Il va te casser l'autre, dit Cole.

Meldrum gémit. Puis déglutit. Puis dit :

— Il s'appelle Lockwood.

Cole se redressa.

— Il est à vous, dit-il aux hommes.

Je ne regardai aucun de leurs visages lorsque nous partîmes. J'en pris grand soin.

37

SAM ET L'ANIMAL NOCTURNE

TROIS NUITS plus tard, nous étions devant une petite maison en bois au toit en mansarde. C'était la plus jolie maison de Globeville, posée là au milieu des cabanons des ouvriers, aussi incongrue qu'une grenouille dans un verre de bière. C'était la maison de la mère de Francis Lockwood. Ça faisait deux jours qu'on la surveillait. La mère de Lockwood était une octogénaire qui travaillait pour le Foyer des Orphelins de Denver. Lockwood vivait avec elle, mais il était toujours de sortie, c'était un animal nocturne. Ce soir, sa mère était allée à l'église de son petit pas de vieille, et la maison était vide.

On ne savait pas ce qu'on cherchait, mais on avait besoin de trouver quelque chose sur lui. Il est presque impossible de faire parler un agent de Pinkerton. C'était ce que tout le monde disait. Vous pouviez leur faire bouffer des limaces jusqu'à ce que leur estomac soit sur le point d'exploser, puis leur ouvrir le ventre au rasoir, ils ne vous disaient rien. Ils avaient la réputation d'être extrêmement loyaux, et extrêmement durs au mal. Il nous fallait un moyen de pression.

C'est Goodnight qui entra pour aller le chercher. De nous trois, c'était le plus grand, mais aussi le plus sûr. Cole et moi faisions le guet, devant un bâtiment en bardeaux frappé d'une enseigne qui disait BOIS ET CHARBON À VENDRE – LIVRAISON RAPIDE. Cole fumait un cigare. Je ne comprenais pas comment il le supportait, tellement il faisait chaud. Je faisais des petits gestes nerveux avec mes mains, et je respirais les dents serrées.

— Tu veux bien arrêter de faire ce foutu bruit, petit? dit Cole.

— Vous êtes pas nerveux, vous?

— Lockwood est pas là. Si sa mère revient, Goodnight ouvrira le crâne de cette vieille bique d'un coup de matraque.

Je frissonnai.

— Va pas pleurnicher sur cette vieille carne. (La voix de Cole n'était pas méchante.) Elle a peut-être jamais tué un seul de tes petits gamins des rues, mais elle a contribué à bâtir la ville qui les a tués.

— Qu'est-ce que vous en savez?

— Elle vit ici depuis très longtemps, avant que le Colorado devienne un État. (Cole cracha dans la poussière.) Elle aurait pu construire quarante orphelinats que j'en aurais rien à foutre. Elle mérite pire qu'un coup de matraque sur la tête.

— J'arrive pas à voir les choses comme ça, dis-je.

Le sifflet de l'usine d'équarrissage retentit et les rues se remplirent d'hommes. Épuisés, leurs gamelles à la main, ils se dirigeaient vers leurs cahutes sordides presque en rampant. Cahutes subitement régénérées par leur arrivée. Lanternes qui s'allument, ombres mouvantes derrière les fenêtres. Enfants qui courent, mères qui grognent, pères qui s'énervent. De temps à autre, un cri, une claque soudaine, un truc qui se casse. Le dîner est servi, enlève-moi ça de ta bouche. Je respirais entre mes dents serrées.

Puis voilà Goodnight qui ressort de la maison et qui s'en va sur le trottoir. Cole et moi le rejoignons.

— T'as trouvé quelque chose ? demanda Cole.

Goodnight ouvrit la main. Elle tenait un genre de petit instrument en cuivre. Un truc que j'avais déjà vu quelque part.

Cole rit et donna une tape dans le dos de Goodnight.

Lockwood venait juste de tirer une bouffée de la pipe à opium lorsque nous pénétrâmes dans le box de Hop Alley, Cole en premier.

— C'est vous, dit Lockwood. Le mari.

Puis ses yeux se tournèrent vers Goodnight, qui s'était posté près de la porte et surveillait le couloir au cas où un des autres opiomanes se serait excité.

— Et vous. Nom de Dieu.

Il ne prit pas la peine de me dire quoi que ce soit.

— Je suis le mari, dit Cole.

Lockwood posa sa pipe sur le plateau.

— J'imagine qu'on s'en va ?

— On a juste deux questions pour toi, dit Cole. Pas besoin d'aller nulle part.

Lockwood se redressa sur la couchette et rassembla ses esprits. Il mit les mains sur ses cuisses, comme s'il les exposait.

— Et si je ne réponds pas ?

— Alors on fera en sorte que le reste de ta vie dure jusqu'à demain matin.

— Et si je répondais à vos questions tout de suite, sans faire d'histoire ?

— Vous voulez pas faire traîner ça une heure ou deux ? dit Cole. Histoire d'en profiter ?

— Vous savez que je vous dirai tout.

— Je les croyais faits d'un bois plus dur, dit Cole à Goodnight. Ça me fait regretter de pas l'avoir tabassé un peu avant de commencer.

— Nous pouvons tous décevoir, dit Lockwood.

Je le regardai deux fois lorsqu'il dit cela.

— Qui vous a donné l'ordre de venir chez moi, à vous et vos gars ? dit Cole. Pour tuer ma femme.

— Y a qu'un seul homme à la tête de tout ça. Il s'appelle James McParland. (Lockwood croisa sa jambe droite sur sa gauche.) Vous vous figurez peut-être que les Pinkerton traquent les desperados. Qu'on a une vue tellement perçante qu'on est capables de pister des abeilles en plein blizzard.

— Rien à foutre, dit Cole.

— Des expulsions. J'expulse des gens de chez eux pour le compte des banques. La dernière femme que j'ai expulsée était veuve. Je l'ai mise à la porte de sa ferme tout près d'ici, à la sortie de la ville. Vous savez ce qu'elle a fait ?

Cole ne répondit pas.

— Elle est montée dans sa carriole et elle y a mis le feu. Avec les corps de ses deux petits garçons qu'elle avait abattus avec un fusil de chasse.

— Vous ne nous compliquez pas la tâche, dit Cole.

Lockwood fit un bruit sec de gorge qu'on se racle, et c'était peut-être un petit rire.

— C'est pas ce que je cherche à faire. (Puis il s'arrêta de rire.) Question suivante, s'il vous plaît?

— Ouais, dit Cole. Vous avez des réunions? Des moments où tous les agents se trouvent rassemblés au même endroit?

Un air de compréhension passa sur son fin visage gris. Il refit son bruit de gorge.

— On se réunit tous les vendredis matin dans le bureau de McParland, où il peut se mettre dans son fauteuil et fumer des cigares. À huit heures et demie. Dieu garde celui d'entre nous qui serait pas déjà là à l'attendre quand il arrive. (Il se tut.) Je peux finir ma dose, maintenant?

— Oui, je vous le conseille, dit Cole.

Lockwood s'allongea, porta le bol au-dessus de la lampe à opium allumée et prit quelques bouffées.

— Je peux vous poser une autre question avant que vous sombriez? dit Cole.

Lockwood avait déjà les paupières lourdes.

— Je vous écoute.

— Qu'est-ce qui vous pousse à nous faciliter la vie comme ça?

Lockwood tenait la pipe dans la paume de sa main gauche comme un objet fragile. Ses yeux étaient liquides.

— On n'était pas comme ça, avant.

— Si. (Cole fit un geste en direction de la pipe.) Continuez à fumer. C'est mieux de pas être éveillé, pour ce qui va suivre.

Alors le petit homme fuma. Et dix minutes plus tard, nous traînâmes son cadavre hors de la fumerie d'opium et le jetâmes dans un fossé.

38

SAM PERD TOUT ESPOIR

Nous nous installâmes à l'Hôtel Manhattan de Larimer Street. C'était le bordel le plus proche de l'immeuble
Tabor, où se trouvaient les bureaux de l'agence Pinkerton.
Suffisamment proche pour qu'on puisse surveiller l'entrée
avec une longue-vue de vingt-cinq centimètres. Alors
Cole et Goodnight se relayèrent. Cole battait le pavé en
filant les agents dans la journée, et Goodnight s'occupait
de ceux qui sortaient tard, après la nuit tombée. Pendant
que l'un était dehors, l'autre gardait un œil rivé à la
longue-vue. Moi, j'assurais le soutien, je faisais les courses
de nourriture et de matériel.

Nous suivîmes tous les employés, notant leurs trajets au
crayon gras sur le mur de la chambre. Il y avait James
McParland, le patron de la Western Division. Il pesait
bien ses cent cinquante kilos, portait une moustache de
morse et des lunettes. Et il y avait son surintendant, et
quatre vice-surintendants. Puis le greffier en chef, le
comptable, le caissier, et cinq sténographes. Et puis, bien
sûr, il y avait les vingt-cinq agents. Ceux-là, c'étaient les

plus faciles à repérer, avec leurs chapeaux de feutre et leurs costumes gris. Nous identifiâmes même le garçon de courses et le concierge.

Nous les suivions. Nous les surveillions. Nous notâmes toutes leurs activités pendant deux semaines. Et, comme Lockwood nous l'avait dit, ils se réunissaient effectivement tous les vendredis matin à huit heures et demie dans le bureau de McParland.

Je commençais à être impatient. Mais Cole et Goodnight ne paraissaient pas du tout pressés.

— On a tout ce qu'il nous faut, bon sang, finis-je par dire à Cole, qui avait l'œil collé à la longue-vue. Qu'est-ce qu'on attend, bordel de merde?

— Comme disent les menuisiers: Mesure deux fois, et ne coupe qu'une.

Puis arriva le milieu de la troisième semaine. Pendant que Goodnight prenait son tour à la longue-vue, Cole et moi dînions au comptoir d'un restaurant. Bifteck, jambon bouilli, choux et pommes de terre, plus du pain blanc à volonté. Mais Cole ne mangeait pas vraiment. Sa cuillère touchait le chou dans son assiette avec une régularité de métronome, mais elle ne prenait jamais rien.

— Je vois pourquoi tu te languis constamment d'elle, dit-il.

— Je me languis pas.

— Dans ce cas, t'es qu'un idiot fini. Si j'avais ton âge, je serais prêt à m'asperger de kérosène et à me jeter dans une fournaise pour une jeune fille comme elle.

— Taisez-vous, dis-je.

— C'est une foutue splendeur, pour sûr. Belle comme un wagon peint. Bon Dieu, avec une douzaine de filles comme elle, je pourrais être le roi de tout le putain de demi-monde.

— Taisez-vous, répétai-je.

Il gloussa, mais ne dit rien. Il se contenta de m'observer pendant une minute. Puis il regarda la foule dans la rue, par la fenêtre, pendant encore une ou deux minutes.

Je n'aimais pas ça, quand il me regardait comme ça. Je n'aimais plus la façon qu'il avait de me regarder, de manière générale. C'était comme si lui et Goodnight faisaient partie d'une confrérie dont je ne connaissais pas la poignée de main secrète.

— Quand on en aura fini avec cette histoire, tu seras exactement comme le gang de Jesse James, dit-il. Comme un de ces livres de merde que tu passes ton temps à lire. Tu seras le garçon qu'a affronté les Pinkerton et qu'a gagné.

— Je veux pas faire partie du gang de Jesse James, dis-je. Et j'ai foutrement pas envie de me retrouver dans un livre.

— Je sais ce que tu veux. (Il me regarda de nouveau de manière bizarre.) T'es embarqué là-dedans, dit-il. J'aimerais que tu le sois pas, mais tu l'es.

Je repoussai mon assiette.

— J'ai plus faim.

Nous étions à moins de cinquante mètres de notre bordel quand l'un d'entre eux alluma une cigarette. D'un geste vif, Cole nous plaqua tous les deux contre le mur. Des chapeaux aux angles nets dans la lumière de l'allumette. Des chapeaux de feutre.

Bon sang, qui peut se tenir devant la porte d'un bordel coiffé d'un chapeau de feutre?

Cole posa sa main sur mon épaule et me fit faire demi-tour, comme si on était arrivés au bout de notre promenade du soir. L'air de rien. Il me guida dans un des petits saloons miteux qui occupaient la rue, juste un cran au-dessus de la gargote à ivrognes. Derrière le comptoir, une femme à tête de crachoir nous regarda avec ses petits yeux.

— Vous avez une porte de derrière? dit Cole.

— Pouvez tout de suite vous tirer par où vous êtes entrés, dit-elle.

Cole sortit son revolver. Il ne le braqua pas sur elle et ne reposa pas sa question. Elle soupira et fit un geste en direction d'une porte, tout au bout du comptoir.

— Passez par la réserve.

Cole sauta de l'autre côté du bar; je l'imitai immédiatement.

— Baisse-toi, dit-il.

Nous gagnâmes vite le bout du bar. Il avait la main sur la poignée de la porte de la réserve, on était presque bons, quand je vis le premier chapeau de feutre derrière la vitrine poussiéreuse.

— C'est eux, dis-je.

Cole tira quatre balles dans la vitrine. Elles firent des trous dans le verre, ne touchèrent rien de solide. Nous nous glissâmes dans la réserve, la vitrine s'effondra derrière nous en une cascade de fragments de toutes tailles.

Un poêle à bois crasseux, des murs couverts de mouches, des caisses de bouteilles de bière. Là, la porte du fond. Une ruelle sombre et sale. Déserte. Et puis nous n'étions plus dans la ruelle, nous étions dans la rue.

Cole remit le revolver dans son pantalon, ralentit le pas.

— Tout va bien, dit-il. Tout va bien.

— Qu'est-ce que ça veut dire ? dis-je.

— Ça veut dire que c'est sans doute bien que t'aies pris un bon repas, dit-il.

J'eus l'impression de déglutir un morceau de craie.

Il posa sa main sur mon épaule, la serra doucement.

— Tout va bien. Ce sera bientôt fini.

— Et après, j'irai voir Cora, dis-je.

Il m'arrêta. Il ouvrit la bouche pour dire quelque chose, mais il se tut. Puis il parla.

— Tu pourras plus jamais vivre à Denver, petit.

Devant moi, la rue devint d'un coup un million de fois plus grande. La ville entière.

— J'ai pas signé pour ça.

Ma voix était si fluette que je n'étais même pas sûr d'avoir parlé.

— Bah. (Il se remit à marcher.) Le monde où on vit a pas besoin qu'on signe pour tout ce qu'il nous prend. C'est bien la seule constante que j'aie jamais trouvée.

39

SAM S'INTERROGE SUR SES CHOIX

C'EST PAS COMME SI y avait un grand secret de la vie. Les gens croient tous qu'il y a un truc et qu'en creusant ils pourront le découvrir, et que ça expliquera tout, mais non, on peut creuser autant qu'on veut, y a rien. Le seul truc vrai, c'est ce qu'Ed Chase a dit. Que, ouais, les gens cherchent tous à vous dire qui ils croient être. Ils vous arrêtent dans une rame de tramway, ou ils vous attrapent par le bras dans la rue, et vous supplient de les écouter. Et tous, absolument tous, ils vous racontent que des conneries.

C'est la seule chose que j'aie jamais apprise à propos des gens. Vous ne pouvez jamais croire ce que les gens vous disent d'eux-mêmes. Je n'ai jamais rencontré une seule personne qui se connaisse un tant soit peu elle-même. Quand quelqu'un vous dit qu'il est honnête, ça ne vous renseigne pas du tout sur le fait qu'il soit honnête ou non, ça vous dit juste que ça lui plaît de penser qu'il l'est. Et c'est la seule chose que vous puissiez apprendre de ce que les gens vous disent. Ce qu'ils aimeraient être.

Mais il existe une façon de tout savoir sur quelqu'un. Ça n'a rien de compliqué, et il n'y a pas besoin de creuser. Les gens essaient toujours d'obtenir ce qu'ils veulent, et font toujours les choix qui, pensent-ils, leur permettront d'y parvenir. Toujours. Vous pouvez savoir qui est quelqu'un en cherchant ce qu'il veut, et vous pouvez savoir ce qu'il veut en cherchant ce qu'il poursuit.

Il n'y a pas d'autre façon de savoir.

C'est ce que j'ai appris en arnaquant les pigeons de Denver, et ça ne m'a jamais fait défaut. Il n'y a pas d'exception.

Tout le monde obtient ce qu'il veut.

8 h 28, le 12 septembre. Immeuble Tabor, Denver centre. Ciel clair et bleu partout, jusqu'à la balustrade et les épis de faîtage. Foule dans la rue. Un matin sur Denver comme vous avez peu de chances d'en voir de plus beaux.

8 h 29, et toutes les fenêtres du premier étage explosèrent en un bouquet de flammes. Vitres pendues telles de brillants cristaux de givre dans le ciel implacable du Colorado, qui s'effondrent d'un coup comme si on avait retiré le monde sous elles.

Les piétons détalèrent, frappés par une pluie dure de verre et de pierre. Les chevaux se cabrèrent et gémirent dans la rue. Une calèche se renversa sur le côté. Un petit homme à chapeau melon et broussaille de favoris roux poussa un hurlement de chat, poings serrés, tandis que le sang jaillissait de son front, touché par un morceau de brique.

Une femme lâcha son ombrelle en dentelle et se mit à crier "Ariane, Ariane". C'était à un petit chien que ses cris s'adressaient. Il titubait autour d'elle, un fragment de verre planté dans le crâne. Il fit un tour complet, puis, sous ses yeux, trépigna une seconde et tomba sur le flanc. La femme s'effondra à genoux, en larmes, et elle lui caressa la tête. Puis elle leva la main et la regarda d'un air absent. Du sang coulait des plaies causées par le fragment de verre planté dans le crâne du chien. Elle fut prise d'un petit tremblement puis tomba sur le chien, inconsciente.

Plus loin, tout le monde se figea pour regarder bouche bée. Hommes d'affaires qui marchaient d'un pas vif sur le trottoir, petits vendeurs de journaux, femmes qui faisaient leurs courses devant les étals de fruits et légumes. Il y avait un omnibus transportant une fanfare avec une troupe de danseuses faisant la danse du ventre, tandis que le racoleur beuglait au porte-voix les vertus du Cricket. Ils ne faisaient plus maintenant que regarder bouche bée. Les têtes se tournaient lentement, les gens s'interrogeaient du regard. Vous avez vu ça? Même un groupe d'Indiens utes qui passait là à cheval, le fusil sur les cuisses, s'arrêta une seconde, avant de repartir en secouant la tête.

Ce fut une putain d'explosion. Exactement l'explosion qu'on voulait. Je ne pense pas, dans ma vie, avoir jamais été plus satisfait que je le fus de cette explosion.

Mais il y eut ensuite un grondement tellurique. Et l'immeuble tout entier fut pris d'un tremblement.

— Ça va s'écrouler, hurla quelqu'un.

Un homme en costume jaillit par une fenêtre du deuxième étage. Il était presque dans la position de quelqu'un qui dort. Ça n'avait aucun sens. Il tomba comme une masse sur le trottoir, fut secoué d'un frisson, et lâcha un grognement audible. Un autre homme le suivit du troisième étage, accroupi comme un chat. Ses jambes explosèrent comme des outres de vin lorsqu'elles heurtèrent le sol, et il se balança sur son pelvis en rugissant. Et puis un autre sauta du quatrième étage, en un bond acrobatique. Il se tendit dans les airs de façon à tomber la tête la première. Ses bras se changèrent en fumée lorsqu'ils touchèrent le sol, et sa tête s'ouvrit en deux comme un grain de raisin.

Et puis un autre, et puis un autre. Je ne sais pas combien de temps ça a duré. Les gens criaient, pleuraient, suffoqués. Les plus intelligents couraient. Je fermai les yeux. Ça ne me fit aucun bien. Je les entendais heurter le sol. *Boum, boum, boum.*

Nouveau grondement. Il fit vibrer ma colonne vertébrale. Il me donna la nausée. J'ouvris les yeux. L'immeuble trembla une nouvelle fois, comme un mirage. Puis les murs de brique rouge s'abattirent comme une chute d'eau, et la structure s'effondra en accordéon, un étage après l'autre, la tour dévalant le long des parois qui s'effondraient, comme aspirée par un glissement de terrain. Un nuage de poussière de brique rouge roula vers nous en bouillonnant, puis tout le monde toussait, suffoquait. Ma vision se troubla, disparut. Je me sentis m'évanouir.

J'ai fait ça, pensai-je. Nom de Dieu, j'ai fait ça.

Des gens hurlaient. Des gens sanglotaient. Des gens émergeaient des gravats, hagards, couverts de poussière de brique de la tête aux pieds, peints comme des diables rouges. On ne distinguait pas le sang de la poussière. Certains avaient perdu des membres, un homme avait perdu un bout de son crâne et sa cervelle dégoulinait le long de sa joue. Ils se tâtaient le corps, se griffaient, serraient leurs blessures. Ils bramaient.

Puis je sentis un bras me saisir, me soulever. Nous bougions. Nous courions.

J'avais du mal à suivre ce qui se passait. Nous nous arrêtâmes et Goodnight me tint debout pendant que Cole m'époussetait. Puis nous bougions de nouveau. Nous arrivâmes au magasin Golden Eagle. Les ampoules électriques de l'enseigne brûlaient même en plein jour ; elles formaient une ribambelle qui remontait jusqu'au toit en mansarde, puis épousait les contours de la statue d'aigle royal qui le dominait. Des flots de clients entraient et sortaient par la grande porte en un mouvement de pulsation pornographique. Nous rejoignîmes la foule, nous y fondîmes, et disparûmes dans une ruelle.

Les pensées que j'avais dans la tête n'en étaient pas du tout. Elles se mouvaient en deçà de ce qu'on pourrait même considérer comme de la pensée. C'étaient des réverbérations. Je regardai Goodnight et il avait l'air gris.

J'étais avec lui quand il avait préparé la salle. C'est moi qui avais rempli toutes les failles et toutes les fissures en y versant exactement la quantité de nitroglycérine qu'il m'indiquait. C'est moi qui avais farci le bureau de dynamite. Il s'était occupé du boulot important, installant le détonateur sur le fauteuil dans lequel Lockwood nous avait dit que McParland s'assiérait et allumerait son cigare pour ouvrir la réunion.

Mais le reste, c'était moi.

Je ne pus brusquement plus penser à rien.

Cole et Goodnight m'accompagnèrent jusqu'à Union Station. C'était facile de se perdre dans la cohue. La fumée des trains qui se déversait par les portes béantes, le vacarme des roues de bois des chariots que les ouvriers poussaient sur les pavés, la foule, les bousculades. Comme il n'existe pas de meilleur déguisement que la respectabilité discrète, Goodnight et Cole avaient pris un bain et étaient passés chez le barbier pour un rasage et une coupe, et nous avions investi dans des vêtements et des bagages neufs.

Nous montâmes à bord d'un train de la compagnie Atchison, Topeka & Santa Fe Railway. Cole et Goodnight avaient réfléchi à la question de savoir quelle direction prendre, et ils avaient choisi le sud, et le Mexique. On savait qu'on n'avait quasiment aucune chance d'échapper aux Pinkerton si on restait aux États-Unis. Nos jours de vagabondage en clandestins d'un train à l'autre étaient finis, du moins pour le moment. Les fils du télégraphe devaient déjà bourdonner, envoyant de la flicaille fouiller tous les wagons de marchandise qui partaient de Denver.

Je fis le voyage dans un état de vertige. Tout allait trop vite. Je voulais fermer les yeux, mais je n'y arrivais pas. Je n'entendais rien sous le battement du sang dans mes oreilles.

Ça faisait *boum, boum, boum.*

Nous descendîmes de notre voiture Pullman à la gare de Pueblo et prîmes la passerelle pour rejoindre l'hôtel Farris, établissement à deux étages doté de thermes et d'une source d'eau minérale. Le genre d'endroit où aucun détective ne viendrait chercher des types comme nous.

Cole s'occupa de prendre une chambre pendant que Goodnight et moi patientions dans les ombres du hall près d'un palmier en pot. Avec son costume de soie moirée et son chapeau melon, Cole avait l'air d'un banquier. Goodnight se tenait voûté comme un homme deux ou trois fois plus âgé que lui, et ses cicatrices passaient pour des rides sous son chapeau à large bord. Vêtu de mon pantalon court et de ma veste à plis, je faisais semblant d'être son petit-fils.

Ensuite, nous étions dans la chambre. Aucun de nous trois n'avait ni dormi ni parlé depuis que nous avions posé la nitroglycérine.

Et puis Cole lâcha son sac de cuir sur le lit et se mit à glousser.

Mais il n'y avait rien d'autre que ce bruit tambourinant en moi.

Boum, boum, boum.

Puis il me serrait dans ses bras alors que j'étais tout fla-geolant, debout au milieu de la chambre. Il me donnait des tapes dans le dos, poussait des petits cris de joie.

— On est des putains de terroristes, hein ? dit-il.

— Quoi ?

— Un terroriste, petit, dit-il, c'est un dynamiteur avec une doléance.

— Quoi ? dis-je.

— C'est pas possible de parler avec toi, dit Cole. (Goodnight se tenait près de la fenêtre.) Ramène ton cul par là, Goodnight, dit Cole. Faut fêter ça.

Goodnight ne bougea pas de la fenêtre.

— Il se fait trop de putain de bile, me dit-il. Allons dîner quelque part.

Goodnight fit non de la tête.

— Espèce de sale enfoiré de sans-cœur. Je viens de faire sauter tout un bureau plein de Pinkerton, et toi tu me

chipotes un verre de rouge de métèque et un bifteck ?
(Cole me fit un clin d'œil et sortit une poignée de bonbons
d'une poche de sa redingote, une petite flasque de l'autre.)
Je savais qu'il allait être prudent. Je nous ai couverts.

Je m'assis par terre là où j'étais. Je vacillai. Puis je tendis
les mains.

— Ça fait ça à chaque fois. (Cole versa des bonbons
dans mes mains en coupelles.) N'en donne pas à ce foutu
pisse-vinaigre.

Goodnight était en train d'écrire. Il me montra le mot.
Va faire un tour.

— Il sort ? dit Cole. Putain, pourquoi lui il a le droit de
sortir et pas moi ?

Compter clochards.

— L'est plus taré qu'une mouche dans une cabane de
chiottes, dit Cole en s'allongeant sur le lit pour s'envoyer
une bonne gorgée de sa flasque.

Goodnight tapota son carnet.

J'étais pas sûr de pouvoir tenir debout, et encore moins
de pouvoir marcher et compter.

Mais je le fis.

Dehors dans les rues sombres, je l'entendais partout.
Boum, boum, boum. Et chaque fois je sursautais, et je
regardais autour de moi à la recherche des cadavres.

Et puis je me mis à remarquer un autre truc. Un truc
qu'était pas dans ma tête. Un truc qui clochait. Au début,
je voyais pas ce que c'était, mais je ne mis pas longtemps à
comprendre. Et à comprendre pourquoi Goodnight
m'avait demandé de faire ce tour.

Il n'y avait pas du tout de clochards.

Pas un seul. Personne mendiait, personne volait. Il n'y avait pas grand monde de toute façon. Un vieil homme juché sur un canasson gris, qui traçait un sillon dans la poussière ; et une charrette de charbon tirée par deux chevaux, cocher voûté sous son chapeau mou en loques comme si le poids du jour avait voilé sa colonne vertébrale. C'était tout.

Je marchai jusqu'à atteindre les bordels. Fermés.

Puis les cabanons. Aucune lumière non plus.

Lorsque je revins et dis le chiffre à Goodnight, zéro, Cole passa sa main sur son visage et en ôta toute la bonne humeur.

— Des chevaux, dit-il. On achète des chevaux et on se tire au galop.

Goodnight fit non de la tête. Goodnight écrivit : *Il faut qu'on se planque.*

— C'est ce qu'on fait, dit Cole. On file au Mexique. Pour s'y planquer.

Goodnight écrivit : *Pas Mexique.*

Cole ne discuta pas. Il fit juste oui de la tête.

— Pourquoi pas au Mexique ? dis-je.

— S'ils ont fermé toute la ville de Pueblo, c'est qu'ils ont deviné que c'est là qu'on veut aller, dit Cole. Ils vont fouiller tous les trains qui y vont.

— On va où, alors ?

— Quelque part à l'opposé du Mexique. Quelque part vers où ils fouilleront pas les trains. Quelque part vers où on n'emmerde pas les voyageurs avec billet.

Goodnight écrivit : *Leadville.*

— Leadville ? dit Cole.

Goodnight écrivit: *Ils ont tué des Pinkerton à Leadville.*

— On a pas d'autre choix? dit Cole.

Goodnight écrivit: *J'écoute.*

— Bon, dit Cole. J'aime pas ça. Y a que des connards qui vivent à Leadville.

40

SAM APPREND QUELQUE CHOSE
SUR COLE ET SUR LUI-MÊME

LES LANTERNES suspendues au plafond de la voiture se balançaient au rythme du train. J'étais quelque part entre la rêverie et l'éveil. En y repensant, je ne comprenais pas ce qu'ils fabriquaient, Goodnight et Cole. L'agence Pinkerton n'était pas une institution dont on pouvait se cacher.

Mais ce n'était pas à ça que je pensais à ce moment-là.

Mes pensées se réduisaient à *boum, boum, boum.*

Cole m'avait dit qu'il fallait que je les suive, qu'on devait porter la guerre loin de Cora. Il se peut même qu'il y croyait. Traiter avec cet homme, c'était comme regarder par le trou d'une serrure, mais à l'envers.

Nous arrivâmes à Leadville à la nuit tombée. Nous quittâmes le train fumant et cliquetant, traversâmes le bâtiment de grès de la gare, et en sortîmes. Le bâtiment était surmonté d'un beffroi et conçu pour des chutes de neige à trois mille mètres d'altitude, avec des lucarnes s'avançant comme des congères faisant saillie sur la douce pente du toit. Rien qu'à le regarder, vous compreniez à quel genre de climat vous deviez vous attendre. Au loin après les maisons de bois, derrière les terrils et les cheminées d'usine, dominant toute la chaîne Sawatch, le mont Massive n'aurait pas pu être plus net. On surnommait Leadville la ville dans les nuages, et je comprenais pourquoi. C'était comme se cogner l'épaule contre les étoiles.

— Hé, dit Cole à un homme d'affaires qui était descendu du train en même temps que nous, vous connaissez un bouge bien tenu où on pourrait se prendre un lit?

L'homme eut l'air ennuyé. Son visage était doux et duveteux comme s'il prenait des bains de lait.

— Vous pouvez essayer le Clarendon.

— Je peux essayer le Clarendon?

— Oui, vous pouvez essayer le Clarendon.

Cole pencha un peu la tête.

— Qu'est-ce que vous voulez dire par là, putain?

L'homme se détourna de Cole, et fit semblant d'attendre le tram.

— Je vous parle, dit Cole. Ça veut dire quoi, je peux essayer le Clarendon? Que le Clarendon est trop bien pour moi?

L'homme ne répondit pas.

Cole tendit le bras et, d'une claque, il fit tomber le chapeau de l'homme.

— Je te parle, espèce de petit merdeux.

Goodnight donna un coup de poing dans le dos de Cole.

Cole glapit. Se retourna, cherchant son arme, puis vit le visage de Goodnight.

— Ça va, merde. C'est bon, dit-il.

Mais ça ne lui plaisait pas.

Le Clarendon était un bâtiment de deux étages en bardeaux jouxtant l'Opéra Tabor de Leadville. Je commençais à me dire qu'il y avait un Opéra Tabor dans toutes les villes. Nous jouâmes la même comédie qu'à Pueblo. Cole prit les affaires en main dans le hall, moi je faisais semblant d'être son fils, Goodnight son père. Personne ne fit attention à nous lorsque nous passâmes sous les chandeliers à globes puis entre les colonnades sculptées et les plantes vertes pour gagner l'escalier qui menait à notre chambre.

— Alors, ça te plaît de vivre comme ça, dans le confort ? me dit Cole.

Goodnight avait pris son poste habituel près de la fenêtre.

— C'est pas trop mal, dis-je.

— Pas trop mal ? C'est tout ?

— C'est pas trop mal.

— Tu sais ce que tu peux faire, dans un endroit comme ça ? dit Cole. Tu prends une chambre, et tu vas tout de suite à la quincaillerie avec la clé pour t'en faire faire un double. Et puis le lendemain, tu dis que la chambre qu'on t'a donnée te plaît pas, on t'en donne une autre, et tu te fais faire un double de cette deuxième clé. Puis tu recommences pour une troisième. Après, tu vas mettre tes clés dans un coffre à la banque, tu quittes la ville et t'y reviens pas avant un mois ou deux. À la haute saison, tu te repointes, tu prends tes clés, tu cambrioles les chambres. Ça te fait de l'argent, petit.

Je voulus lui dire que c'était une bonne idée, mais j'en fus incapable. Le monde n'était que *boum, boum, boum*. Je sentis mon menton se remettre à trembler.

Cole grimaça.

— Elle te manque.

Je baissai la tête. Lorsque je la relevai, je vis la dernière chose à laquelle je m'attendais. Ses yeux étaient pleins de larmes.

— Betty me manque, dit-il. Elle me manque tellement que ça me fait comme si quelqu'un avait ouvert un grand trou à l'intérieur de moi. Comme si je me vidais de mon sang en saignant par le fondement. Mais y a un truc que je comprends pas. Tu veux que je te dise ce que c'est ?

— Oui, dis-je. Moi, je comprends rien du tout.

— Elle me manquait à peu près tout autant quand je l'avais encore.

Goodnight s'écarta de la fenêtre. Il écrivit : *Faut qu'on se mette au boulot.*

La règle était que nous devions rester ensemble. Toujours. Alors, tous les trois, nous descendîmes Harrison Street. Il était encore assez tôt pour qu'il y ait des hommes qui traînent dans les salles de billard et les saloons, la plupart pleins aux as. On suivait Goodnight. Il connaissait les lieux, et il cherchait un genre d'homme bien particulier. Alors nous quittâmes Harrison Street, prîmes vers le nord en direction d'Iron Hill, et marchâmes jusqu'à ce que les enseignes des échoppes ne disent plus COURTIER et CIGARES DE LUXE, mais BROCANTE et RÉPARATIONS DE POÊLES. Et nous entrâmes dans le premier saloon.

C'était le bon endroit. Il y avait une glacière en bois près du bar, des affiches publicitaires pour la bière Coors aux murs, des ampoules électriques nues qui pendaient du plafond. La salle était encombrée de tables et de tabourets aux pieds scellés à coups de marteau selon des angles absurdes. Et, c'était le plus important, elle était bondée de mineurs. Pantalons de grosse toile, ceintures de corde. Plusieurs d'entre eux faisaient la queue pour un bol de légumes pas cuits et de saindoux qu'ils appelaient pot-au-feu, d'autres faisaient la queue pour le picrate tueur de prêtres qu'ils appelaient vin.

— Les affaires marchent bien, dit Cole au portier.

Il avait une moustache prématurément interrompue du côté droit par une estafilade qui guérissait très mal et qu'il avait comblée avec une sorte de graisse noire, et il portait un tablier de forgeron en peau de mouton.

— Qu'est-ce que ça peut vous faire ?

— Pourquoi ils sont tous là ?

— Demandez-leur. Vous voulez un verre, oui ou non ?

— Donnez-m'en trois, dit Cole. Et si vous me parlez encore une fois sur ce ton-là, je vous étale vos putains de tripes partout sur votre robe.

Le vin arriva : deux gobelets en fer-blanc et une cruche bleue. Cole me passa la cruche.

— N'en bois pas, dit-il.

Je le humai. Ça pouvait être plein de trucs. Benzène, cocaïne, hydrate de chloral. Le seul truc que ça avait vraiment pas l'air d'être, c'était du vin.

Goodnight fit un geste de la tête en direction d'une table occupée par un vieil homme vêtu d'un costume de laine en lambeaux et d'un chapeau haut de forme. Il cachait l'efflorescence violacée de son nez derrière un livre tout déchiré.

— Vous voulez du vin ? lui dit Cole.

Un genre de fluide jaunâtre suppurait des yeux du vieil homme.

— Ça, oui, dit-il. (Cole prit ma cruche et la lui donna. Le vieil homme reposa bruyamment son livre.) Le bon vin, ça se refuse pas.

— J'ai l'impression que votre chance a viré au poisseux, l'ancêtre, dit Cole.

L'homme gloussa.

— J'ai vécu dans le Mississippi. Après ça, la malchance, ça existe plus.

— Pourquoi donc?

— À cause des lois sur le vagabondage qu'ils ont là-bas. Les flics touchent trois dollars par clochard qu'ils attrapent. Y en a un qui m'a attrapé, et ils m'ont collé une amende de soixante-quinze dollars. Ils m'ont fait travailler pour vingt cents par jour jusqu'à ce que je l'aie remboursée. Rien que ça, ça fait onze mois et demi. Sauf qu'il vous faut des vêtements, alors ils vous demandent trois dollars pour une salopette à cinquante cents, et sept dollars de plus pour une paire de brodequins. Y en a qui mettent des années à tout payer.

— Mais vous, ça y est?

Le regard du vieil homme se fit perçant et froid.

— Pourquoi vous me demandez?

— Je vous demande rien. Je fais que passer le temps.

— Moi et quelques autres gars, on a tout payé en travaux forcés à la prison du comté de Blackjack, dit le vieil homme. Et c'est tout ce que vous avez besoin de savoir là-dessus.

— Qu'est-ce qui vous amène à Leadville?

— La même chose que tout le monde, je suis un idiot. J'ai un cabanon. (Il but une gorgée.) D'ici moins d'un mois, j'aurai trouvé à m'embaucher dans une des mines. Bon sang, je sais pas ce qui m'a pris de venir chercher de l'or dans une ville d'argent.

— Bon, dit Cole. On a peut-être une proposition à vous faire.

41

SAM DIT AU REVOIR À UN AMI

COLE AVAIT DONNÉ à Harland, le vieux chercheur d'or,
quatre jours pour rassembler tout ce dont nous avions
besoin. Le plan était qu'on se terrerait dans un bordel le
temps qu'il aménage son cabanon de mineur, puis qu'il
nous y planquerait avec un stock de provisions, et qu'il
repasserait toutes les deux ou trois semaines pour prendre
nos nouvelles commandes. Cole lui offrait un bon salaire,
avec une prime quand les choses se seraient suffisamment
tassées pour qu'on puisse s'en aller. Les Pinkerton ne nous
traqueraient pas jusqu'à la fin des temps.

C'était un bon plan.

Jusqu'à ce qu'on se rende compte qu'on n'avait pas
quatre jours.

Ils étaient maladroits et bruyants. Des coléreux. Frap-
paient aux portes de tout le couloir, au bordel, à la nuit
tombée, pour faire sortir les résidents. Ils étaient deux. Ils
se plaignaient de leurs pieds fatigués. Ils se plaignaient
d'avoir crapahuté partout toute la foutue soirée. Ils se plaignaient de pas pouvoir se faire servir à dîner. Et, toute

façon, bordel de merde, qui pourrait croire que quelqu'un qui a pour ainsi dire soufflé tout un bureau de Pinkerton pourrait être assez con pour s'attarder dans le Colorado ? J'entendais les locataires protester en polack alors que les deux hommes faisaient irruption dans leurs chambres et mettaient le mobilier en vrac.

Je ne sais même pas pourquoi je ne dormais pas. J'avais encore fait un de ces rêves avec Cora. Le genre qui me réveillait toujours. Je me glissai hors de mon lit et allai toucher l'épaule de Goodnight, puis celle de Cole.

Goodnight se mit à bouger. Cole aussi.

J'allai à la fenêtre. L'ouvris. On était au deuxième étage.

Goodnight se posta à un pas de la porte, Cole sur le côté.

Les hommes continuaient à râler. À propos du froid, maintenant, et de l'odeur des Polacks. Puis ils cessèrent de râler juste le temps qu'il leur fallait pour tambouriner à notre porte.

Nous ne répondîmes pas.

Ils tambourinèrent de nouveau. Puis une clé cliqueta dans la serrure, et la porte s'ouvrit.

Ou plutôt s'entrouvrit, d'une soixantaine de centimètres, avant que Goodnight la referme d'un grand coup de pied, la claquant contre la tête du premier homme, qui avait déjà mis un pied dans la chambre. L'homme se plia en deux, porta vivement sa main libre à son nez, le serrant sous le coup de la douleur. La porte rebondit pour claquer contre le mur, tremblant sous la violence du coup. Goodnight la coinça avec son pied et braqua son Thunderer sur les hommes.

D'épais filets de sang et de morve coulaient sur le costume gris de l'homme qui s'était pris la porte en pleine face. L'autre homme se tenait derrière lui, les yeux écarquillés sous son chapeau de feutre parfaitement ajusté.

— Entrez, dit Cole.

Ni l'un ni l'autre ne bougea.

— Tout de suite, dit Cole.

La haine qu'il éprouvait pour les petits hommes gris se lisait sur toute sa personne. Il en cracha une partie par terre pendant qu'ils entraient, puis il referma la porte en la poussant du pied.

— À genoux. Contre le mur.

Celui qui n'avait pas le nez cassé ne bougea pas. Ses lèvres étaient prises de petits mouvements nerveux. Il les lécha, mais il ne bougea pas. Celui qui avait le nez cassé s'agenouilla, mais dos au mur, comme s'il n'avait pas bien compris.

Goodnight pressa le canon du Thunderer sur le front de celui qui avait le nez cassé et arma le chien avec son pouce.

Le menton de l'homme trembla. Puis il bougea sur ses genoux jusqu'à être face au mur.

Goodnight fixa l'homme qui n'avait pas le nez cassé. Il ne braqua pas son arme sur lui. Il se contenta de le regarder. Et, très lentement, l'homme se mit à genoux et se plaça face au mur.

Goodnight les fouilla. Des portefeuilles, qu'il vida de leur argent. Des insignes Pinkerton, qu'il laissa. Un revolver Schofield chacun, qui rejoignirent les portefeuilles sur le lit. Et deux matraques de cuir remplies de petits plombs. Il en jeta une sur le lit et garda l'autre en main.

Le détective au nez cassé commença à pousser des jurons d'une voix basse et monocorde. Nous avions les yeux fixés sur leurs nuques huileuses. Mon souffle papillonnait dans ma gorge comme un genre d'oiseau cancéreux.

Goodnight frappa d'abord celui qui n'avait pas le nez cassé. En un petit arc bien net, la matraque s'abattit juste à la base de son crâne. Il s'effondra d'un seul coup sur lui-même, sa tête heurtant le mur en descendant.

Lorsque son partenaire entendit le bruit creux de la matraque sur la tête de l'autre, un bruit comme quand on tape sur une pastèque avec le manche d'un couteau, il cessa de jurer. Il se mit à sangloter de soulagement.

Il fallut trois coups pour assommer cet heureux fils de pute.

Dehors, le ciel pendait comme un voile de glace, et les étoiles scintillaient brillamment au-dessus de nos têtes. Moi au milieu, Cole et Goodnight de chaque côté, nos bottes crissaient en écrasant la boue gelée.

— Comment est-ce qu'ils nous ont retrouvés ? dis-je. Ils nous retrouvent toujours.

— C'est leur boulot, petit. (La voix de Cole était amère.) Et, en ce moment, on est leur seul boulot.

— Alors comment on va faire pour se cacher ? dis-je. Expliquez-moi un peu.

— Ce sont que des hommes, dit Cole. Sois pas terrorisé.

— Je suis complètement terrorisé, bon sang. Je vais pas mentir.

Cole posa sa main sur ma nuque. Elle était rude, lourde, chaude.

— Est-ce qu'on s'est pas occupés d'eux, jusqu'ici ? Moi et Goodnight ?

Je ne répondis pas. Essentiellement parce qu'il ne me semblait plus que lui et Goodnight s'étaient occupés de quoi que ce soit. Nous passâmes devant un vendeur de potions qui haranguait la foule, juché sur une caisse de bois. Ça guérit tout, des cuticules à l'athéisme.

— Oui m'sieur, dit Cole. (Sa voix n'était plus amère. Elle avait retrouvé toute son effronterie.) Ils vont comprendre à qui ils ont affaire, avec moi et Goodnight. Quand on aura fini, lui et moi, on ira peut-être se battre à mains nues contre une tornade ou je ne sais quoi.

Puis une brume rose s'épanouit sur le devant de sa poitrine, et il tomba tête la première contre la terre glacée.

Je ne comprenais rien à ce qu'il venait de se passer.

Et un coup de feu claqua.

Le temps se figea. J'avais les yeux rivés sur Cole. L'arrière de sa tête, ses cheveux blonds voletant comme des soies de maïs dans la brise froide. Le trou dans son dos, et le sang qui en sort, bouillonnant comme l'acide phénique qui faisait des flaques dans les rues de Denver. J'eus l'impression de rester fixé sur lui comme ça pendant des heures, mais ça ne dura probablement pas plus d'une seconde.

Je commençai à me baisser. Pour faire quoi, ça, je l'ignore. Le retourner sur le dos et vérifier qu'il était vraiment mort ? Le trou qui le traversait aurait dû répondre à cette question. Je remarquai pour la première fois combien ses jambes étaient fines comparées à son torse. Il ressemblait à un pélican mort, désarticulé, et je sentis un éclat de rire hystérique monter en bouillant depuis le point vide de ma poitrine. Je me mis à me recroqueviller sur lui.

Puis Goodnight m'aplatit complètement.

Le vendeur de potions lâcha un petit souffle bruyant, comme s'il venait de se prendre un coup de poing dans le ventre, et il s'effondra. Un autre coup de feu suivit.

Goodnight m'attrapa et me jeta sur son épaule puis se mit à courir dans la neige sale et dans la boue.

Hyman's Club, un magasin d'alimentation. Plus près encore, une librairie.

Une balle faucha un charpentier qui venait de sortir d'un porche dont il était en train de construire l'encadrement à la lumière d'une lanterne. Elle arracha un bout de chair à son flanc, et il s'effondra sur lui-même.

La librairie. Une vieille femme se tenait derrière une des armoires vitrées, occupée à remplir un présentoir de magazines. Goodnight me lâcha et nous courûmes. Il renversa un tourniquet de cadres et enfonça la porte de derrière d'un coup d'épaule. Un long couloir, une autre porte.

Nous détalions dans les ruelles, prenant les chemins de traverse jusqu'à atteindre les fonderies. Je compris que Goodnight courait en direction des voies ferrées. Et qu'il ne le faisait que par pur instinct. Il courait juste vers les voies ferrées parce que c'était vers là qu'il courait. J'essayai de le rattraper, de l'attraper, parce que les voies ferrées ne pouvaient nous mener nulle part.

Puis nous dévalâmes un talus de berge, trébuchâmes, roulâmes et nous arrêtâmes juste au bord de la rivière Arkansas.

Nous nous accroupîmes sur la rive, ne fîmes rien d'autre qu'attendre.

— On peut pas le laisser là, dis-je.

Goodnight me regarda.

— Il faut qu'on aille le chercher, dis-je. On peut pas le laisser là comme ça dans la rue.

Les yeux de Goodnight firent une embardée dans leurs orbites comme s'il allait me frapper.

J'ouvris la bouche pour lui dire autre chose, mais il leva la main et me fit signe de me taire.

Et puis le monde bascula et je n'y étais plus.

42

SAM TERMINE SON ÉDUCATION

JE ME RÉVEILLAI comme si quelqu'un avait fait sauter un bâton de dynamite sur ma poitrine. Tout tonnait et se réverbérait en moi. Tout ce qui s'était passé au cours de la dernière semaine. *Boum, boum, boum.* La poitrine de Cole qui explose dans la rue. La froideur de Cora à mon égard. Je m'agrippai au cadre du lit pour empêcher le monde immense de s'envoler autour de moi. Il me fallut plusieurs minutes avant de pouvoir regarder les lieux et comprendre où j'étais.

J'étais sur la couchette du haut d'un lit superposé encastré dans le mur d'un petit cabanon en bois, à côté d'une commode brinquebalante. Il y avait un petit poêle à bois, et quelques étagères calées dans le mur à coups de masse, chargées de conserves de légumes et de viande. Goodnight était assis à une table. Devant lui, il y avait de la dynamite, une boîte d'amorces, des mèches et une pince à sertir. Il déroulait et mesurait des longueurs de mèche, qu'il sectionnait d'un seul coup net contre la table avec la lame pied de mouton de son couteau. Il leva les yeux et me fit un petit signe de tête.

— Où est-ce qu'on est ?

Il sortit son carnet et écrivit. Il me le tendit. *Chez Harland.*

— Ils ont abattu Cole juste là, dans la rue.

Il posa son carnet. L'éboulis rocailleux qui lui servait de visage s'effondra, puis se recomposa.

Je contins le tremblement de mon menton. Presque.

Ses yeux ne trahissaient rien.

Mon menton tremblait toujours. Je mis la main devant ma bouche.

Il prit une pile de livres dans un coin de la pièce. Il les posa à côté de moi sur la couchette. Des romans bon marché. Une douzaine de romans bon marché.

Je serrai mon menton avec la main. Un son sortit.

Goodnight se remit à travailler sur sa dynamite. Appuyait sur la lame de son couteau pour couper des bouts de mèche. Parce que la première chose que vous apprenez en tant que dynamiteur, c'est qu'on ne coupe pas les mèches en faisant des mouvements de scie. C'est pas un truc qui supporte la friction.

J'avais l'impression d'être à la fin du monde.

Mais non.

J'étais encore loin de l'entrevoir.

Goodnight sertit une amorce sur un bâton de dynamite.

Nous restâmes des semaines dans cette cabane. Des mois, peut-être. Je perdis le sens du temps. Au début, c'était une sorte de luxe, tout ce temps qu'on avait. Il y avait des livres, et plein de provisions, et pas une seule foutue personne au monde dont je doive m'occuper. Et au début, c'était parfait. Je lisais. J'étais tranquille. En fait, il est possible de vivre sans personne, si vous croyez le faire pour quelqu'un.

Jusqu'à ce que vous vous rendiez compte que c'est parce que la personne en question se porte mieux sans vous.

Ça, ça vous bouffe le cœur à petites becquées de moineau.

À partir de ce moment-là, je ne tins plus en place.

Goodnight le remarqua sans doute. À la prochaine tournée de courses, il chargea Harland d'une commande particulière. Des dessins de coffres et des schémas. Qu'il étudia avec moi, me montrant les points faibles. Comment mettre de la nitroglycérine dans les rainures des portes. Quelle quantité utiliser.

Puis il y eut toute une série d'outils de crochetage et de verrous de porte. Des dizaines et des dizaines, de toutes marques, de tous modèles. Nous y travaillâmes jusqu'à ce que je sois capable d'ouvrir n'importe lequel d'entre eux dans le noir. Goodnight installait de nouveaux verrous sur la porte de la cabane, et s'asseyait à table les yeux fermés, avec un livre sur les genoux. Mon travail consistait à crocheter le verrou, marcher sur le plancher grinçant, et prendre le livre sur ses genoux sans qu'il entende le moindre bruit. Et je finis par y arriver.

Il me montrait des choses dans son carnet, aussi. Il m'apprenait à lire les signes qu'on voit gravés dans le bois des châteaux d'eau. Le code des vagabonds. Les signes qui voulaient dire qu'il y avait des gains faciles à se faire dans la ville, et ceux qui voulaient dire qu'on y mettait les clochards en prison. Et, bien sûr, ceux qui indiquaient les vilaines routes.

Puis il passa en revue des cartes de chemin de fer avec moi. Me fit mémoriser les lignes qui menaient à Frisco, à

Chicago, et, surtout, à Pocatello. Une fois que Salt Chunk Mary vous avait accueilli, il ne pouvait rien vous arriver de mal, sauf si vous la contrariez. Oui, il y avait un prix à payer, mais c'était un prix honnête, et elle tenait toujours sa part de marché.

Ça, c'était le matin. L'après-midi, on emportait de la nourriture dans nos sacs à dos et on partait marcher, on peinait dans la neige en frayant notre chemin entre les branches des conifères. Chaque jour pendant des heures, souvent jusqu'à arriver en vue de Leadville, avant de revenir sur nos pas. On s'arrêtait de temps à autre, et il m'apprenait des trucs avec sa matraque ou son revolver.

Mais pour l'essentiel, il s'agissait seulement de marcher, je crois. C'est ça qu'il voulait vraiment me montrer. Que quand tout le reste a disparu, la marche, en elle-même, peut vous sauver.

Si son but était de m'empêcher de penser à Cora, il y échouait. Mais il m'épuisait bel et bien. Je dormais mieux que je n'avais jamais dormi avant, et que je n'ai jamais dormi depuis. La plupart des soirs, j'avais vraiment hâte de gagner ma couchette. Lire une minute, puis poser mon livre sur ma poitrine, fermer les yeux et penser à Cora. À la manière qu'elle avait de me regarder. À toutes les fois où elle m'avait touché. Où je l'avais touchée. Et puis ouvrir de nouveau mon livre, une minute, jusqu'à ce que ma poitrine s'emplisse de mes pensées pour elle. Elle était dans chacune de mes pensées et elle était toutes les pensées du monde. Le monde entier se réduisait à la mesure exacte de son visage. Et puis je m'endormais dans cet espace.

Je ne suis pas un idiot. Je sais que ce n'était pas pareil pour elle. Mais j'ignorais en quoi ça pouvait différer. Je sais que je n'avais pas le choix. C'est comme cette sensation que j'ai eue quand je suis rentré dans le bureau de Cole, à l'Abattoir, et que j'ai vu ce Pinkerton, le crâne complètement enfoncé, qui piaillait comme un petit poussin. C'est comme ma première fois avec la dynamite, dans le tunnel sous le Brown Palace. Des choses comme ça, vous ne pouvez pas les modifier, vous ne pouvez pas les expliquer.

Il y avait eu plein de fois où rien de ce que je pouvais lui dire ne lui convenait. Où elle s'en allait chaque fois que je m'approchais. Et pire, des fois où elle ne s'intéressait pas plus à moi que vous ne vous intéresseriez à une petite feuille de ronce accrochée à votre chaussette.

Et puis le monde se dépliait autour de moi comme une planche de jeu, et je m'y trouvai coincé en plein milieu, petit, perdu. Si on avait du vin, j'en buvais trop, je lui cherchais des noises, je disais les pires choses qui me passaient par la tête.

De temps à autre, je proposais un livre à Goodnight, mais il ne lisait jamais. Il se contentait de boire son laudanum, qu'Harlan lui apportait avec le reste des courses. Apparemment, maintenant qu'il en avait fini avec la dynamite, il avait arrêté d'arrêter. Il restait là assis devant le poêle à boire ses petites fioles ; de temps à autre, il crachait sur le poêle, et sa salive grésillait sur le métal brûlant.

Je ne savais pas ce qu'il faisait, à l'époque, mais je le sais maintenant. Quand vous attendez quelque chose aussi intensément qu'il le faisait, vous ne pouvez pas lire. Seul un idiot peut lire dans ce genre de moment.

Ou un enfant.

Le Pinkerton entra sans frapper, sa tête démesurée dode-linant sur son cou pâle. Ce n'était pas un Pinkerton normal. Il portait des lunettes aux verres verts et une chapka russe, et son visage avait l'air d'avoir été taillé à coups de pioche dans une souche d'arbre pourrie. Derrière lui il y avait un homme aux petits yeux ronds marron et aux cheveux clairsemés. Il se tenait dans l'embrasure de la porte, un fusil à bisons dans les mains.

Je me mis à trembler de partout. Mais je parvins à me contenir.

— On aurait dû vous apporter une dinde, dit l'homme aux lunettes vertes.

Il parlait d'une voix si douce et si suave qu'on aurait pu s'attendre à ce qu'ils nous vendent des bibles. Il tira une chaise à dossier en échelle de la table et la tourna pour la positionner face à Goodnight, allongé sur la couchette du bas, les yeux fixés sur le plafond. L'homme se mouvait comme une tête de mort sur un manche à balai, par gestes maîtrisés et étrangement contenus, comme si son crâne portait un poids terrible qu'il craignait de faire dégringoler au moindre mouvement brusque. Il s'assit sur la chaise.

Goodnight me montra du doigt, puis il montra la porte.

— Pour qu'il puisse aller chercher une arme et nous tirer dessus ? dit l'homme au fusil à bisons. Putain non, je crois pas.

— On n'est pas là pour vous faire du mal, dit l'homme aux lunettes vertes. (Sa peau jaune semblait avoir été clouée par petites plaques sur son crâne.) Si vous faites rien de stupide, personne ne souffrira.

Il sortit son revolver de son holster et le posa par terre.

Goodnight me montra de nouveau du doigt. Puis il montra de nouveau la porte.

Je fis non de la tête. Pas question que je m'en aille.

— Il est grand, dit Lunettes Vertes, sur le ton de la conversation. Il pousse comme de la mauvaise herbe.

— Je vous interdis de parler de moi comme si j'étais pas là, putain, dis-je.

Lunettes Vertes rit.

— Je referai pas cette erreur, dit-il. Ça fait longtemps que je sais que tu es le cerveau de la bande. (Il me dévisagea.) Tu veux savoir comment on vous a retrouvés, le petit génie ?

La seule chose que je détestais plus que d'entendre des gens parler de moi comme si j'étais pas là, c'était qu'on se moque de moi. Mais je tins ma langue.

— Vous nous avez bernés une petite minute en ne filant pas vers le Mexique. Mais à partir du moment où on a compris que vous achetiez des billets au lieu de prendre des trains en clandestins, il nous a pas fallu longtemps pour retrouver trois gars correspondant à vos portraits. Surtout quand l'un de vous a agressé un homme bien comme il faut juste devant une gare. Le truc, avec Lead-ville, c'est que, ouais, peut-être bien qu'ils aiment pas trop les Pinkerton, mais la moitié des mineurs qui y vivent sont des agents à nous. (Il me sourit, et ce n'était pas un sourire bienveillant.) Quand je t'ai dit que je te considérais comme le cerveau de la bande, ça n'était pas un compliment.

Goodnight prit son carnet et écrivit : *Vous avez tué mon ami.* Il le montra à l'homme au fusil à bisons.

— Un des plus jolis tirs que j'aie jamais faits. Longue distance, par vent fort. (Petits Yeux Ronds sourit de toutes ses dents.) Comme si je lui avais dynamité la tête.

339

— Mais le deuxième était vraiment merdique, non ? dis-je.

Ses yeux ronds devinrent noirs.

— Je parie que je peux te coller une balle dans ton petit cul de plouc d'où je suis.

— Il essayait pas de t'abattre, dit Lunettes Vertes. Il était même pas censé descendre votre ami. Juste l'érafler.

— C'était quand même un sacré putain de tir, dit Petits Yeux Ronds.

Le visage de Lunettes vertes se réorganisa autour de ses crevasses pour former ce qui me sembla être un sourire.

— Pourquoi vous me demandez pas comment on a survécu à votre bombe ?

Goodnight ne fit rien qui puisse laisser penser qu'il l'avait entendu.

— Vous l'aviez reliée au fauteuil de McParland, c'est ça ? C'est là qu'était le détonateur ?

Goodnight tourna la tête et projeta un globule de salive en une trajectoire en arc qui atterrit, à l'autre bout de la pièce, sur le dessus du poêle.

— Vous vouliez tous nous tuer.

La salive de Goodnight grésilla.

L'homme rit. Les os bougèrent sur le haut de son visage, comme une espèce de chaîne de montagnes errante.

— Bon, vous avez effectivement tué tout le monde dans le bureau, dit-il. Et quasiment tout le monde dans le bâtiment, putain. (Il rit de nouveau.) Mais la seule personne présente dans le bureau était une secrétaire. Une secrétaire, c'est tout.

Goodnight ferma les yeux.

— Elle était venue apporter de la paperasse pour la réunion. Vous savez où elle l'a posée ?

Goodnight avait toujours les yeux fermés.

— Sur le fauteuil de McParland. On n'a retrouvé d'elle que ses pieds et ses chevilles. On admirait tous ses chevilles. S'il existait un musée des chevilles, on les aurait fait empailler pour les y exposer.

J'attendais que Goodnight fasse quelque chose. N'importe quoi.

— McParland était à Chicago. J'étais avec lui. Vous savez comment c'est. Quand le patron est pas là, les employés sont pas toujours très consciencieux question ponctualité.

Goodnight ne bougeait pas.

— Mais on a admiré votre boulot. Votre plan laissait un peu à désirer, mais le boulot lui-même, personne peut le critiquer.

Goodnight n'avait pas l'air d'apprécier le compliment. Mes yeux faisaient des va-et-vient entre les trois hommes. Je ne comprenais pas du tout de quoi ils causaient. C'était comme s'ils avaient parlé le langage d'une espèce différente.

— J'ai un message de la part de M. McParland. Il veut vous engager.

— Putain, mais de quoi vous parlez ? dis-je. Il va pas travailler pour vous.

Goodnight leva la main pour me faire signe de me taire.

— Non, dis-je. Hors de question, putain. Ils ont tué Betty. Ils ont tué Cole. Ils ont voulu nous tuer.

Goodnight fit un petit geste de la main en direction de la porte.

— Mon cul, dis-je. J'irai nulle part.

D'un regard, Goodnight me fit comprendre qu'il fallait que je m'écrase comme une avalanche. Mais je ne bougeai pas.

— Vous êtes un homme aux talents rares, dit Lunettes Vertes à Goodnight. M. McParland ne fait pas cette offre à la légère.

Goodnight me regardait toujours. Je ne savais pas ce qu'il y avait dans le regard qu'il m'adressait. Je n'avais aucune façon de le jauger. En cet instant précis, je réalisai à quel point je le connaissais peu. Tel qu'il était vraiment. Tout le temps que j'avais passé à essayer de le déchiffrer, à me l'imaginer comme mon billet d'entrée dans le Monde des Crânes de Nœud, comme le portier, et toutes les histoires que j'avais rassemblées sur lui, et pour finir je n'en savais pas plus sur qui il était vraiment que ce premier matin où je l'avais trouvé sur le toit de l'Usine.

Et je réalisai aussi que ça n'avait aucune importance. Que j'avais déjà vu tout ce que j'avais besoin de savoir sur lui.

Il leva de nouveau la main et me fit signe de sortir.

Et, de nouveau, je fis non de la tête. Je savais ce qui arrivait à mon visage, à la façon dont j'étais incapable de contrôler ses mouvements, mais je fis non de la tête.

— La plupart des hommes n'ont pas de deuxième chance, Goodnight, dit Lunettes Vertes. Vous si.

Goodnight se détourna de moi et regarda Lunettes Vertes. Il fit le geste de boire, et montra la commode.

— Vous avez besoin d'un verre ? dit Lunettes Vertes.

Goodnight refit oui de la tête.

— Alors prenez un verre.

Goodnight montra de nouveau la commode. Le tiroir du haut.

L'homme au fusil à bisons ouvrit le tiroir et en sortit une bouteille de whiskey.

Goodnight intercepta mon regard et me fit un petit signe de tête en direction de la porte. Son visage était comme un grand trou ouvert en plein milieu du monde. Ouvert d'un coup, et tout l'air de la Terre en jaillissait en rugissant autour de moi, pour ne laisser que le genre d'espace vide d'où je savais que je ne reviendrais jamais.

J'ouvris la porte et m'enfuis en courant.

Je ne pense pas avoir pu entendre ce tiroir se fermer. Ni le cliquetis du contact qui se fait. J'aime penser que oui, mais ce n'est pas possible.

L'explosion, elle, je l'entendis. Elle fusa depuis la dynamite placée sous le lit de John Henry Goodnight. Elle fit sauter la pièce en une déflagration soudaine, suffocante. Elle déchira le toit. Et ce fut comme si quelqu'un avait nettoyé toute la suie de la cheminée de mon cerveau. Tout était clair comme du verre. Au sujet de Goodnight, au sujet du monde, au sujet de tout.

43

SAM CREUSE LENTEMENT UN TROU
ET RENTRE CHEZ LUI

Je fis ce que Goodnight m'avait dit et redit de faire, encore et encore, en me montrant chaque matin son carnet ouvert sur la page où il avait noté le plan. Je récupérai le paquet qu'il avait caché sous la neige au pied d'un des pins tordus derrière la cabane, et je filai à Leadville.

C'était le plan au cas où quelqu'un nous trouverait. Le reste du plan disait qu'il me rejoindrait à Denver.

Mais ça, ce n'était plus le plan.

Je trouvai le château d'eau juste à l'entrée de Leadville. Il y a toujours une jungle de vagabonds près des châteaux d'eau. Goodnight m'avait aussi appris ça. Là, c'était un petit camp abandonné au bord d'un ruisseau. Un trou à feu noirci, des bûches pour s'asseoir disposées tout autour, et un miroir cloué à un arbre en bordure de clairière pour la toilette.

À coups de pied, je dégageai la neige en bas d'un arbre et m'y assis, adossé contre le tronc, puis je sortis le revolver Schofield du sac à dos.

Je me mis à pleurer. Je ne vais pas mentir. Je pleurai comme un bébé, en pensant à Goodnight.

Et sans m'en rendre compte, sans même fermer les yeux, je disparus. Totalement inconscient.

— C'est lui, dit une voix.

C'était une voix grave qui vibrait en vous, comme s'il avait parlé dans une bûche creuse.

— On n'est pas sûr que c'est lui, dit une autre voix. (Celle-ci avait des inflexions rusées et fluides. C'était un Noir, ça s'entendait.) On sait pas qui c'est, nom de Dieu. Ça pourrait être Jesse James, avec le Schofield qu'il a.

— Jesse James est mort. Depuis pas mal de temps.

— Mon cul, dit le Noir. J'ai vu Jesse James à Memphis. Il est pas mort, il est juste vieux.

— Bon, si c'est Jesse James, il a pas mal rajeuni, dit le Blanc.

— Je me demande où peut être son copain. Celui qu'on voit sur les affiches.

— L'est sans doute mort d'un excès de plomb. J'ai connu une pute qui faisait des passes pour presque rien, dans le temps. Elle avait un œil fou, et quand elle était saoule, fallait qu'elle le ferme pour pouvoir marcher droit. Sauf que des fois, elle se trompait, elle fermait son bon œil, et là, c'était un vrai naufrage. Elle se faisait sauter par des chiens et des nègres pour se payer son opium, à ce qu'il me souvient.

— Des chiens et des nègres ?

— C'est pas ce que je voulais dire.

— Tu l'as sautée ?

Le gloussement grave du Blanc emplit les fourrés.

— Tout ce que je voulais dire, c'est que si elle avait vu l'autre vieux gars, elle se serait arraché son bon œil et elle aurait vécu le reste de sa vie à marcher tout de travers. C'est un putain de gorille immonde.

— Bon, c'est pas Jesse James, c'est pas un gorille, et c'est pas ta tante borgne. On a drôlement réduit le problème, dis donc.

— Pas besoin de le réduire. C'est lui.

— D'accord, ça va, c'est lui. On fait quoi, maintenant ?

— On fait du café.

— Il va vouloir manger, aussi.

— On a du bacon qu'est pas trop aigre. Il le mangera, s'il est pas difficile.

— Je trouve ça triste d'offrir du bacon aigre à un jeune gars qui se cache des Pinkerton.

— Le bacon aigre, c'est tout ce qu'on a. S'il les avait tous tués, ça serait peut-être pas pareil. Je pourrais peut-être aller chasser un cerf et le lui découper, ou quelque chose comme ça.

J'avais le cul complètement engourdi. Je ne savais pas du tout depuis combien de temps je dormais. J'ouvris les yeux et fus content de voir que je tenais toujours le revolver.

— Et voilà, dit le Blanc. On l'a réveillé. (Il avait le visage dur et crevassé, et il portait un costume noir et un manteau crasseux. Il se tenait les bras croisés pour se protéger du froid.) Nous qui voulions lui faire la surprise en lui servant un petit déjeuner.

— On n'aurait jamais pu le surprendre, dit le Noir.

Il était plus jeune, avait la peau claire, et dégageait quelque chose de calme et d'épuré. Son costume brun olive n'était pas dans un meilleur état que celui du Blanc, mais sa crasse faisait comme un dépôt sédimentaire d'allure plus propre. Son visage moustachu était aussi doux et chaleureux que celui de l'autre était dur et froid.

— Plus rien le surprendra jamais.

— Qui êtes-vous ? dis-je.

— Je m'appelle Jimmie Carson, dit le Blanc. Et ce gars-là, c'est Blind Willie Hurt.

— Vous êtes aveugle[*] ? dis-je.

Blind Willie souffla dans ses mains.

— Je l'ai été une semaine quand j'étais petit. Le surnom m'est resté.

— Si t'avais un peu de foutue décence, tu le changerais pour quelque chose de plus convenable, dit Carson.

— Comment ça se fait que vous êtes au courant, à propos des Pinkerton ? dis-je.

— Tout le monde est au courant à propos des Pinkerton, fils, dit Carson. Ils ont mis la ville sens dessus dessous à votre recherche. Interrompu toutes les bonnes parties de cartes. T'es un héros. Des gars paient des tournées générales en ton honneur.

Il cracha en signe d'approbation.

— Je vais à Denver, dis-je. J'ai besoin d'y aller vite.

— Nous aussi, dit Blind Willie. On sautera dans des trains différents.

— On peut prendre le gamin avec nous, dit Carson.

— J'ai déjà assez d'ennuis comme ça avec les Pinkerton, dit Blind Willie.

— Pense à toutes les chansons que tu pourras écrire là-dessus, dit Carson.

* "Blind" signifie "aveugle".

Blind Willie sauta à bord du wagon ouvert. Avec aisance, fluidité. Carson le suivit, d'un bond étrange et disgracieux. Je sautai en dernier, d'un coup sec, m'agrippant à la rampe.

Wagon de marchandises rempli de caisses frappées de la marque Sears, empilées presque jusqu'au toit. Caisses de grande taille, le genre qui sert à transporter des poêles ou des éviers, blanches et lisses comme de l'os, dégageant une odeur de bois à la fois douce et piquante dans la froidure. Blind Willie s'était déjà faufilé par-dessus les caisses pour aller se mettre au fond du wagon.

— Venez, nous dit-il en criant. Ce putain de wagon est qu'à moitié chargé.

Carson et moi escaladâmes la pile. Les caisses branlaient sous nos genoux et sous nos mains tandis que nous progressions sur elles en chancelant. Nous nous laissâmes tomber dans l'espace libre comme des glands murs d'un chêne.

— Hé, dit Carson en époussetant la poussière de bois des caisses de ses genoux et ses coudes. C'est un foutu bon coin.

— Y a pas un Pinkerton au monde qu'irait grimper par-dessus ce tas de caisses, dit Blind Willie.

— C'est sûr, dit Carson. Le monde est plein d'hommes pas armés. Pourquoi se donner tant de mal pour tirer dans le dos de l'un d'eux en particulier ?

Je m'assis contre la paroi du wagon. L'air sentait le bois des caisses et la fumée de charbon de la locomotive. Le soleil levant le réchauffait déjà de façon très agréable.

— Fais gaffe à bien laisser le chien sur une chambre vide, dit Carson. Surtout si tu le portes dans ton froc.

Je le regardai.

— Le Schofield est un bon revolver, dit-il. La carcasse basculante, c'est bien pour recharger vite. C'était l'arme de Jesse James. Mais en cas de faux mouvement, si t'as une balle dans la chambre, le coup part comme de rien.

Le soleil du matin passait par les rainures de la porte du wagon, illuminant la poussière de bois en suspension.

— Bon. (Carson se frappa les cuisses.) Ça vous dirait, une partie de cartes ?

— On miserait quoi ? dit Blind Willie.

— Des cigarettes.

— Des cigarettes ?

Carson haussa les épaules.

— J'ai pas d'argent.

— D'accord, dit Blind Willie.

— Formidable. (Carson pêcha un paquet de cartes dans son sac.) Tu me files une cigarette ?

Carson et Blind Willie jouèrent aux cartes toute la journée. Ils jouèrent d'abord les cigarettes de Blind Willie, puis, quand elles furent toutes fumées, ils jouèrent des cigarettes à venir. Cigarettes dont la valeur grandit exponentiellement à mesure que le temps passait alors qu'ils ne pouvaient pas fumer. Je m'assoupis.

Lentement, mais sûrement, le soleil nous quittait. Puis il disparut complètement ; les deux hommes levèrent les yeux de leurs cartes, surpris et brusquement frigorifiés.

— Ça alors, ça me la coupe, dit Carson. (Il s'étira.) Je l'ai pas vu venir. Il fait noir comme dans le cul d'une vache, ici.

— Ça fait ça tous les jours, dit Blind Willie.

— Tu comptes pas dormir, si ? dit Carson à Blind Willie.

— Je vais d'abord m'en griller une petite.

Carson secoua la tête d'un air grave.

— Je peux pas te laisser faire ça tout seul.

J'étais déjà de nouveau à moitié endormi.

La déflagration tonna comme si quelqu'un avait tiré un coup de canon contre le flanc du train.

— Qu'est-ce qui se passe ? hurlai-je. Putain, qu'est-ce qui se passe ?

Personne ne répondit.

L'obscurité était étrange et lourde. Étouffante. Respirer me faisait mal, bouger me faisait mal. Je farfouillai dans mon manteau, trouvai une allumette, la craquai sur le plancher, et, lentement, le toit émergea hors du noir en vacillant. Il s'était rapproché de moi je ne sais comment, à peine à un mètre vingt du sol, comme si la lune lui était tombée dessus.

Je toussai, toussai encore. Je n'arrivais pas à m'arrêter de tousser.

Puis je vis les pieds de Carson et de Blind Willie, qui pendouillaient juste au-dessus du sol, leurs chaussures tapant contre la paroi au rythme régulier des rails sous le wagon de marchandise.

Et j'entendis un autre bruit, un flic-floc continu, monotone.

C'était le bruit de leur sang tombant au goutte-à-goutte sur le plancher. Les deux hommes n'avaient pas du tout de torse, ils se terminaient juste là où commençait le nouveau toit raccourci.

Les caisses avaient bougé. On avait dû gravir une côte, et tout le dernier étage de caisses avait glissé vers l'arrière, coupant les pauvres bougres en deux.

Et une des caisses s'était détachée des autres, m'avait percuté à hauteur de la poitrine, et me coinçait.

Je parvins à insérer mes mains entre moi et la caisse. Ma poitrine se vrilla de douleur, mais je poussai la caisse suffisamment pour rouler de côté et m'en libérer. Puis je restai allongé sans rien faire quelque temps. Je me remis à tousser, me raclant la gorge pour me débarrasser de la poussière de bois qui l'encombrait. L'obscurité vacillait, dansait dans mes yeux. Je retins ma toux, bloquant ma respiration jusqu'à ce que ça passe. Je me mordis le poing à en pisser le sang pour m'empêcher de hurler.

L'obscurité s'ouvrit autour de moi. Elle s'étendait partout. Elle était infinie.

Je perdis connaissance.

Mais, de temps à autre, je me réveillais. Les caisses m'entouraient complètement. Je n'arrivais pas à les pousser, et je ne pouvais pas les contourner. Je ne pouvais pas me faufiler entre elles, et je ne pouvais pas non plus leur passer par-dessus.

Alors j'ouvris mon couteau et commençai à attaquer une des planches de la paroi du wagon. Je forai d'abord un trou avec la pointe de la lame, puis je l'agrandis. Lentement, régulièrement.

Je venais à peine de finir de le creuser quand le train s'arrêta en hoquetant à Denver. Je dus me servir de ma main libre pour décoller mes doigts du manche du couteau. Mon souffle s'arrachait de mes poumons en lambeaux déchirés.

J'étais dans le quartier des abattoirs. Près du quartier de Deep South. La pluie tombait à verse. Je peinais dans la boue, en direction de l'ouest, m'enfonçant dans le dédale d'aiguillages bourdonnants, de wagons de marchandises, de sifflets, de cris, de fumée noire et de vent hurlant. Le grondement des trains qui emportaient la viande en conserve dans un sens, et les beuglements de la viande pas-encore-en-conserve qu'on apportait dans l'autre.

Puis la longue marche vers le Tabernacle. M'arrêtant tous les quelques pas pour suer sous la pluie, en m'efforçant de ne pas m'évanouir.

Et j'étais devant la porte. Sur le point d'entrer.

Quand Cora en sortit. En robe. Toute propre et toute pimpante.

44

SAM COMPREND CE QU'IL VEUT

J'EUS L'IMPRESSION de couler dans une grotte sous-marine. Tout là-haut luisait une sorte de soleil, mais plus pâle ; sa lumière se faufilait dans l'eau jusqu'à moi, formait des arcs autour de moi. J'étais heureux de couler. Heureux de laisser filer tout besoin de remonter.

Mais c'est alors que je saisis un fragment de Cora. Une intonation de voix qui ne pouvait être qu'à elle. Ou la sensation de sa main sur ma joue. Ou son odeur, comme la terre légèrement calcinée longtemps après un incendie de forêt et juste après la pluie. Et je cessai de couler. Je me débattais pour gagner la surface.

Et elle disparaissait et je coulais à nouveau.

Mais chaque fois je coulais moins profond, et ma lutte vers le haut était moins difficile. Et puis je cessai complètement de couler. Et j'étais hors de l'eau.

Et j'étais dans ses bras.

Pauvre Cora, elle me pleurait dessus.

C'était une chambre propre. Murs blanchis à la chaux, draps blancs, et deux autres lits, blancs comme celui dans lequel je me trouvais, vides. Une lumière pâle et blanche d'hiver filtrait par la fenêtre. Et Cora, comme une lumière jaune, plus chaude.

Je me sentis m'en emplir, je me sentis m'emplir d'elle.

Lorsque je pus parler, je dis :

— Où suis-je ?

Elle s'écarta de moi. Elle se tenait au bord du lit, vêtue d'une robe à fleurs rouges.

— Au Tabernacle, dit-elle. On a notre propre infirmerie, pour qu'on ait pas à côtoyer les Crânes de Nœuds. (Elle tirait de sa main gauche sur son index droit.) Qu'est-ce qui s'est passé, Sam ?

Qu'est-ce qui s'est passé ?

Qui peut répondre à ça, au sujet de quoi que ce soit ?

Mais je lui dis du mieux que je le pus. Depuis le moment où on avait trouvé Betty, la femme de Cole, brûlée vive, jusqu'à Goodnight qui se fait sauter. Et en la racontant, je me rendis compte du genre d'histoire que c'était.

À Denver, c'étaient tous des pigeons. C'est une chose que j'ai apprise. C'étaient des pigeons parce qu'ils refusaient de croire en la personne qu'ils étaient. Ils pensaient, tous autant qu'ils étaient, qu'il y avait quelqu'un de meilleur juste en dessous de leur peau.

Betty, par exemple, croyait mériter l'amour et être capable d'en donner. C'était exactement ce que Cole pensait de lui-même.

Comment on vit avec des gens comme ça ? Une ville entière peuplée de pigeons ?

Il n'y a qu'une seule réponse. On ne vit pas. On fuit. Faire autre chose que fuir, c'est comme bourrer son âme de dynamite avant d'aller se promener dans une fournaise. C'est risquer de devenir aussi tordu et aussi fracassé qu'ils le sont tous. Devenir un Crâne de Nœud.

Car, ne vous y trompez pas, des grands escrocs de Capitol Hill aux petits escrocs de The Line, tous étaient fracassés. Certains pouvaient peut-être croire qu'ils étaient capables de mieux, mais ils se trompaient.

La ville qu'ils s'étaient construite ne permettait aucune amélioration.

Je croyais raconter une histoire triste à Cora, mais lorsque j'en eus fini elle n'avait pas du tout l'air triste. Tous les muscles de son visage étaient tendus, enflammés.

— Il est mort?

— Il est mort.

— Et cet homme, là, ce James McParland, c'est lui qui les a envoyés?

— C'est le chef des Pinkerton.

Sa respiration était rauque.

— Et ils savent qui tu es. Tu grandis comme une mauvaise herbe. T'es le cerveau de la bande. C'est ce qu'a dit l'autre Pinkerton. À propos de toi.

J'avais déjà pensé à ça. Je ne dis rien. Ce n'était pas la peine.

Elle détourna ses yeux de moi. Porta son regard vers la fenêtre. La fine lumière qui y filtrait rendait sa peau plus pâle; ses yeux et ses cheveux n'en étaient que plus noirs.

— Cora, dis-je.

Ses épaules frémirent.

— Cora, dis-je.

La porte s'ouvrit et le pasteur Tom entra.

— Tu es réveillé, dit-il.

Cora tira la manche de sa robe sur la paume de sa main et s'essuya les yeux avec. D'un côté, puis de l'autre.

— Il est réveillé.

— Tu lui as dit ? dit le pasteur Tom.

Cora ne répondit pas.

— Quoi ? dis-je.

Cora ne répondant toujours pas, le pasteur Tom le fit.

— On a organisé une aile spéciale rien que pour les enfants. C'est Cora qui s'en occupe. C'est elle qui décide qui entre, qui sort. Cette aile est la sienne, à elle de la gérer comme elle juge bon.

Cora regardait le pasteur Tom comme s'il était une crue torrentielle dévalant d'un canyon. Elle tirait sur les doigts de sa main.

— Cora, dit le pasteur Tom.

— Ils ont tué Goodnight et Cole, dit-elle. Et ils savent qui est Sam.

— Je vois, dit le pasteur Tom.

— Vous voyez ? dit-elle.

Le pasteur Tom se tourna vers moi.

— Sam ?

Je ne répondis pas.

— Sam ? dit-il.

— Qu'est-ce que vous croyez voir ? lui dit Cora.

— Ils ont besoin de toi, ici, dit-il. Et tu as besoin d'eux.

Elle tirait sur ses doigts, le regardait d'un air désemparé. Puis elle me regarda.

— C'est Sam qui a fait ce choix, dit-il, et il l'a fait tout seul.

Ma tête devint noire et dense.

— Ce que j'ai fait, je l'ai fait pour qu'ils s'approchent pas d'elle, dis-je au pasteur Tom. Arrêtez de la bassiner avec vos conneries.

— C'est pas une chose dans laquelle tu n'aurais fait que tomber, me dit le pasteur Tom. Tu as vraiment tout fait pour que ça se produise.

Ma tête palpitait violemment. J'avais l'impression qu'elle allait entrer en expansion pour emplir toute la pièce.

— C'était pour gagner l'argent dont on avait besoin. Pour nourrir les petits.

— C'était ce que tu voulais, dit-il. Personne ne pourrait travailler pour quelque chose d'aussi dur sans en avoir envie.

— Conneries.

— Réfléchis, Sam. (Sa voix n'était pas malveillante.) Réfléchis bien.

Je n'arrêtais pas de sentir cette pulsation dans ma tête. C'était comme d'être monté trop haut sur une montagne où y a pas assez d'air. J'avais du mal à respirer. J'avais l'impression de me regarder moi-même depuis une très grande hauteur.

— C'était écrit depuis le début. Où voulais-tu que ça mène ? Tu l'as fait, Sam. Et tu t'es obstiné, peu importe qui pouvait te dire d'arrêter.

— Conneries.

— Et tes amis, Cole et Goodnight. Ils le savaient, et ils ont continué quand même. Comment tu les appelles, déjà ? Des Crânes de Nœud ? C'est pas justement ça que ça veut dire ?

Je ne parvins même pas à dire que c'était des conneries.

— Voilà ce que ça veut dire, être l'un d'entre eux.

Cora arrêta de tirer sur ses doigts. Elle était assise sur le lit, les mains serrées. Elle ne pleurait plus. Son visage était fin et blanc, et elle avait la tête baissée, alors je ne voyais pas ses yeux, juste ses cheveux tirés en arrière et la ligne blanche de son cuir chevelu à l'endroit de la raie.

— Viens avec moi, lui dis-je.

— Être l'un d'entre eux, ça veut dire que tu t'obstines tout en sachant comment ça va finir, dit le pasteur Tom. Parce que tu ne peux pas faire autrement.

— S'il te plaît, dis-je à Cora. Il peut s'occuper d'eux.

— Et tu es l'un d'entre eux, Sam, dit le pasteur Tom.

— On pourra envoyer de l'argent, dis-je à Cora. J'ai appris de nouvelles choses. Je pourrai gagner tout l'argent que tu voudras. Ça sera plus jamais un problème.

Le pasteur Tom tendit la main et la posa sur le bras de Cora.

— Il est temps, lui dit-il.

Elle leva la tête vers lui. Puis elle se tourna vers moi. Ses yeux étaient noirs et posés.

— Il est temps, Sam, dit-elle.

Elle se leva, se pencha sur moi, m'embrassa sur la joue.

— Il est temps.

Puis elle quitta la pièce.

Je ne la suivis pas. Je ne tentai pas de la dissuader de rester. Je savais bien que c'était inutile d'essayer de la dissuader de quoi que ce soit. J'enfilai les vêtements propres que le pasteur Tom m'avait apportés, je sortis du Tabernacle et m'enfonçai dans les rues scintillantes de Denver. Au loin, poussés par le vent, derrière les cheminées et les lampadaires, derrière les Bottoms, des nuages descendaient des Rocheuses comme des drapeaux déchirés, puis rencontraient le brouillard noir de la ville, s'y délitaient.

J'imagine que j'éprouvais la même chose que Goodnight quand le coffre avait sauté en tuant sa Bee, ou que Cole quand il était rentré chez lui pour trouver sa maison en flammes et sa Betty carbonisée. Cette sensation que l'univers s'est fait mettre cul par-dessus tête et entièrement vider par les choix que vous avez faits. Qu'il ne reste plus rien qu'un vide sans fin dans lequel il n'y a que vous, et vous êtes minuscule.

Alors je marchai vers la masse vide aux contours déchiquetés que formaient les Rocheuses, loin des lumières de Denver, vers la partie la plus noire de la nuit. Vers les voies ferrées pour sauter dans le premier train de marchandises qui s'en irait de la ville.

Où pouvais-je aller, sinon ?

ÉPILOGUE

JE NE SUIS JAMAIS retourné à Denver, et, pour ce qu'on m'a dit de la façon dont ils ont nettoyé la ville, je ne veux jamais y retourner. Au bout du compte, Cole avait raison. Ils ont fini par la récurer et la lustrer jusqu'à ce qu'elle brille comme de la porcelaine. Ils se sont débarrassés des bordels et des tables de faro, et les sales garces des ligues de tempérance s'en prennent maintenant aux saloons. D'ici peu, j'en suis sûr, ils vous arrêteront pour avoir allumé une cigarette à l'intérieur des limites de la ville.

J'imagine que les villes changent. J'imagine que tout change. J'imagine qu'on ne fait tous que s'accrocher à des souvenirs.

Je n'aurais jamais pensé que j'en viendrais à éprouver de la nostalgie pour le Denver de mon enfance. Mais c'est comme ça. La vie était dure pour nous, je ne le nie pas, mais on pouvait s'en sortir. On pouvait travailler pour les cueilleurs de pigeons ou les joueurs de faro. On pouvait aller traîner du côté des bordels et des fumeries d'opium. Ou on pouvait inventer notre propre arnaque nous-mêmes et la mener nous-mêmes. Y avait toujours un pigeon riche qu'on pouvait plumer.

Mais ils ont nettoyé la ville de tous les moyens qu'on avait d'échapper à leur charité, et maintenant il ne reste plus que la charité. Quand j'étais petit, j'étais convaincu que les grands Crânes de Nœud avaient envie, plus que tout, de nous bouffer. Et j'avais raison. S'ils pouvaient vous attraper et vous coller dans leurs abattoirs ou leurs fonderies, ils le faisaient. Mais maintenant, ils vous forcent à le mendier. Mendier pour travailler dans leurs usines, faire le ménage dans leurs maisons, livrer leur lait.

Les rues de ce nouveau Denver ? À ce qu'on m'a dit, vous pourriez manger dessus, tellement elles sont propres. Et ils n'ont pas fait que nettoyer la ville. Je sais que c'est ce qu'ils disent, mais c'est faux. Les choix qu'un homme peut faire sont ce qui fait l'homme qu'il est. Ce qu'ils ont fait, c'est qu'ils ont éliminé tous les choix pour qu'il n'en reste aucun. Les hommes que je croise et qui viennent de Denver, aujourd'hui, n'ont plus rien à voir avec ce qu'on peut appeler un homme. On dirait des étrons écrasés, tous autant qu'ils sont.

Les sales garces des ligues de tempérance n'arrêtent pas de parler de corruption, mais la corruption n'est rien d'autre qu'un choix. Elles ne le font pas parce qu'elles en ont quelque chose à foutre des travailleurs. Toutes leurs conneries sur ces pauvres mères qui souffrent à la maison avec leurs petits bébés pendant que leurs hommes sont sortis se saouler. Elles veulent juste s'assurer que les travailleurs restent sobres pour pouvoir les faire travailler plus dur. Pour avoir des corps sains à enfoncer dans leur hachoir à viande.

Je le connais très bien, leur hachoir à viande.

Les toutes premières années furent dures. Quand je n'étais pas dans des wagons, j'étais dans des tripots, dans des coupe-gorges. Le genre d'endroits où on servait la lie de la bière d'un autre saloon, et qui avaient encore le sol en terre battue, lié et compacté au sang de vache. Clochards ivrognes, filles errantes et vieux mécaniciens démolis par les bars, broyés par les usines, tous coude à coude.

Je faisais la manche à la sortie des saloons pour quelques petites pièces. J'allais chercher des sandwichs en échange de whiskey. Je décapitais des moineaux d'un coup de dents. Pour un verre, je faisais n'importe quoi sauf enculer des chiens. Mes seules pauses dans la tourmente du whiskey étaient quand je me faisais serrer pour vagabondage. Là, c'était les cellules de prison, les horreurs à vomir, les hommes qu'on frappe pour un bout de pain moisi ou un rat pris au piège.

Et, en vadrouille sur la route, je recevais de temps à autre des nouvelles de Cora et des petits. D'autres vagabonds des trains avaient entendu dire ci ou ça, et, à Pocatello, quand j'y étais pour travailler, Salt Chunk Mary me parlait d'eux.

Le premier fut Hiram. Et cette langue qu'il avait. Il n'a même pas réussi à sortir de la boîte à bondieuserie du pasteur Tom. Ça s'est passé dans la grande salle, au petit déjeuner. Dans la queue, quand son tour était venu, il avait pris la dernière saucisse, et un des vieux ivrognes s'en était offensé. Hiram lui avait envoyé le genre de réplique qu'Hiram envoyait d'habitude. Je ne sais pas exactement ce qu'il lui a dit, mais je sais que le vieil ivrogne lui a planté sa fourchette dans la gorge. Hiram était tellement maigre qu'elle l'avait traversée. On voyait les pointes qui sortaient de l'autre côté.

Il paraît qu'alors qu'Hiram se vidait de son sang sur le carrelage, le pasteur Tom était déjà en train de tirer son Colt de sa ceinture. Et qu'il s'en est servi pour tabasser le vieil ivrogne à mort, étalant sa cervelle sur le sol.

Puis ce fut Ulysses, notre cuistot cheyenne, et Fawn, sa petite protégée. Ils se sont enfuis ensemble. Ils ont juste disparu un jour, et plus personne ne les a revus. À cause d'un truc en rapport avec Fawn, mais je n'ai jamais pu savoir quoi. Pendant un temps, j'ai gardé l'œil ouvert, au cas où je les croiserais, mais j'ai laissé tomber au bout de deux ans. J'ai toujours espéré qu'ils avaient réussi à gagner Wind River.

Et puis ce fut la petite Offie aux dents de cheval. Un jour, elle est sortie du Tabernacle, elle est partie à pied. Je ne crois pas qu'il y ait eu une bonne raison pour ça, si ce n'est qu'Offie était ce qu'elle était et que personne ne pouvait rien y faire. Elle n'avait pas plus envie de vivre dans une boîte à bondieuserie que moi. Et, une fois dehors, elle s'était remise à faire ce qu'elle faisait de mieux, notre petite voleuse. Elle a passé des années à cambrioler des maisons avant que ça la rattrape. Elle a fait la une des journaux. C'était une légende. Il n'y avait pas un seul mondain en ville qui ne redoutait pas de recevoir la visite de la Voleuse de Denver.

La femme qui y mit fin n'était pas beaucoup plus âgée qu'Offie. Jeune mariée, deux enfants, elle venait d'emménager dans sa maison. Elle est entrée dans le salon avec le vieux pistolet à un coup de son père et elle a projeté des bouts de moelle épinière d'Offie sur tout son papier peint à motifs forestiers.

Jefferson fut le suivant. Ça s'est produit alors qu'il était parti de chez le pasteur Uzzel après avoir atteint la limite d'âge. Je l'ai appris en lisant un exemplaire du *Rocky Mountain News* que j'avais trouvé à Pocatello. Il y avait même une photographie d'un petit bureau en briques rouges avec une tache de noir calciné en forme de corps sur le mur.

Jefferson s'était souvenu du vieux filtre à eau que le pasteur Tom nous avait donné. Et Jefferson, notre bricoleur, en avait inventé un meilleur. Plus petit et moins cher, de sorte que tous les foyers de Denver qui devaient vivre avec l'eau de cet égout à ciel ouvert qu'était la Platte pouvaient s'en offrir un. Il avait pris son idée et était allé se mettre en affaires avec un partenaire. Jefferson faisait le travail, l'autre fournissait le capital. Et ça marchait tellement bien que quand cet autre homme s'en était rendu compte, il lui avait volé son invention.

Ça a brisé Jefferson. Il avait toujours été trop gentil pour son bien. Alors il s'est aspergé d'essence et il s'est immolé sur le perron de cet homme.

Vous pouvez deviner comment Rena est morte. Tout le monde pouvait le deviner.

Commodore n'a jamais appris à parler. Ou bien n'a jamais pu parler. Je n'ai jamais réussi à savoir ce qu'il avait. Il est parti de chez le pasteur Tom alors qu'il avait encore un visage d'enfant, même s'il était déjà un vrai adulte, et il a fait le vagabond. À ce qu'on m'a dit, on pouvait le voir assis devant Union Station, avec un panneau disant qu'il était sourd et une casquette tout élimée pour recueillir les pièces des gens. Puis on a commencé à le voir en compagnie d'un de ces vieux durs à cuire de vagabonds des trains. Un type qui se promenait avec un couteau et un poing en acier, et qui était connu pour ça. Une rumeur circula comme quoi Commodore avait viré petite pute, et puis il disparut.

Lottie elle aussi a atteint l'âge limite, et elle a vite dégringolé à sa sortie du Tabernacle. Ce visage aux grands yeux qui faisait d'elle une aussi bonne mendiante ? Il s'est vite dégradé sitôt qu'elle est devenue trop vieille pour être attendrissante. Alors elle s'en est servi pour faire la seule autre chose qu'elle pouvait faire avec. Au bout de quelques petites années de chute, elle s'est retrouvée à travailler dans un des cabanons de Market Street. La dernière fois que quelqu'un l'a vue, elle se tenait dans l'embrasure de la porte de son cabanon, vêtue seulement jusqu'à la taille, à faire ses grands yeux de biche face à la rue en terre battue. Ondulant juste un peu, mais trop lentement, comme un arbre aux racines pourries.

Watson fut le dernier des petits dont j'entendis parler. Il avait bien grandi, le petit Watson, il travaillait comme employé dans une grande épicerie de Denver. Il avait fondé une famille, aussi. Une femme et trois petites filles. Et un matin de Noël il s'était réveillé, et très doucement, très proprement, il avait mis sa main sur la bouche de chacune des petites filles, et leur avait tranché la gorge avec un couteau de cuisine. Et puis il avait fait pareil avec sa femme.

Mais sa femme n'est pas morte tout de suite. Malgré sa gorge tranchée, je ne sais comment, elle a sorti de la table de nuit un pistolet de poche de calibre .32 et lui a mis une balle dans le front. Comme c'était un petit pistolet, la balle s'est aplatie contre son crâne et a ripé sur le côté pour ressortir de sous la peau à l'arrière de sa tête. Mais ça a suffi pour l'assommer tout net. Il est tombé sur elle, elle s'est vidée de son sang sous lui.

C'est les parents de sa femme, venus pour le dîner de Noël, qui les ont trouvés. Lorsque le flic a demandé à Watson comment il avait pu faire ça à sa famille, il lui a dit que c'était facile. Il avait perdu son travail et ne supportait pas l'idée de les voir souffrir de la faim. Il a dit qu'il avait vu assez de faim dans sa vie.

Ils l'ont condamné à la perpétuité et l'ont emmené à Old Lonesome, et il y est toujours. Il paraît que certaines nuits, quand vous passez près d'Old Lonesome, vous pouvez l'entendre chanter.

Les nouvelles de Watson, je les avais apprises de la bouche d'un vieux vagabond qui vivait dans un campement sur les berges de la Mad River, à Dayton, dans l'Ohio, où Salt Chunk Mary m'avait envoyé pour voir si je pouvais voler des plans de la National Cash Register Company. Le vieux vagabond et moi partagions une bouteille de porto autour d'un petit feu. Il arrivait tout juste de Denver.

— Je veux bien crever si ça t'a pas fait dessaouler d'un coup, avait dit le vieux vagabond. C'est une histoire triste, mais t'as pas l'air d'être du genre à avoir jamais entendu d'histoire triste.

Mais je ne pensais pas du tout à Watson. Je pensais au fait que ça n'avait jamais vraiment rien changé qu'on emmène les petits chez le pasteur Tom, ni que Cora soit restée avec eux. On n'avait jamais eu la moindre chance de les protéger du Monde des Crânes de Nœud, parce que ce monde, nous le créons. C'est ça que ça veut dire, être un Crâne de Nœud.

La mort de chacun d'eux avait dû être comme une pierre de plus empilée sur le cœur de Cora. Et la plus lourde de ces pierres était sans doute Watson. C'était lui le plus petit, lui qui dormait sur ses genoux il y a toutes ces années, quand Goodnight est arrivé.

— En plus, avait dit le vagabond, c'est même pas ça, la partie triste.

Ça me tira d'un coup de mes pensées.

— Qu'est-ce que tu dis ? dis-je.

— Y a une femme qu'a essayé de le libérer pendant qu'ils le transféraient à pied de sa cellule jusqu'à la gare pour l'emmener à Old Lonesome.

Ma tête enfla comme une conserve de viande avariée.

— Tais-toi, dis-je.

— Elle a dégainé un vieux pistolet à un coup face à six flics. Comme ça, en pleine rue.

J'eus beaucoup de mal à ne pas sortir mon pistolet pour me trouer la tête, soulager la pression.

— Ferme ta gueule, putain, dis-je.

— Hé, mais t'es un grand sensible, en fait, dit-il. Eh ben, je vais te dire, cette petite dame, ils l'ont pulvérisée. (Il fit papillonner ses mains.) Le vent l'a emportée, mon gars.

Mais j'étais déjà debout et je m'en allais. Je remontais le long de la berge, la tête en pleine émeute. Le vent se leva autour de moi. Le monde n'était qu'un vaste vide hurlant, partout.

Je mis cap sur le seul endroit qui avait un peu de sens. Qui en ait jamais eu. Les rails de chemin de fer étaient ma seule étoile.

J'aurais peut-être dû retourner à Denver. J'aurais peut-être dû essayer une dernière fois de convaincre Cora. Mais je n'avais pas pu m'y résoudre. J'avais été juste assez costaud pour m'en aller une fois, je n'aurais pas été capable de le refaire.

Voilà ce que je pense. Je ne pense pas que la plupart des gens tombent jamais amoureux, pas vraiment. Pour ceux à qui ça arrive, c'est comme de la dynamite dans un café. Ça souffle tout le reste hors de votre vie. Ça ne laisse qu'elle, assise à une table dans un coin, qui vous regarde, splendide, avec ses beaux yeux noirs.

Et c'est comme ça chaque jour pour le reste de votre vie. Y a rien qui vaille d'être sauvé, tout est déjà en feu, déjà en cendres. Sauf elle. Elle seule. Et quand elle n'est plus là, il n'y a plus rien du tout. Juste un immense espace vide. Tout le reste a brûlé.

Parce qu'il n'y a qu'une seule vérité. Les choses auxquelles on s'accroche, on s'y accroche trop longtemps.

Je ne crois pas que la plupart des gens comprennent ce que Cora et moi avions. Je crois que la plupart des vies s'en passent très facilement. Je crois que vous pouvez vivre toute votre vie bien gentiment en couple sans jamais vous rendre compte que vous passez à côté. Ce n'est pas grave, mais c'est comme aller jusqu'au bout de vos soixante-dix ans sans jamais voir les étoiles.

La vérité, c'est que je ne pense pas que la plupart des gens veuillent réellement l'amour. L'amour fait exploser votre vie en mille morceaux, et il les réarrange selon ses propres lignes. Et il est éphémère. Si vous le manquez, vous le manquez. Il a son temps à lui, et vous n'en êtes pas maître. Si vous ne le prenez pas dans votre filet quand la chance s'en présente, il disparaît. Et même si vous l'attrapez, il finira toujours par vous briser le cœur. Même quand il dure une vie entière, il finit par laisser l'un de vous deux seul dans un monde si vide que c'en n'est pas supportable.

Toujours.

Mais ce n'est pas vous qui choisissez. Voilà l'autre vérité. Ce n'est pas comme quand vous vous promenez dans les rayons d'un magasin et que vous choisissez telle boîte de haricots plutôt que telle autre. Quand vous vous dites que vous préférez le goût de celle-ci, mais que vous ne pouvez pas la prendre parce qu'elle vous ravage à chaque fois les entrailles, alors vous achetez l'autre. Là, vous n'avez pas votre mot à dire.

Vous ne négociez pas les termes. L'amour est une fournaise dans laquelle vous balancez votre vie à pleines pelletées. Une pelletée après l'autre, encore, et encore, et encore.

Prologue   11

Retrouvez l'ensemble de notre catalogue sur
www.gallmeister.fr

CET OUVRAGE A ÉTÉ COMPOSÉ PAR
ATLANT'COMMUNICATION
AU BERNARD (VENDÉE).

ACHEVÉ D'IMPRIMER EN JUIN 2021 SUR LES PRESSES
DE NORMANDIE ROTO IMPRESSION S.A.S., 61250 LONRAI
POUR LE COMPTE DES ÉDITIONS GALLMEISTER
13, RUE DE NESLE, 75006 PARIS

IMPRIMÉ EN FRANCE

DÉPÔT LÉGAL : AOÛT 2021
N° D'IMPRESSION : 2103178